LE MASQUE
Collection de romans d'aventures
créée par
ALBERT PIGASSE

Le Meilleur des témoins

DU MÊME AUTEUR DANS LE MASQUE :

Fantasmes
Le Pasteur détective
l'Analphabète
L'Enveloppe mauve
Ces choses-là ne se font pas
Étrange créature
Le Petit été de la Saint-Luc
Reviens-moi
La Banque ferme à midi
Un amour importun
Le Lac des ténèbres
L'Inspecteur Wexford
Le Maître de la lande
Prix du Roman d'Aventures 1982
La Fille qui venait de loin
La Fièvre dans le sang
Son âme au diable
Morts croisés
Une fille dans un caveau
Et tout ça en famille...
Les Corbeaux entre eux
Une amie qui vous veut du bien
La Police conduit le deuil
La Maison de la mort
La Danse de Salomé
Qui ne tuerait le mandarin ?
Meurtre indexé
Le Jeune homme et la mort
Les Désarrois du Pr. Sanders

DANS LE CLUB DES MASQUES :

Qui a tué charlie Hatton ?
La Danse de Salomé
Le Petit été de la Saint-Luke
Le Lac des ténèbres
Ces choses-là ne se font pas
Fantasmes
Qui ne tuerait le mandarin ?
Et tout ça en famille
Un amour importun

DANS LES INTÉGRALES DU MASQUE :

Tome 1 - Les Wexford
Tome 2 - Les années 1965-1979
Tome 3 - Les Wexford II

EN GRAND FORMAT :

Amour en sept lettres
L'Analphabète

Ruth Rendell

Le Meilleur des témoins

Traduit de l'anglais par Annie Hamel

LIBRAIRIE DES CHAMPS-ÉLYSÉES

CE ROMAN A PARU SOUS LE TITRE ORIGINAL :

THE BEST MAN TO DIE

Il a été publié dans la collection Le Masque sous le titre :
Qui a tué Charlie Hatton ?

Pour George et Dona Herbert,
en remerciement de leurs
conseils avisés.

1

Jack Pertwee se mariait le lendemain, et les membres du club de fléchettes de Kingsmarkham étaient tous réunis au *Dragon* pour lui faire leurs « adieux », comme disait George Carter.

— Ça me plaît pas trop, George. On fête mon mariage, pas mon enterrement.

— Ça revient au même.

— Merci du renseignement. Pour la peine, je vais t'offrir un verre.

Il fit un pas vers le bar, mais le président du club l'arrêta.

— C'est ma tournée, Jack. Fais pas attention à George. Marilyn est une fille adorable et t'as bien de la chance. Y en a pas un seul ici qui ne voudrait pas être à ta place demain.

— Ou plutôt dans son pyjama, dit George. Tu devrais le voir ! Un pyjama kimono en nylon noir !

— Allons George, un peu de correction.

— Alors ce sera quoi, messieurs ? demanda le barman, patient. La même chose ?

— La même chose, Bill, dit le président. Et prends-toi un verre. Non, Jack, l'homme est un animal monogame, et, crois-moi, un couple heureux, c'est la meilleure association qui soit. Surtout quand on démarre du bon pied, comme toi et Marilyn. Un peu d'argent de côté, un joli appartement, et rien à vous reprocher.

— Tu crois ?

Jack préférait passer sur ce genre de considérations. Ces propos moralisateurs lui rappelaient le sermon — bref, mais trop long — que Marilyn et lui avaient dû subir deux jours plus tôt, dans le bureau du pasteur. Il descendit sa bière et regarda autour de lui, mal à l'aise.

— Les dix premières années sont les pires, dit quelqu'un, et Jack se retourna, agacé.

— Vous êtes vraiment sympas, les gars. Je vois qu'il y a que les célibataires, qui n'ont rien à dire contre le mariage.

— C'est vrai, renchérit le président. Dommage qu'il n'y ait pas davantage d'hommes mariés d'accord avec moi, hein, Jack ? Charlie Hatton, tiens. Voilà un type, ah, comment on dit déjà ?

— Me demande pas. Et puis qu'est-ce que ça peut faire de toute façon ? Ah, vous et vos déclarations. C'est une réunion entre mecs, non ? Pas une assemblée de fin d'année. Ce qu'il nous manque, c'est quelqu'un pour nous réveiller.

— Quelqu'un comme Charlie. Mais où tu crois qu'il est ?

— Il a dit qu'il serait en retard. Il revient de Leeds ce soir, avec son camion.

— Il est peut-être d'abord passé chez lui.

— Sûrement pas. La dernière chose qu'il m'a dite mercredi, c'est : « Jack, tu peux compter sur moi vendredi, même si mon moteur doit y rester. J'ai dit à Lilian de ne pas m'attendre. » Non, il va venir directement ici.

— J'espère seulement qu'il lui est rien arrivé.

— Qu'est-ce que tu veux dire ?

— Hé, il s'est déjà fait attaquer deux fois avec son camion, non ?

— Oh, arrête, George. On dirait une vieille mémé, dit Jack.

Mais lui aussi commençait à s'inquiéter. Il était 9 heures et demie. Dans une heure, le *Dragon* allait fermer. Et puis Charlie était son témoin. Alors vous parlez d'un mariage réussi si on le retrouvait à minuit avec le crâne défoncé, quelque part dans les Midlands...

— Finis ton verre, dit le blagueur du club, que je te raconte celle de la fille qui épouse un marin.

— Je la connais, dit Jack, lugubre.

— Non, celle-là tu ne la connais pas. La même chose, s'il te plaît, Bill. Alors c'est l'histoire d'une fille, et la veille de son mariage sa mère lui dit : « Maintenant, quoi que vous fassiez, ne le laisse pas »...

— Attends, vieux. Voilà Charlie.

Ils étaient tous grands — au moins un mètre quatre-vingts —, mais Charlie Hatton était un petit homme au teint mat et aux yeux perçants. Il promena son regard d'aigle sur l'assemblée avant d'esquisser un sourire, dans un éclair de dents blanches immaculées. Et fausses. Mais seul Jack le savait, car Charlie était très sensible sur ce point. Pourquoi fallait-il qu'il ait une prothèse dentaire à trente ans ? Tout ce lait et ce jus d'orange ingurgités pendant la guerre n'avaient donc servi à rien ? Mais Jack pouvait le savoir, il s'en fichait. Ça lui était égal, tout de ce que Jack savait sur lui, même s'il avait cessé de tout lui raconter, comme à l'époque où ils étaient à l'école ensemble. Ils étaient vraiment amis. En d'autres temps, autres mœurs, on aurait dit qu'ils s'aimaient. Ils étaient comme David et Jonathan, mais que quelqu'un ose le dire, et Jack lui écraserait son poing dans la figure. Quant à Charlie... Les clients du *Dragon* pensaient sans le dire, mais non sans fierté, que Charlie était capable de tout.

Marilyn Thompson était la meilleure amie de la femme de Charlie. Charlie allait être le témoin de Jack, et un jour, se dit Jack, il serait le parrain de son premier enfant. Ah, combien de fois ils avaient bu ensemble, gamins, adolescents. Et puis maintenant. Combien de fois ils étaient sortis ensemble, sous le même ciel étoilé. Combien de fois ils avaient remonté High Street, où chaque maison, chaque visage faisait partie de leur histoire à tous les deux. Il n'aurait dû y avoir qu'eux, ce soir, au *Dragon*. Personne d'autre. Les autres faisaient office de public, de décor. Jack franchissait une étape ce soir, et il mourait un peu. Et comme chaque fois, Charlie mourrait un peu avec lui.

Si toutes ces émotions tourbillonnaient sous sa couronne de cheveux drus qui commençaient à se dégarnir, Charlie n'en montra rien. Avec un grand sourire, il donna une claque dans le dos de Jack, et leva les yeux vers le beau visage un peu échauffé du futur marié, qui le dépassait d'au moins une tête.

— Tu vois, vieux camarade, j'ai fini par arriver. « Mon frère Jonathan, tu faisais tout mon plaisir ; ton amour pour moi était admirable, au-dessus de l'amour des femmes. »

— Je pensais bien que tu viendrais, dit Jack, le cœur joyeux. Je t'en aurais vraiment voulu si tu n'étais pas venu. Qu'est-ce que tu bois ?

— Pas de cette pisse d'âne en tout cas. Je viens de conduire onze heures d'affilée. Alors t'es vraiment dur, Jack, si tu m'offres pas un scotch.

— Mais tu m'as pas laissé le temps de...

— Laisse tomber. Je plaisantais, tu me connais. Sept doubles scotchs Bill, et me regarde pas comme ça. Pas étonnant que la bière tourne, ici. J'ai ramené le camion au dépôt, et je vais rentrer à pied, si c'est ce qui t'inquiète. Meilleurs vœux, Jack, et que Dieu vous protège tous les deux !

Charlie avait ouvert son portefeuille d'un geste dégagé, grand seigneur, s'arrangeant pour que tout le monde voie ce qu'il y avait à l'intérieur : l'enveloppe de sa paie, pas encore ouverte, et une grosse liasse de billets entourée d'un élastique. Des petites coupures, mais aussi pas mal de gros billets. Il piocha dans la liasse pour payer la tournée.

— On les voit, les riches, dit George Carter.

— Ça te dérange ?

— Le prends pas comme ça ? Faut vraiment que je sois fou, moi, pour trier les lettres à longueur de journée, alors que j'aurais qu'à me baisser pour ramasser les biftons, si je conduisais des camions.

— Tu te crois fou ? Alors va voir un psychiatre !

— Oh, arrêtez ! dit le blagueur professionnel. J'étais en train de vous raconter ce que la mère dit à sa fille la veille de ses noces.

— Qui est-ce qui se marie ? La mère ? C'est

un peu tard pour elle, non ? Allez va, je plaisante. Mais Jack et moi on la connaît. Le marin dit à sa femme : « Fais comme tu veux, mais alors on n'aura jamais d'enfants. » C'est ça, non ?

— O.K. Bonsoir.

— Sois pas comme ça, dit Jack. (Charlie avait le chic pour toujours prendre les autres à rebrousse-poil. Étonnant qu'il se soit jamais mis Jack à dos.) Allez, c'est ma tournée, je crois.

— Pas question, Jack. Bill, tu nous remets sept doubles scotchs. Jack, j'ai dit que c'était pour moi. Je peux me le permettre. La source n'est pas encore tarie. Et puis je suis arrivé vraiment tard, non ? Alors j'ai des tournées à rattraper.

— Rien pour moi, dit l'homme que la plaisanterie de Charlie avait froissé.

Il tapota l'épaule de Jack et dit bonsoir pendant que les autres sirotaient leur whisky dans un silence gêné.

— Si vous voulez quelque chose, messieurs, c'est maintenant, parce qu'on va fermer, dit le barman.

George Carter plongea la main dans le fond de sa poche et en ramena des toutes petites pièces.

— Un dernier pour la route, Jack ? dit-il.

Charlie regarda les petites pièces.

— C'est quoi ? L'argent du ménage ?

George rougit. Il n'était pas marié. Charlie le savait très bien. Mais il savait surtout que sa régulière venait de le plaquer. George avait déjà l'acompte tout prêt pour la maison, et il avait payé la première traite de la salle à manger.

— Salaud, dit-il.

Charlie se hérissa, un vrai petit coq de combat.

— Personne ne me traite de salaud !

— Messieurs, messieurs, fit le barman.

— Oui, intervint le trésorier, calmez-vous. Tu dis que les gens sont susceptibles, Charlie. Mais c'est toi qui les cherches. (Il sourit d'un air avantageux et prit l'attitude du type qui va faire un discours.) Et maintenant la soirée touche à sa fin, alors je crois que nous devrions en profiter pour présenter à Jack les meilleurs vœux des membres du club de fléchettes de Kingsmarkham. Pour ma part...

— On a compris, dit Charlie. C'était le discours du trésorier.

Charlie posa un nouveau billet de cinq livres sur le comptoir. Aussi rouge que George, le trésorier haussa les épaules, adressa un signe de tête compatissant à Jack, mais Jack l'ignora. Puis il partit, avec l'un des autres.

Le barman essuyait le comptoir en silence. Charlie Hatton avait toujours été un peu trop sûr de lui, mais il devenait franchement arrogant ces temps-ci, et la plupart des soirées finissaient comme ça.

De cette petite réunion entre hommes, il ne restait que Jack, Charlie, George et un autre type. Il était routier, comme Charlie, il s'appelait Maurice Cullam et il n'avait pratiquement pas ouvert la bouche, sauf pour y verser du whisky. Témoin de la déroute et de l'humiliation de ses amis, il vida son verre et demanda :

— T'as beaucoup vu Mc Cloy, ces derniers temps, Charlie ?

Charlie ne répondit pas, ce fut Jack qui dit :

— Pourquoi, tu le vois, toi ?

— Oh non ! moi, j'ai les mains propres. Y a pas que l'argent dans la vie. Je veux pouvoir dormir tranquille.

Au lieu de monter sur ses grands chevaux, Charlie lui dit très gentiment :

— T'as raison. Y serait peut-être temps que tu dormes, pour changer.

Maurice avait eu cinq enfants en six ans. Il aurait pu prendre cette pique pour un hommage à sa virilité. Ce qu'il fit, au grand soulagement de George et de Jack. Maurice Cullam sourit d'un air gêné. Sa femme était particulièrement moche, et Charlie aurait pu riposter, lui envoyer quelques remarques bien senties. Il avait préféré le flatter.

— On ferme, messieurs, dit le barman. Mes meilleurs vœux de bonheur, Mr Pertwee.

Le barman appelait toujours Jack par son prénom, et ce « Mr Pertwee » n'était qu'une marque de respect convenue, due à un futur marié, et qui ne se renouvellerait pas, Jack le savait.

— Merci beaucoup, dit-il. À la prochaine.

— Allons-y, Jack, dit Charlie, et il rangea son gros portefeuille.

L'air était doux et le ciel d'été semé d'étoiles. Des nuages dérivaient dans la constellation d'Orion.

— Quelle belle nuit, dit Charlie. Il va faire beau demain, Jack.

— Tu crois ?

— Oui. Et c'est toujours bon signe quand il y a du soleil le jour d'un mariage.

L'alcool avait rendu George sentimental ; et il eut une moue sinistre à la pensée de sa régulière et du premier versement pour les meubles.

— Pleure un bon coup, vieux, dit Charlie. Je t'assure, y a rien de tel pour soulager les bonnes femmes.

George dirigeait la troupe de danses folkloriques de Kingsmarkham, et Charlie s'était déjà moqué de lui, de son costume bariolé, avec la coiffe et les grelots. George se mordit la lèvre, serra les poings, puis il haussa les épaules et s'éloigna.

— Va te faire foutre, marmonna-t-il.

Les autres le regardèrent traverser la rue, puis s'engager dans York Street d'un pas incertain.

— T'aurais pas dû dire ça, Charlie.

— Oh ! Il m'énerve. Si on chantait un peu ?

Il mit un bras autour de la taille de Jack, eut une hésitation imperceptible, puis passa son autre bras autour de la taille de Maurice.

— Une de tes vieilles chansons de music-hall, Charlie.

Ils marchèrent un peu de travers, en passant sous les vieux auvents des maisons, et Jack dut baisser la tête pour ne pas se cogner contre la lanterne en fer. Charlie s'éclaircit la voix et chanta :

« Mabel Chérie, écoute-moi !
Il y a des voleurs dans le parc.
J'étais tout seul dans l'auberge de jeunesse
Je chantais comme un rossignol.
J'aurais voulu être avec toi,
Mais j'avais peur de rentrer dans le noir. »

— Wouh-wouh-wouh-wouh, fit Jack, en imitant les Indiens, mais il s'arrêta net quand il vit l'inspecteur Burden déboucher de Queen Street et se diriger vers eux.

— Bonsoir, Mr Burden.

— Bonsoir.

L'inspecteur les considéra avec dédain.

— On n'a pas l'intention de faire des choses qui risqueraient de troubler l'ordre public, n'est-ce pas ?

Puis il passa son chemin et Charlie ricana.

— Pauvre flic, dit-il. Je suis sûr qu'il gagne pas en un mois ce que j'ai là dans ma poche.

— Bon, moi je passe par là. Bonne nuit, Jack, dit Maurice sèchement.

Ils étaient arrivés au pont du Kingsbrook, là où commençait le chemin qui allait à Sewingbury en longeant la rivière. Maurice habitait Sewingbury, Charlie l'une des nouvelles H.L.M. de l'autre côté de Kingsbrook Road. Pour tous les deux, le chemin était un raccourci.

— Attends Charlie. Il va dans ta direction.

— Non, je peux pas. J'ai promis à ma femme d'être rentré à 11 heures.

Charlie tourna le dos à Maurice, pour bien lui montrer que de toute façon il n'aurait pas voulu rentrer avec lui.

— Ouh, ça me monte à la tête, dit Maurice, tout pâle dans la lumière du réverbère. Je crois que j'aurais pas dû faire des mélanges.

Il rota et Charlie ricana.

— Salut, Jack. On se voit demain, à l'église.

— Salut, vieux.

Maurice sauta les trois marches au début du chemin, et, par miracle, atterrit sur ses pieds. Il descendit la petite pente qui menait au bord de la rivière, plongea la tête sous les branches des saules, et ils ne virent plus que son ombre s'éloignant dans la nuit. Jack et Charlie étaient seuls.

Ils avaient beaucoup bu et la nuit était chaude, mais soudain ils se sentirent parfaitement lucides. Ils aimaient tous les deux les femmes, mais elles les impressionnaient. De même qu'ils étaient mal à l'aise avec leurs émotions en général. Mais aucun élan du cœur ne les laissait muets comme cette amitié superbe et pure qu'ils éprouvaient l'un pour l'autre.

Jack et Charlie étaient des âmes-sœurs, au sens grec du terme. Leurs femmes étaient leur bien, l'objet de leur fierté : au lit, à la maison, pour la galerie. Mais l'un sans l'autre leur vie aurait été incomplète, privée de son essence, de son énergie. Excepté l'homme qui tenait le restaurant Acropolis à Stowerton, ils ne connaissaient rien des Grecs, et ni l'un ni l'autre ne comprenait l'émotion qui à présent les saisissait, et les plongeait dans une espèce de désespoir muet.

Si Charlie avait été un autre homme, cultivé, ou efféminé, ou bien vivant à une époque de l'histoire où l'on exprimait plus librement ses sentiments, il aurait pu serrer Jack dans ses bras et lui dire, du fond du cœur, à quel point il partageait son bonheur. Et si Jack avait lui aussi été différent, il aurait remercié Charlie pour son amitié sans faille, les prêts généreux qu'il lui accordait, et pour lui avoir fait rencontrer Marilyn. Mais Charlie n'était qu'un petit routier dégourdi, et Jack un électricien. L'amour ne pouvait exister qu'entre homme et femme, dans le mariage, et ils auraient préféré mourir, plutôt que de s'avouer qu'ils étaient l'un pour l'autre plus que de « bons copains ». Ils se penchèrent par-dessus le parapet et jetèrent des cailloux dans l'eau. Puis Charlie dit :

— T'as besoin de sommeil pour être en forme demain, alors je vais y aller.

— On a eu ton cadeau, Charlie. Je n'ai rien

voulu dire devant les autres, mais c'est vraiment quelque chose ce magnétophone. J'étais scié quand je l'ai vu. Ça a dû te coûter une petite fortune.

— Je l'ai eu au prix de gros.

Une autre pierre tomba et fit « plouf » dans le noir.

— Marilyn a dit qu'elle allait écrire à Lilian.

— Elle l'a fait. Une bien jolie lettre. On l'a reçue avant que je parte dans le Nord. C'est une petite femme drôlement instruite que tu as là. On regarde pas à la dépense, quand on reçoit une lettre comme ça. N'oublie jamais que vous vous êtes rencontrés grâce à moi !

— Ah, tu sais choisir les femmes, toi. Regarde Lilian.

— Ouais, eh bien je ferais peut-être mieux d'aller la retrouver.

Charlie se tourna pour faire face à son ami, et son ombre noire et trapue apparut à côté de celle de Jack, longue et fine. Charlie leva sa petite main noueuse et la plaqua avec vigueur sur celle de Jack.

— Bon, bah je me sauve alors.

— Je crois que tu ferais mieux, Charlie.

— Et si jamais j'en ai pas l'occasion demain — je suis pas comme Brick, moi, je suis pas doué pour les discours — eh bien je te souhaite tout le bonheur possible, Jack.

— Mais si, t'en auras l'occasion. Il faudra que tu fasses un discours.

— Alors je me réserve jusqu'à demain, d'accord ?

Charlie fronça le nez et fit un clin d'œil à Jack. Leurs ombres se séparèrent, Charlie descendit les marches.

— « Bonne nuit, mon ami de toujours. »

— Bonne nuit, Charlie.

Il disparut parmi les saules. Puis sa silhouette réapparut sur une petite crête du sentier. Jack l'entendit siffloter « Mabel chérie » sous les étoiles, puis son ombre se confondit avec l'ombre des arbres, la chanson s'éteignit peu à peu, et l'on n'entendit plus que le clapotis du ruisseau, le Kingsbrook qui courait sans relâche sur son lit de pierres rondes et plates.

Mais toutes les eaux du monde ne sauraient éteindre le feu de l'amour.

2

L'inspecteur-chef Wexford n'aimait pas les chiens. Il n'en avait jamais eu, et maintenant que l'une de ses filles était mariée et l'autre à l'école d'art dramatique, il n'y avait plus aucune raison pour qu'il en accueille jamais un. Parmi les ennemis des chiens, nombreux sont ceux qui finissent par rejoindre les rangs des amateurs, pour n'avoir pas su résister aux demandes réitérées de leurs enfants adorés. Mais chez Wexford, les demandes n'avaient jamais été bien pressantes. Il avait donc échappé à ce piège.

Aussi fut-il mécontent, quand, arrivant le vendredi soir tard à la maison, il trouva cette chose grise avec des oreilles comme des lavettes, installée dans son fauteuil préféré.

— Est-ce qu'elle n'est pas adorable ? dit l'étudiante en art dramatique. Elle s'appelle Clytemnestre. Je savais que ça ne t'ennuierait pas de l'avoir pour une quinzaine, jeta-t-elle avant de sortir précipitamment de la pièce pour répondre au téléphone.

— Où est-ce qu'elle l'a dénichée ? demanda Wexford, lugubre.

Mrs Wexford était une femme laconique.

— Sebastian.

— Et qui diable est Sebastian ?

— Un garçon, dit Mrs Wexford. Il vient juste de partir.

Son mari fut à deux doigts de chasser le chien de son fauteuil, mais il se ravisa, et partit se coucher en bougonnant. La beauté de sa fille avait toujours été pour lui un sujet d'étonnement. Sylvia, l'aînée, désormais mariée, était une femme bien bâtie et en bonne santé, mais il n'y avait pas grand-chose à en dire. Mrs Wexford était une femme bien faite, avec un joli visage. Elle avait toujours été mignonne, oui, mais elle n'avait jamais gagné un concours de beauté. Quant à lui, il ne lui manquait plus qu'une trompe pour ressembler à un éléphant, pensait-il souvent. Son corps était trop lourd, trop grand, sa peau épaisse, grisâtre et ridée, et ses grandes oreilles triangulaires dépassaient absurdement de ses rares cheveux blond délavé. Au zoo, il passait toujours rapidement devant les éléphants, de peur qu'un visiteur insolent n'ose faire le rapprochement.

La mère et la sœur de Sheila étaient presque belles. Seulement voilà, Sheila n'était pas l'aboutissement de cette beauté esquissée : elle ressemblait à son père. La première fois que Wexford l'avait remarqué — elle avait environ six ans — il avait presque hurlé de rire, tellement la ressemblance entre cette exquise petite poupée et son grossier géniteur lui paraissait grotesque. Pourtant, ce grand front, ce petit nez retroussé, ces oreilles pointues — bien collées chez sa fille — étaient sa réplique parfaite. De même que dans ses grands yeux clairs à elle, il voyait ses petits yeux gris à lui. Quand il était jeune, lui aussi avait des cheveux blond pâle et soyeux. Espérons seulement qu'elle ne deviendra pas comme moi en vieillissant, se disait-il parfois, avec un gros rire intérieur.

Mais le lendemain matin, il n'éprouvait plus aucun sentiment tendre, ni amusé, à l'égard de sa fille cadette. La chienne l'avait réveillé à 7 heures 10 avec de grands aboiements et, à présent, un quart d'heure plus tard, il se tenait sur le seuil de la chambre de Sheila, l'air mauvais.

— Ce n'est pas une pension pour chiens, ici, dit-il. Tu ne l'entends pas ?

— Le chien acrylique ? Pauvre chérie, elle veut juste qu'on la sorte.

— Comment tu l'as appelée ?

— Le chien acrylique. C'est une bâtarde, en fait, mais Sebastian l'appelle comme ça. On dirait qu'elle est en peluche. C'est marrant, tu ne trouves pas ?

— Pas particulièrement, non. Pourquoi ce Sebastian ne s'occupe-t-il pas lui-même de son chien ?

— Il est parti en Suisse, dit Sheila. Son avion doit avoir décollé à l'heure qu'il est. (Elle émergea de sous les draps, et son père vit qu'elle s'était mis de gros bigoudis chauffants.) J'ai vraiment eu honte, hier soir, de le laisser aller à pied jusqu'à la gare. Mais c'est toi qui avais la voiture, ajouta-t-elle d'un air de reproche.

— C'est « ma » voiture ! lança Wexford, criant presque.

Cet argument était inutile, il le savait depuis longtemps, et ce fut avec une pointe d'horreur qu'il s'entendit demander, d'une voix un peu plaintive :

— Si ce chien veut sortir, tu ne ferais pas mieux de te lever et de l'emmener ?

— Je ne peux pas. Je viens de faire ma mise en plis.

En bas, Clytemnestre poussa un hurlement suivi de petits aboiements pressants. Sheila repoussa ses couvertures et s'assit dans son lit, véritable poupée rose en pyjama.

— Pour l'amour de Dieu ! explosa Wexford. Tu ne peux pas sortir le chien de ton copain, mais tu peux te lever à l'aube pour te mettre des bigoudis !

— Mon Papa...

Le ton enjôleur et le mot Papa, si rare désormais, annonçaient une requête monstrueuse. Wexford lança un regard furieux à sa fille et fronça les sourcils, une expression qui faisait trembler les petits délinquants de Kingsmarkham.

— Mon Papa, il fait si beau ce matin, et tu sais ce que le Dr Crocker a dit : il faut que tu marches pour maigrir un peu. Et puis je viens juste de me laver les cheveux...

— Je vais prendre une douche, annonça froidement Wexford.

Ce qu'il fit. Lorsqu'il ressortit de la salle de bains, la chienne hurlait toujours et un chanteur de rock braillait dans la chambre de Sheila. Un mâle dégénéré qui vous exhortait à l'aimer ou à le laisser mourir en paix.

— Mais qu'est-ce qu'il y a comme bruit, chéri, dit Mrs Wexford, d'une voix endormie.

— Tu crois ?

Il ouvrit la porte de Sheila. Elle était en train de se poser un masque de beauté.

— Bon, passe pour cette fois, dit l'inspecteur principal. Mais je le fais seulement pour que ta mère puisse se reposer. Alors tu pourrais peut-être arrêter ce truc-là.

— Tu es un ange, Papa, dit Sheila, et elle ajouta, rêveusement : à mon avis, à l'heure qu'il est, Clytemnestre s'est laissée aller.

Clytemnestre. De tous les noms stupides et prétentieux qu'on pouvait donner à un chien... Mais qu'espérer de mieux de la part de quelqu'un nommé Sebastian ? Cela dit, elle ne s'était pas encore « laissée aller ». Elle se jeta sur Wexford glapissant frénétiquement, et, quand il la repoussa, se mit à tourner en rond autour de lui, agitant follement sa queue et ses oreilles, qui avaient l'air tricotées.

Wexford trouva la laisse, obligeamment laissée par Sheila dans un endroit voyant — le dessus du réfrigérateur. Sans aucun doute, une superbe journée s'annonçait, une journée d'été comme il n'y en a que dans le sud de l'Angleterre : d'abord noyée de brume, puis glorieuse dans sa splendeur tropicale, avant de s'éteindre dans un festival d'étoiles bleu et or.

— En ce matin glorieux, où les sommets resplendissent, sous l'œil souverain des cieux, déclama Wexford à l'adresse de Clytemnestre.

La chienne approuva bruyamment, grimpa sur un tabouret et poussa des aboiements hystériques à la vue de sa laisse.

— Veuillez vous conduire avec dignité, dit Wexford, très froid, passant du sonnet à la comédie sans changer d'auteur.

Il regarda par la fenêtre. L'œil souverain était bien là, jaune clair, lumineux. Il ne resplendissait pas sur les sommets, mais sur les prairies bordant le Kingsbrook, transformant la rivière en un ruban de métal éclatant. Cela ne pouvait pas faire de mal à Wexford d'emmener cette créature déchaînée gambader dans les prés, et puis ça lui donnerait de l'ascendant sur l'inspecteur Burden, quand il arriverait au poste à 9 heures 30.

— Il fait beau, ce matin, dirait Burden.

— Oh, la matinée est déjà bien avancée. Vous avez raté le meilleur, lui répondrait-il. Ce matin, à 7 heures et demie, au bord de la rivière...

Wexford gloussa. Clytemnestre gémit. Il se dirigea vers la porte et la chienne poussa un hurlement de joie. Il attacha la laisse et partit d'un bon pas dans la douceur lumineuse d'un samedi d'été dans le Sussex.

Si c'était bien de se vanter après coup de ses promenades aux aurores, c'était déjà moins bien de se balader dans la rue avec cette affreuse chose, cet avorton, cette tragique erreur de la nature. Car dans la lumière impitoyable du plein été, Clytemnestre ressemblait à un vieux gilet, longtemps oublié au fond d'une corbeille à tricot, et brusquement exhumé pour être raccommodé.

De plus, maintenant qu'elle avait satisfait le désir irrépressible qui l'avait entraînée dans cette exhibition névrotique et forcenée, elle paraissait complètement abattue, et avançait lentement, la tête et la queue basses. Exactement comme une femme, pensa Wexford avec humeur. Sheila ferait exactement la même chose. Elle était vraisemblablement dans la cuisine en ce moment même, ses bigoudis défaits, sans plus de masque de beauté, en train de préparer calmement une tasse de thé pour sa mère. Quand on a obtenu ce qu'on voulait, on s'en désintéresse... *Le monde est ainsi fait.*

De toute façon, Wexford allait éviter les rues passantes.

De ce côté de la ville, le sentier traversait les prés jusqu'à la rivière, puis se divisait en deux branches, dont l'une allait à Sewingbury et aux nouveaux logements sociaux, et l'autre au pont du Kingsbrook. Wexford n'allait sûrement pas s'embarquer un samedi à Sewingbury, et maintenant qu'ils avaient affublé Kingsbrook Road de ces H.L.M., ça n'avait plus aucun intérêt d'y aller. Non, il allait descendre au bord de la rivière, longer le sentier jusqu'au pont et passer prendre son exemplaire de *Police Review* chez Braddan sur le chemin du retour. Ils oubliaient toujours de le lui porter avec les journaux.

Dans les régions agricoles, les pâturages sont généralement clôturés. Ici, de grandes vaches rousses paissaient dans des prairies séparées par des haies et du fil barbelé. De fines nappes de brume s'étiraient sur la vallée et, sur les champs en jachère, le foin était presque assez haut pour être fauché. Wexford, en véritable amoureux de la campagne, s'étonnait du fait que les gens de la ville trouvent l'herbe verte, quand en réalité elle est de couleurs aussi variées que le manteau de Joseph. Les graminées, ocre jaune et vert grisé, se courbaient sous le poids des graines et, dans la tapisserie veloutée des pâturages, se mêlaient les fils cramoisis de l'oseille, le jaune acide et vif des boutons-d'or, et la bourre de soie crème des reines des prés. Et sur toutes ces graines murmurantes, la brume légère projetait un éclat argenté.

Les feuilles des chênes étaient encore vert printemps, une couleur si franche, si lumineuse, que personne n'a jamais réussi à la reproduire, et qu'on ne voit donc jamais dans la peinture ni sur aucun tissu. Copiée, cette couleur serait trop crue, mais, sous ce ciel bleu pâle, immobile et sans nuages, elle était purement exquise. Wexford respira à grands traits cet air parfumé et chargé de pollen. Il n'avait jamais le rhume des foins et il se sentait vraiment bien.

La chienne, qui avait peut-être craint de déambuler sur un trottoir, respirait aussi, et redevenait toute fringante. Elle furetait dans les ronces et remuait la queue. Wexford lui défit sa laisse et elle s'élança dans le chemin.

Avec une espèce de flegme inébranlable, il se mit à réfléchir au travail qui l'attendait. Cette affaire de coups et blessures passait en jugement ce matin, mais ce serait expédié en une demi-heure. Il y avait aussi l'histoire de l'argenterie vendue sur le marché du samedi, peut-être de la marchandise volée. Il faudrait envoyer quelqu'un. Et puis ils allaient se retrouver avec l'avalanche de cambriolages du vendredi soir, aucun doute.

À l'hôpital de Stowerton, Mrs Fanshawe venait de sortir d'un coma qui avait duré six semaines. Il faudrait donc lui faire une petite visite aujourd'hui. Mais c'était l'affaire de la police de la circulation, pas la sienne. Dieu soit loué, il n'aurait pas à annoncer lui-même à cette femme que son mari et sa fille étaient morts tous les deux dans l'accident.

Ils allaient donc sans doute pouvoir clore l'enquête. Burden disait que Mrs Fanshawe se rappellerait peut-être pourquoi la Jaguar avait dérapé et s'était retournée sur la voie rapide de la grande route, mais Wexford en doutait. Une amnésie providentielle accompagnait généralement ce genre de coma. Il eût été parfaitement immoral de harceler la pauvre femme avec toute une série de questions, juste pour prouver que les freins de la voiture étaient en mauvais état ou que Fanshawe roulait trop vite. C'eût été différent si un autre véhicule avait été impliqué dans l'accident. Mais évidemment, il y avait une question d'assurance. De toute façon, ce n'était pas son problème.

Le soleil brillait sur les eaux vives de la rivière, et les longues branches des saules balayaient sa surface bouillonnante et dorée. Une truite sauta et décrivit un arc de cercle dans une gerbe d'éclaboussures. Clytemnestre descendit jusqu'au bord et but avec avidité. Dans cet univers d'eaux claires, de prairies et de chênes d'un vert lumineux, qui reléguaient la tapisserie de Bayeux au rang de napperon poussiéreux, il n'y avait aucune place pour des voitures retournées et des corps déchiquetés, gisant sur le macadam sanglant et mouillé.

La chienne barbota, puis nagea. Dans le soleil, même Clytemnestre était belle. Sous la fourrure de son ventre, les grandes pierres plates ressemblaient à des agates. Un voile de brume doré planait au-dessus de l'eau, piqué d'une myriade de petits moucherons agités. Et

Wexford, qui était un agnostique, un profane, pensa à l'infinie richesse des œuvres de Dieu sur la terre.

Il y avait un homme de l'autre côté de la rivière. Il marchait lentement, à environ cinquante mètres de la rive opposée, parallèlement au cours d'eau. Il y avait un enfant avec lui, qui lui tenait la main, et un chien, un grand chien noir à l'air féroce. Quand deux chiens se rencontrent, pensait Wexford — et il tenait cette idée de scènes observées depuis la fenêtre de son bureau —, ils se battent, inévitablement. Clytemnestre ne sortirait pas à son avantage d'un combat avec ce monstre noir. Wexford ne put se résoudre à appeler la nageuse par son nom. Alors il siffla.

Aucune réaction. La chienne avait atteint l'autre rive et furetait dans un tas d'herbes arrachées et de brindilles mouillées. Une masse de détritus clapotaient contre la rive un peu plus haut. Wexford, encore tout plein de ses visions sublimes, fut positivement peiné par cette preuve flagrante de l'indifférence de l'homme face aux merveilles de la nature. Il repéra une espèce de ballot en tissu à carreaux — peut-être une vieille couverture —, et un tambour de frein. Un peu plus loin flottait une chaussure. Clytemnestre confirma sa piètre opinion sur la gent canine en avançant droit sur le ballot gonflé d'eau, la queue frénétique, les oreilles dressées. Quelles choses répugnantes que les chiens, pensa Wexford, ces êtres coprophages et pilleurs de poubelles. Il siffla encore une fois. La chienne s'arrêta net, et Wexford fut sur le point de se féliciter du succès de la méthode employée, quand la chienne plongea droit sur la boule de tissu et la saisit à pleine gueule.

La chose remonta à la surface dans un lourd bouillonnement. La chienne la lâcha, et son pelage commença à se hérisser. L'érection lente, et primitive en un sens, des poils de cette espèce de tapis gris, fit courir un curieux frisson dans les veines de Wexford. Le soleil sembla briller plus fort. L'inspecteur oublia le chien noir, qui s'approchait de plus en plus près, et toute sa joie l'abandonna. Clytemnestre poussa un hurlement funèbre et surnaturel, les babines retroussées, la queue raidie à l'horizontale, dans le prolongement de la colonne vertébrale.

Le ballot qu'elle avait remué s'enfonça de quelques centimètres dans l'eau, avec un remous, et Wexford vit apparaître une main pâle et sans vie. La main s'éleva lentement du tissu à carreaux, les doigts pendants, mais comme tendue vers lui.

Wexford enleva ses chaussures, ses chaussettes, et roula son pantalon jusqu'aux genoux. De l'autre côté de la rivière, l'homme et l'enfant le regardaient avec intérêt. Il ne pensait pas qu'ils aient vu la main. Il prit ses chaussures et traversa la rivière en marchant avec précaution sur les pierres. Clytemnestre se précipita vers lui et colla sa tête contre sa jambe nue. Wexford écarta les branches des saules qui pendaient comme un lambrequin et s'agenouilla devant le tissu à carreaux gonflé d'air. Une chaussure flottait, vide. Dans l'autre il y avait encore un pied. Le mort gisait face contre terre. On lui avait fracassé le crâne avec un objet lourd et lisse. L'une de ces pierres, pensa Wexford.

Les ronces s'agitèrent derrière lui et un pied écrasa des brindilles.

— N'approchez pas, dit Wexford. Empêchez l'enfant d'approcher.

Il se retourna, faisant écran devant le mort avec son grand corps. Un peu plus bas, l'enfant jouait avec les deux chiens, leur lançant des cailloux dans l'eau.

— Seigneur ! souffla l'homme.

— Il est mort, dit Wexford. Je suis officier de police et...

— Je vous connais. Vous êtes l'inspecteur-chef Wexford.

Wexford ne put empêcher l'homme de s'approcher. Il regarda le cadavre et en eut le souffle coupé.

— Mon Dieu, je...

— Oui, c'est pas beau à voir.

Wexford se dit qu'il venait de se passer quelque chose d'extraordinaire. Ce n'était pas tant le fait qu'un homme gisait là, assassiné, en ce doux matin de juin, mais plutôt que lui, Wexford, l'eut découvert. Ce ne sont jamais les policiers qui découvrent le corps. Sauf si on leur demande de le rechercher. Et le plus souvent, quand on les appelle, c'est qu'on a déjà découvert le mort.

— Vous voulez bien faire quelque chose pour moi ? demanda Wexford.

L'homme était verdâtre. Il avait l'air sur le point de vomir.

— Allez en ville, et appelez la police d'une cabine, la première que vous trouverez. Dites-leur ce que vous avez vu. Ils s'occuperont du reste. Allons mon vieux, ressaisissez-vous.

— O.K. C'est juste que...

— Vous feriez peut-être mieux de me laisser votre nom.

— Cullam, Maurice Cullam. J'y vais, j'y vais tout de suite. C'est juste que... j'étais avec lui au *Dragon*, hier soir.

— Vous savez qui c'est ? On ne voit pas son visage.

— J'ai pas besoin de voir son visage. Je reconnaîtrais Charlie Hatton entre mille.

3

Il avait l'air d'un vrai charlot, dans son queue-de-pie et son pantalon rayé. Ce serait un truc marrant à dire à son témoin, quand il arriverait :

— Toi et moi, on a vraiment l'air de deux charlots, Charlie Hatton.

Oui, ça c'était de l'humour. Jack pensait souvent qu'il n'avait pas l'esprit assez vif pour égaler Charlie dans ses fines reparties, mais, là, il venait de trouver quelque chose de vraiment bien.

Ce bon vieux Charlie, pensa-t-il, sentimental. Le meilleur ami qui soit. Le cœur sur la main. Bien sûr, il faisait pas toujours des trucs très nets, mais il faut bien vivre. Et Charlie savait vivre. Il avait tout ce qu'il y avait de mieux. Jack était prêt à parier tous les beaux billets neufs qu'il avait dans sa poche, pour sa lune de miel, que Charlie serait l'un des rares invités à ne pas porter un smoking de location. Il aurait son smoking à lui. Et fait sur mesure.

Non pas qu'il n'eût pas eu lui-même fière allure, se dit-il, en se regardant dans la glace. À son âge, on pouvait encore boire sans que ça se voie et, de toute façon, il avait toujours le visage rouge. En fait, je me trouve très beau, osa-t-il s'avouer, aussi beau que le duc d'Edimbourg. Cela dit, le duc devait avoir un rasoir électrique, lui. Jack posa un autre petit bout de coton sur la coupure de son menton et se demanda si Marilyn était prête.

Grâce à Charlie, ils avaient pu faire un peu d'épate : Marilyn aurait sa robe de satin blanc et ses quatre demoiselles d'honneur. Ç'aurait été une autre histoire, s'ils avaient dû trouver l'argent pour l'appartement. Mais vous pouviez compter sur Charlie, pour vous faire un prêt à long terme, et sans intérêts. Du coup, ils avaient pu claquer une partie de leurs économies pour faire arranger leur petit nid. Tout s'était vraiment bien goupillé ! Une petite quinzaine au bord de la mer et, au retour, un appartement tout prêt qui les attendait. Et tout ça grâce à Charlie.

Jack cessa de se regarder et essaya d'imaginer l'avenir. Dans vingt ou trente ans, Charlie serait riche, très riche. Jack ne serait pas surpris qu'il vive dans une de ces maisons de Ploughman's Lane, comme celle où il faisait parfois des travaux d'électricité : une maison avec de vrais meubles anciens, de vraies peintures à l'huile, et le genre de vaisselle qu'on regarde, mais dont on ne sert pas. Ils avaient bien ri, avec Charlie, en parlant de cette maison, mais il y avait quelque chose de sérieux dans le rire de Charlie et Jack avait compris qu'il visait très haut.

Bien sûr, ils seraient toujours amis, Charlie

n'était pas snob. Mais finis la bière et les fléchettes : on dînerait, on jouerait au bridge, leurs femmes auraient des robes du soir et de vrais bijoux. Jack s'étourdissait en pensant à ça, il les voyait assis tous les quatre, buvant dans des verres à pied, dans la pénombre d'une véranda, et, curieusement, avec les mêmes visages que maintenant, épargnés par le temps.

Il retomba brusquement dans la réalité : la journée d'aujourd'hui, le jour de son mariage. Charlie mettait un temps fou à arriver. Peut-être un problème de dernière minute avec la robe de Lilian, ou peut-être attendait-il que sa femme sorte de chez le coiffeur. Charlie voulait absolument que Lilian lui fasse honneur, et elle était toujours à la hauteur.

Après Marilyn, Lilian serait la plus jolie femme de la noce : blonde, bien faite, resplendissante dans sa robe verte, qui avait donné des angoisses à Marilyn, car elle était superstitieuse. Jack se tamponna le menton une dernière fois et alla guetter Charlie à la fenêtre.

Il était 10 heures et demie et la cérémonie était prévue pour 11 heures 30.

Elle était blonde, bien faite, jolie dans le genre de Sheila Wexford, mais sans rien de la beauté transcendante de Sheila. Elle avait un visage au modelé et aux traits incertains, maintenant tout gonflé d'avoir pleuré. Après lui avoir annoncé la nouvelle, Wexford et Burden s'étaient assis, tristes et gênés, tandis qu'elle se jetait sur le canapé et éclatait en sanglots, la tête dans les coussins.

Wexford se leva et lui toucha l'épaule. Elle saisit sa main, s'y agrippa, et y planta ses ongles effilés. Puis elle parvint enfin à s'asseoir, plaquant sa main et celle de Wexford contre son visage. Les beaux coussins en velours étaient mouillés de larmes.

Wexford jeta un rapide coup d'œil dans la pièce joliment — et même luxueusement — meublée. Sur le dossier d'une chaise, il y avait une veste verte, une robe à fleurs vertes et bleues, et une paire de longs gants qui se boutonnaient au poignet. Au beau milieu de la grande table en teck, trônait le chapeau de Lilian Hatton, un assemblage sophistiqué de tulle et de feuilles en satin, d'un vert aussi frais que les feuilles des arbres que Wexford voyait par la baie vitrée.

— Mrs Hatton, dit-il gentiment. (Elle leva la tête, obéissante.) Mrs Hatton, ça ne vous a pas inquiétée que votre mari ne rentre pas, hier soir ?

Elle ne répondit pas. Wexford répéta sa question et alors elle dit, d'une voix étranglée par les sanglots :

— Je ne l'attendais pas. Je ne l'attendais pas vraiment.

Elle lâcha la main de Wexford et eut un mouvement de recul, comme si le fait de l'avoir saisie avait quelque chose d'indécent.

— Quand je ne l'ai pas vu rentrer, dit-elle, j'ai pensé qu'il n'avait pas pu arriver à temps pour la fête de Jack. Qu'il s'était arrêté sur la route, qu'il serait là dans la matinée, je...

Elle éclata à nouveau en sanglots et poussa une longue et pitoyable plainte.

— Je ne vais pas vous embêter plus longtemps, Mrs Hatton. Votre mère arrive, vous m'avez dit ? Si je pouvais juste avoir l'adresse de Mr Pertwee...

— Ah oui, Jack, dit-elle. Ça va être affreux pour eux. (Elle respira un grand coup en se tordant les mains.) Ils sont amis depuis qu'ils sont tout petits. (Elle bondit affolée.) Mon Dieu ! Jack ne sait pas ! Il se marie aujourd'hui et Charlie devait être son témoin. Oh, Jack, pauvre Jack !

— On s'en occupe, Mrs Hatton, dit l'inspecteur Burden. On va le dire à Mr Pertwee. Bailey Street, c'est ça ? J'entends qu'on sonne, là. Je pense que ça doit être votre mère.

— Maman, dit Lilian Hatton. Maman, qu'est-ce que je vais faire ?

La femme regarda dans le vide, puis serra sa fille dans ses bras.

— Marilyn disait qu'il ne fallait pas mettre de vert pour un mariage, que ça portait malheur. (Sa voix n'était plus qu'une espèce de marmonnement.) J'avais aussi acheté cette veste verte. J'ai pas eu le temps de les mettre, mais ça nous a porté malheur, Maman. (Et soudain elle poussa un cri terrible, désespéré, dément.) Charlie, Charlie, qu'est-ce que je vais faire, Charlie ? (Elle s'accrocha à sa mère, agrippant les revers de son manteau.) Oh, mon dieu, Charlie ! cria-t-elle.

— Vous savez, je ne m'y ferai jamais, dit doucement Burden.

— Vous croyez que moi, je m'y fais ?

Wexford éprouvait une espèce de bienveillance, et parfois même des sentiments affectueux pour son subordonné, mais de temps en temps Burden l'agaçait, surtout lorsqu'il se posait en gardien de la morale. Il a l'air faussement indulgent d'un prêtre, et la bouche trop fine, pensa Wexford, sans aménité.

— Le plus dur est fait, dit-il avec humeur. Le marié ne risque pas de verser dans des transports de douleur, et puis on n'annule pas son mariage parce que son témoin s'est fait tuer.

Espèce de sans cœur ! dit le regard de Burden. Puis il détourna sa tête bien proportionnée, aux traits purs, et se replongea dans sa pieuse rêverie silencieuse.

Il ne leur fallut que dix minutes pour aller de l'appartement des Hatton au 10, Bailey Street, où Jack vivait avec son père, qui était veuf. La voiture de police s'arrêta devant une petite maison sans jardin, attenante aux maisons voisines. Ils sonnèrent, et ce fut Mr Pertwee père qui vint leur ouvrir, mal à l'aise dans une jaquette trop grande pour lui.

— J'ai cru que c'était notre témoin, qu'il était enfin arrivé.

— Mr Hatton ne viendra pas, je le crains, dit Wexford.

Mr Pertwee resta planté là, et les deux inspecteurs passèrent devant lui pour pénétrer dans l'étroit couloir.

— Je suis vraiment désolé, mais nous avons de mauvaises nouvelles.

— Des mauvaises nouvelles ?

— Oui, monsieur. Charlie Hatton est mort. On l'a retrouvé ce matin, au bord de la rivière. Il était mort depuis hier soir.

Mr Pertwee pâlit affreusement.

— Nom d'un chien ! dit-il. Ça va faire un coup à Jack.

Ses lèvres tremblaient. Il les regarda tous les

deux, puis baissa les yeux et fixa les plis impeccables de son pantalon.

— Vous voulez que je monte lui dire ? demanda-t-il. (Wexford acquiesça d'un hochement de tête.) Bon, si vous voulez que ce soit moi, alors d'accord. Il se marie à 11 heures et demie. Mais il faut quand même que je lui dise. Oui, il faut que je lui dise.

Wexford et Burden connaissaient Jack Pertwee de vue. Wexford connaissait la plupart des habitants de Kingsmarkham, et Burden avait aperçu Jack la veille, bras-dessus bras-dessous avec Charlie Hatton, en train de faire du raffut dans les rues. Le jeune inspecteur, lui-même marié et heureux en ménage, éprouvait la plus profonde sympathie pour la veuve, mais Jack Pertwee, pour lui, n'était qu'un rustre. Inutile de prendre des gants avec un type comme ça, se dit-il. Et puis, pourquoi avait-il toujours la figure rouge brique ?

Agacé, il le regarda descendre l'escalier escarpé d'un pas lourd, l'air hagard. Puis quand il arriva en bas, Burden lui dit d'un ton cassant :

— Votre père vous a mis au courant ? Hatton a été assassiné hier soir. On veut tout savoir : où vous êtes allés et à quelle heure vous l'avez quitté.

— Hé, doucement, dit le père. C'est un choc pour lui. Mon fils et Charlie étaient de vieux amis.

Jack le poussa un peu pour entrer dans le petit salon mal éclairé, et les deux inspecteurs le suivirent. Les fleurs pour le mariage étaient arrivées. Jack avait une rose blanche à la boutonnière, et il y avait deux autres roses blanches sur le buffet en chêne : l'une était pour le père du marié, l'autre ne serait jamais portée. Jack arracha la fleur de sa jaquette et l'écrasa lentement de son poing.

— Je vais te chercher une goutte de whisky, fils.

— Je n'en veux pas, dit Jack, le dos tourné. On a bu du whisky hier soir, et je ne veux plus jamais en boire. (Il s'essuya les yeux de sa manche noire immaculée.) Qui a fait ça ? cria-t-il.

— Nous pensions que vous pourriez nous le dire, dit Burden.

— Moi ? Vous êtes cinglés ! Montrez-moi le salaud qui a tué Charlie et je le...

Il se laissa tomber sur une chaise, étendit ses bras sur la table et baissa la tête.

— Charlie, dit-il.

Wexford le laissa tranquille. Il se tourna vers le père.

— C'était quoi hier soir ? Une petite réunion entre hommes ? (Pertwee acquiesça d'un hochement de tête.) Vous savez qui était là ?

— Jack, bien sûr, et ce pauvre Charlie. Et puis tous les gars du club de fléchettes : George Carter, un type du nom de Bayles, Maurice Cullam, de Sewingbury, et encore deux trois autres. C'est ça, Jack ?

Jack hocha la tête, hébété.

— Jack m'a dit que Charlie était arrivé tard. Ils sont restés jusqu'à la fermeture et, après, chacun est parti de son côté, je crois. Charlie et Cullam ont dû rentrer ensemble en coupant à travers champs. C'est ça, Jack ?

Cette fois Jack leva la tête. Burden trouvait qu'il se conduisait comme une femmelette, il méprisait ces yeux rouges et ce muscle qui battait sur sa joue. Mais Wexford parla gentiment.

— Je comprends que ç'ait été un coup pour vous, Mr Pertwee. Nous n'allons pas vous ennuyer bien longtemps. Mr Cullam et Mr Hatton sont donc rentrés ensemble ?

— Maurice est parti le premier, marmonna Jack. Il était à peu près 11 heures moins 20. Charlie... Charlie est resté pour discuter un peu avec moi. (Un sanglot lui serra la gorge et il toussa pour l'étouffer.) Il m'a souhaité tout le bonheur possible, au cas où il n'aurait pas l'occasion de le faire aujourd'hui. Bon Dieu, il ne savait pas qu'il n'en aurait plus jamais l'occasion.

— Allons fils, faut que tu tiennes le coup. Je vais te donner une larme de whisky. Tu dois faire un effort, pour Marilyn. Tu te maries aujourd'hui. T'as pas oublié ?

Jack repoussa la main de son père, posée sur son épaule, et se remit sur ses pieds en titubant.

— Il n'y aura pas de mariage, dit-il.

— T'es pas sérieux, Jack ? Pense à Marilyn, et à tous ces gens qui vont venir. Ils seront à l'église dans une minute. Charlie n'aurait pas voulu que tu fasses ça.

Mais Jack s'entêta :

— Je ne me marierai pas aujourd'hui. Tu crois que je ne suis pas assez grand pour savoir ce qui se fait ou pas ?

Il arracha sa cravate et balança sa jaquette sur le dossier d'une chaise.

Son père, avec la considération d'un ouvrier pour un vêtement de location, la ramassa, la lissa, puis la posa bien pliée sur son bras, tel un vendeur dans un magasin de confection.

Complètement déboussolé par cette mort qui avait soudain tout remis en question, il se mit à s'excuser. D'abord il dit aux policiers :

— Je ne sais pas quoi dire, son témoin qui meurt, comme ça. (Puis à son fils :) Je donnerai ma main droite pour le faire revenir, Jack. Qu'est-ce que je peux faire pour toi, fils ? Je ferai tout ce que tu me diras.

Jack desserra son poing et laissa tomber les pétales écrasés. Une soudaine dignité le fit se redresser et relever la tête.

— Alors va à l'église, dit-il, et dis-leur que le mariage est annulé. (Il se tourna vers Wexford :) Je ne répondrai plus à aucune question pour le moment. J'ai du chagrin. Vous devez respecter mon chagrin. (Mais le vieil homme hésitait, se mordant la lèvre.) Dis-leur que tout est annulé et dis-leur pourquoi. (Il suffoqua, comme si ça venait juste de lui revenir.) Dis-leur que Charlie Hatton est mort !

« Oh, comment Jonathan a-t-il succombé sur tes collines ? Comment des héros sont-ils tombés ? Comment leurs armes se sont-elles perdues ? »

— Son témoin, non mais vraiment, dit Burden. C'est n'importe qui, un témoin !

Espèce de sans cœur ! pensa Wexford.

— Normal que Pertwee ait été bouleversé. À quoi vous attendiez-vous ?

Burden eut une moue de dégoût.

— Une douleur comme ça, c'est bon pour une femme. Un homme devrait se maîtriser un peu mieux. (Son pâle visage ascétique s'empourpra malgré lui.) Vous ne croyez tout de même pas qu'il y avait quelque chose... ?

— Non, je ne le crois pas. Et pourquoi n'appelez-vous pas un chat ? Ils étaient amis. Vous n'avez donc pas d'amis, Mike ? Mais où va le monde, si un homme ne peut plus avoir un ami sans aussitôt passer pour un pédé ! (Il regarda Burden d'un air mauvais et déclara haut et fort :) « Oh fabuleux nouveau monde, qui se compose de telles gens ! »

Burden se racla la gorge, piqué, et ne dit plus un mot jusqu'à York Street. Là, il déclara d'un ton froid :

— Voilà, d'après le vieux Pertwee, George Carter habite là, à cent mètres.

— Celui des danses folkloriques ! Je l'ai vu faire des cabrioles devant l'*Olive and Dove*, les soirs d'été.

— Peuh ! Des idioties prétentieuses.

Mais George Carter n'avait pas sa coiffe à grelots ce matin-là. Il avait une jolie queue-de-pie, et les cheveux brillantinés. Wexford comprit que c'était l'un des invités de Jack Pertwee.

Il lui annonça que Jack n'allait sans doute pas se marier ce jour-là, et sourit intérieurement, en constatant que cette nouvelle — le fait que George Carter serait privé de champagne et de son aile de poulet —, l'affectait davantage que la mort de Charlie Hatton. Il n'alla pas jusqu'à pleurer, mais il parut franchement déçu.

— Tout cet argent gâché, dit-il. Je connais, moi aussi j'ai failli me marier... mais ça, ça ne vous intéresse pas. Dommage, vraiment, qu'il ait fallu prévenir Jack. J'arrive pas à réaliser. Charlie Hatton, mort ! Lui toujours si vivant, si « exubérant », si vous voyez ce que je veux dire.

— Et très aimé, apparemment.

George Carter haussa les sourcils.

— Charlie ? Oh, c'est vrai, on doit pas dire du mal des morts.

— Mais vous feriez tout de même mieux de nous dire la vérité, Mr Carter, dit Burden. Qu'elle soit flatteuse ou pas. Nous voulons tout savoir sur cette fête d'hier soir. Absolument tout. Alors réfléchissez bien. Prenez votre temps.

Tout comme Jack Pertwee, mais pas du tout de la même façon, Carter enleva sa veste et desserra sa cravate.

— Comment ça, « tout » savoir ? fit-il. Une bande de copains se retrouvent pour boire. Voilà, vous savez tout.

— Mais qu'est-ce qui s'est passé ? De quoi vous avez parlé ?

— Très bien. (Carter les regarda d'un air sarcastique.) Vous m'arrêtez si je vous ennuie. Charlie est arrivé au *Dragon* vers 9 heures et demie, peut-être dix heures moins le quart. On buvait tous de la bière, alors il a fallu qu'il offre du whisky, pour qu'on se sente minables. Il était très fort pour ça, Charlie Hatton. J'ai fait une réflexion et il m'a envoyé promener. C'est ce genre de choses que vous voulez savoir ?

— Exactement ça, oui.

— Bon. C'est juste que ça paraît un peu dur, quoi, maintenant qu'il est mort. Après, un type a fait une plaisanterie et Charlie l'a humilié. Fallait toujours qu'il écrase les autres, pour montrer qu'il était le plus fort. Et puis je lui ai dit qu'il était toujours en train d'étaler son fric, et il m'a insulté à propos de ma... peu importe. C'est personnel. Il s'en est pris aussi à notre trésorier, qui du coup est parti, avec deux des autres.

Geoff était déjà rentré. Il ne restait que moi, Charlie, Maurice et Jack, et on est partis à la fermeture. Voilà, c'est tout.

— Vous êtes sûr ?

— Je vous l'avais bien dit, il s'est rien passé. Je vois vraiment pas ce que je pourrais ajouter. À moins que... Non, c'était rien.

— Allez-y tout de même, Mr Carter.

George Carter haussa les épaules avec impatience.

— Je ne sais même pas de quoi il s'agissait. Sûrement rien d'important. Maurice a dit à Charlie, après que les autres sont partis : « T'as vu Mc Cloy, ces temps-ci ? » Je me souviens du nom, Mc Cloy, mais ça ne me dit rien. Ça n'a pas plu à Jack, et Charlie a eu l'air un peu gêné. Et lui qui montait toujours sur ses grands chevaux, là, il n'a pas relevé. Il a juste plaisanté, en disant à Maurice qu'il ferait mieux de dormir tranquillement pour changer. Vous comprenez, Maurice a déjà cinq enfants... Enfin, vous captez le message, quoi.

— Pas entièrement non, dit Wexford. Cullam aurait-il suggéré qu'Hatton, lui, ne pouvait pas dormir tranquille ?

— Effectivement, oui. J'avais oublié. Il lui a dit quelque chose comme : « Je n'ai rien à faire avec Mc Cloy. Je vais pouvoir dormir tranquille, moi. »

Très intéressant, pensa Wexford. Loin d'être aimé, Hatton avait en fait beaucoup d'ennemis. Il était arrivé tard au *Dragon* et, en moins d'une heure, il avait trouvé le moyen de se mettre au moins quatre hommes à dos.

— Alors comme ça Charlie Hatton était toujours en train d'étaler son fric. Mais quel fric ?

— Il avait toujours des liasses de billets sur lui, dit Carter. Je l'ai toujours vu plein au as, depuis trois ans. Mais ces derniers temps, il avait encore plus d'argent. Il a payé quatre tournées hier soir, des doubles whiskies, et ça n'a même pas eu l'air d'entamer ce qu'il avait sur lui.

— Combien avait-il sur lui, Mr Carter ?

— Mais je n'ai pas compté ! fit Carter, vexé. (Il se moucha dans le mouchoir blanc qui lui servait de pochette.) Il avait eu sa paie, mais il n'y a pas touché. Il a pioché dans cette liasse de billets, mais je vous ai dit que je les avais pas comptés. Comment j'aurais fait ?

— Vingt livres, trente livres ? Davantage ?

Carter plissa le front dans un effort de concentration.

— Il a payé la première tournée avec un billet de cinq, et la troisième avec un autre billet de cinq. Là, il lui restait encore deux billets de cinq livres. Et en plus de ça, il avait toute une liasse de billets d'une livre. (Carter en montra l'épaisseur entre le pouce et l'index, un bon demi-centimètre.) Je pense qu'il avait une centaine de livres en plus de sa paie.

4

À midi, Wexford et Burden avaient interrogé tous les membres du club de fléchettes présents à la soirée de Jack Pertwee. Mais ils avaient tous dit la même chose : Charlie Hatton s'était montré agressif, malveillant, vaniteux, et il avait beaucoup d'argent sur lui.

En allant au poste de police, ils passèrent devant l'église. On photographiait une mariée et ses demoiselles d'honneur. Le mari émergea de la foule, et Wexford eut un petit pincement au cœur à l'idée que ç'aurait pu être Jack Pertwee. Puis il se ressaisit et dit :

— Et maintenant Mike, si j'étais flic dans un roman policier, je pourrais affirmer, sans l'ombre d'un doute, qu'on a tué Hatton pour empêcher Pertwee de se marier.

Burden eut un sourire suffisant.

— Dans ce cas, c'eût été plus simple de tuer carrément le futur marié.

— Ah, mais c'est toute la subtilité de notre auteur ! Enfin, on n'est pas dans un roman policier, et il y a toutes les chances qu'on ait tué Hatton pour son argent. Son portefeuille était vide, quand j'ai découvert le corps, ce matin.

Dans le hall du poste de police, derrière le long comptoir noir, le sergent Camb s'éventait avec son journal. Des gouttes de sueur coulaient sur son front. Wexford se dirigea vers l'escalier.

— Et pourquoi on ne prendrait pas l'ascenseur, monsieur ? demanda Burden.

Le poste de police était un bâtiment récent — il avait environ cinq ans — mais, dès son achèvement, les autorités constituées, telles des ménagères hystériques, n'avaient eu de cesse d'améliorer leur ouvrage, faisant innovation sur innovation. D'abord ces pots de chrysanthèmes dans la cour, tentation permanente pour les vandales, qui prenaient un malin plaisir à arracher ces fleurs-là en priorité. Puis ces bataillons de plantes vertes, dans les bureaux, des « tradescantia », des « sanseveria » et « ficus elastica », condamnés dès le départ à la déshydratation, et finalement à une vocation inévitable de cendriers géants.

L'année précédente avait été placée sous le signe des sculptures en verre : un étrange arbre vert — véritable Yggdrasil[1] pour le sanctuaire de Burden, et pour Wexford, une colonne informe bleu de mer, qui, sous certaines lumières, ressemblait étrangement à un corps humain. Ces deux-là aussi étaient marquées par le destin. Une jeune stagiaire avait cassé la colonne de Wexford. Quant à l'arbre de Burden, il avait un jour disparu en même temps que les ordures.

Cela aurait dû mettre un terme à ces innovations forcenées. Mais alors que l'entrée commençait à prendre une certaine patine, l'ascenseur était arrivé, boîte élégante, noire et dorée, avec une porte coulissante.

— Il n'est pas encore en service, dit Wexford, un rien nerveux.

— Ah, vous vous trompez ! dit Burden. Il marche depuis ce matin. On l'essaye ?

— Mais qu'est-ce qu'il y a ? C'est démodé les escaliers ou quoi ? C'est vraiment une honte de gaspiller l'argent des contribuables pour un ascenseur. Et puis Crocker dit qu'il n'a pas meilleur exercice pour moi que de monter des escaliers. C'est bon pour ma tension.

— Comme vous voudrez, dit Burden, en détournant la tête pour que Wexford ne le voie pas sourire.

En arrivant au troisième, ils étaient tous les deux à bout de souffle. La pauvre chaise jaune,

1. Arbre de la mythologie scandinave dont les racines et les branches s'étendent à travers l'univers.

derrière le bureau en bois de rose de Wexford, craqua lorsqu'il casa son grand corps dedans.

— Ouvrez-moi une fenêtre, Mike, par pitié !

— Mais ça n'est pas bon d'ouvrir les fenêtres, avec l'air conditionné, grommela Burden.

Il obtempéra pourtant, il releva le store vénitien jaune, et le plein soleil de midi envahit la pièce.

— Et si on récapitulait ce qu'on sait sur Charlie Hatton ? proposa Burden.

— O.K. Il avait trente ans. Il avait passé toute sa vie à Kingsmarkham. Il avait épousé, il y a deux ans, Lilian Bardsley, la sœur du type avec qui il était en affaires. Bardsley a une compagnie de transport d'appareils électroménagers.

— Hatton était son associé ?

— Faudra qu'on se renseigne. Mais même s'il était son associé, je ne vois pas comment il aurait pu gagner tout cet argent en transportant des fers à repasser en Écosse, deux fois par semaine. Carter dit qu'il avait cent livres sur lui. Où est-ce qu'il avait eu cet argent ?

— Peut-être ce Mc Cloy.

— On a des Mc Cloy au fichier ?

— Pas que je me souvienne, monsieur. Il faudra qu'on demande des précisions à Maurice Cullam.

Wexford s'épongea le front avec son mouchoir, et, suivant l'exemple de Camb, s'éventa avec le journal du matin.

— Ah, Cullam, dit-il, le géniteur prolixe. Il était avec l'un de ses rejetons ce matin, quand j'ai découvert le corps. Il est chauffeur de poids lourds, lui aussi. Je me demande... Hatton s'est fait rançonner deux fois cette année avec son camion.

Burden écarquilla ses pâles yeux bleus.

— Vraiment ?

— Je m'en suis souvenu quand Cullam m'a dit qui était le mort, dit Wexford. Les deux fois, c'était sur la grande route du Nord, et personne ne s'est jamais fait pincer. La première fois, Hatton s'est fait assommer et, la deuxième, ils l'ont ligoté et bâillonné.

— Une fois ça va, dit Burden, pensif. Ce sont les risques du métier. Mais deux, ça paraît suspect. Je suis curieux de voir ce que le médecin va dire. Et tenez justement, le voilà.

Le Dr Crocker et l'inspecteur-chef Wexford étaient allés à l'école ensemble. C'étaient donc des amis d'enfance, comme Jack Pertwee et Charlie Hatton, mais leur amitié demeurait sporadique, leurs rapports plutôt froids, et leurs échanges souvent caustiques. Crocker, qui avait six ans de moins que Wexford, était la seule personne — de l'avis de Burden —, capable de pousser l'inspecteur à bout. Grand, mince, les joues creusées de rides verticales, il entra dans le bureau sans paraître le moins du monde souffrir de la chaleur.

— J'ai pris l'ascenseur, annonça-t-il. Ça fait chic, dites-moi : qu'est-ce qu'ils vont vous offrir, la prochaine fois ?

— Des tableaux, je crois, répondit Wexford. L'inspecteur ici présent va hériter d'un joli bouquet de fleurs. Et moi, d'un paysage de Constable.

— Je ne m'y connais pas trop en art, dit Crocker, en s'asseyant et en croisant ses longues jambes avec élégance. Mais il y a un tableau que j'aimerais avoir : « La leçon d'Anatomie », de

Rembrandt. C'est charmant. Il y a ce pauvre diable, ce corps, allongé sur la table, les entrailles à l'air, et tous ces étudiants...

— S'il te plaît, dit Wexford. Je vais bientôt déjeuner. Vous, les médecins, il faut toujours que vous rameniez tout à votre métier. Tu nous donneras ton avis sur la peinture une autre fois. Pour le moment, je veux que tu me parles de Charlie Hatton.

— Un type en parfaite santé, excepté le fait qu'il est mort, bien sûr. (Crocker ignora le coup d'œil réprobateur de Wexford.) Quelqu'un l'a frappé derrière la tête avec un objet lourd et lisse. Je dirais qu'il est mort vers 11 heures. Difficile d'être précis sur ces choses-là. Il faisait quoi déjà, comme métier ?

— Chauffeur de poids lourds, dit Burden.

— Ah oui. Il avait des dents superbes.

— Et alors ? dit Wexford. Normal qu'il ait eu de belles dents. Il n'avait que trente ans.

— Oui, tu as raison. Sauf que ce n'étaient pas les siennes. Je veux dire qu'il avait la plus belle prothèse dentaire que j'aie jamais vue. De magnifiques petits châteaux forts en ivoire. De superbes petits broyeurs plus vrais que nature. À mon avis, ça lui a coûté au moins deux cents livres.

— Un homme riche, ce Charlie Hatton, dit Wexford, pensif. Cent livres dans la poche, deux cents livres dans la bouche. J'aimerais bien pouvoir croire qu'il les avait gagnées honnêtement, ses dents, en faisant des aller et retour avec son camion, sur la grande route du Nord.

— Ça, c'est ton problème, dit Crocker. Bon, moi je vais déjeuner. Tu as essayé l'ascenseur ?

— En ta qualité de médecin, tu m'as conseillé

de prendre l'escalier, tu te souviens ? Médecin, suis tes propres conseils. Mais, toi, qu'est-ce que tu fais comme exercice, à part passer les vitesses dans ta bagnole ? À mon avis, tu devrais surveiller ta tension.

— J'y penserai, oui, dit Crocker, en se dirigeant vers la porte.

Et dans la lumière, se découpa sa silhouette fine, altière.

— Tout n'est qu'une histoire de métabolisme, dit-il avec désinvolture. Chez certains il est rapide. Chez d'autres, (il se retourna et regarda Wexford) il est lent. Question de chance.

Wexford lui répondit par un grognement et, dès qu'il fut parti, il ouvrit son tiroir du haut et en sortit le contenu des poches de Charlie Hatton. Le portefeuille était là, mais il n'y avait plus d'argent dedans. Il était encore imprégné d'eau. Avec précaution, Wexford en extirpa une photo de Lilian Hatton, un permis de conduire, et une carte de membre du club de fléchettes, toutes choses qu'il mit à sécher au soleil.

Dans l'une des poches de Hatton, on avait trouvé un mouchoir propre. Ce fut en le dépliant, que Wexford découvrit la petite carte qui s'était glissée entre les plis. Elle était humide, les mots écrits dessus à l'encre étaient indéchiffrables, mais on reconnaissait l'un de ces petits cartons que les dentistes donnent à leurs patients. Dessus, il y avait écrit : « Jolyon Vigo, chirurgien dentiste, 19 Ploughman's Lane, Kingsmarkham, Sussex. Tél : Kingsmarkham 384. »

Wexford tint le petit carton à bout de bras, et l'étudia dans la lumière du soleil.

— L'origine du dentier sublime ?

— Peut-être que Vigo pourra nous dire d'où venait l'argent de son client, dit Burden, si jamais Cullam ne le sait pas. Ma femme va chez lui. C'est un bon dentiste.

— Et un malin aussi, si vous voulez mon avis. Réussir à soutirer deux cents livres à un Charlie Hatton, tout ça pour trente-deux dents, bravo ! Ça ne m'étonne pas qu'il puisse habiter Ploughman's Lane. On n'a pas choisi la bonne voie, Mike, aucun doute là-dessus. Bon, maintenant je vais aller déjeuner. Vous venez avec moi ? Après on ira voir Cullam.

— On pourrait peut-être prendre l'ascenseur, dit Burden, un peu gauchement.

Wexford aurait préféré mourir, plutôt que d'admettre sa peur panique des ascenseurs. Bien qu'une notice à l'intérieur indiquât qu'on pouvait monter dedans à trois, l'inspecteur craignait secrètement que l'ascenseur ne craque sous son poids. Mais il n'hésita qu'une fraction de seconde avant de franchir le pas et, dès que la porte se fut refermée, il se mit à faire le pitre, pour masquer sa peur.

— Ameublement, couverts, linge de table, dit-il, faussement enjoué. (Il appuya sur le bouton. Il y eut comme un chuintement, puis l'ascenseur commença à sombrer.) Premier étage : femmes. Sous-vêtements, bas... Mais pourquoi il s'arrête, Mike ?

— Vous avez peut-être appuyé sur le mauvais bouton.

Ou alors je suis trop lourd, pensa Wexford, alarmé. L'ascenseur s'arrêta au premier et la porte s'ouvrit. Le sergent Camb hésita sur le seuil, l'air gêné.

— Désolé, monsieur. Je ne savais pas que c'était vous. Je peux descendre à pied.

— L'ascenseur va jusqu'à trois personnes, sergent, dit Wexford, souhaitant ardemment que sa peur, désormais bien réelle, ne transparaisse pas. Venez.

— Merci, monsieur.

— Il n'est pas mal, hein ? fanfaronna-t-il. Voilà le digne hommage d'un gouvernement reconnaissant.

Allons, allons, se dit-il, mais il se vit tomber à pic dans le sous-sol avec ses deux acolytes.

— Vous allez voir Mrs Fanshawe, je suppose ? demanda-t-il, tout à fait inutilement.

L'ascenseur flotta légèrement, puis se stabilisa. La porte s'ouvrit. Finalement c'est du lourd, du solide, comme moi, songea Wexford.

— On m'a dit qu'elle était sortie du coma, dit-il.

— J'espère que les médecins lui auront dit pour son mari et sa fille, dit Camb, alors qu'ils traversaient le hall au sol dallé, noir et blanc. C'est vraiment quelque chose que j'aime pas faire. Ils étaient sa seule famille, à part sa sœur, qui est venue identifier les corps.

— Quelle âge a-t-elle ?

— Mrs Fanshawe, monsieur ? Cinquante et quelques. Sa sœur est un peu plus âgée. Ça été horrible pour elle, d'identifier miss Fanshawe. Le corps était dans un sale état, je peux vous le dire. Le visage complètement...

— Je vais déjeuner, dit Wexford, tranchant.

Il accéléra le pas, et passa les portes battantes avant les autres. Camb se dirigea vers sa voiture. Les bacs en pierre de la cour exhibaient fièrement des bouquets rose vif de « pelargonii » qui s'ouvraient, ravis, au soleil de midi.

— Mais qu'est-ce que c'est que cette histoire ? demanda Burden.

— Le genre d'histoires qu'on n'aime pas trop : Mrs Fanshawe et son mari rentraient chez eux, dans leur Jaguar. La voiture s'est retournée, sur la route à quatre voies, après Stowerton. Ils habitaient Londres, Fanshawe était sans doute pressé. Allez savoir. La route était déserte. Après avoir capoté, la Jaguar a pris feu. Mrs Fanshawe a été éjectée. Les deux autres ont été tués sur le coup. Et salement brûlés.

— Et cette Mrs Fanshawe ne le sait pas ?

— Elle était dans le coma depuis six semaines, depuis l'accident.

— Mais oui, je m'en souviens maintenant, dit Burden, en soulevant la portière en plastique que le patron du *Carousel* installait en été pour empêcher les guêpes d'entrer. L'enquête a été ajournée.

— On attendait que Mrs Fanshawe sorte du coma. Et maintenant, Camb va essayer de lui faire dire pourquoi la voiture a capoté sur une route déserte. Bonne chance ! Qu'est-ce que vous avez envie de manger, Mike ? Moi, je vais prendre une salade.

— Deux salades au jambon, dit Burden à la serveuse.

Il prit la carafe glacée et se servit un verre d'eau.

— Ça devient drôlement chic, le *Carousel*, dit Wexford. Il n'y a pas si longtemps, on buvait de l'eau tiède. Qu'est-ce que vous pariez que ce Mc Cloy est à la tête d'une grosse organisation ? À mon avis, Hatton touchait sa part sur les chargements volés. Qu'il s'agisse de son camion, ou de celui des autres. Il les emmenait boire un coup, et le tour était joué. De toute façon, les chauffeurs laissent toujours leur camion, sur ces aires de stationnement. Pour piquer un petit roupillon, ou pour boire une tasse de thé. Hatton a pu se trouver un petit job sympa, là. Cinquante ou cent livres par camion, selon la valeur du chargement.

— Mais alors, pourquoi Mc Cloy aurait-il tué la poule aux œufs d'or ?

— Parce qu'Hatton prend peur, ou qu'il en a marre et menace de le dénoncer. Il a peut-être même essayé de le faire chanter.

— Ça ne m'étonnerait pas, oui, dit Burden, en étalant du beurre sur son petit pain.

Le beurre était presque liquide, et Burden se dit que le personnel du *Carousel*, comme le reste de l'humanité, était tragiquement inconséquent.

5

— Mais ma fille n'était pas dans la voiture !

Le sergent Camb éprouvait une réelle compassion pour cette pauvre femme. Il la regardait, adossée à ses oreillers, et il avait mal pour elle. Pourtant, Mrs Fanshawe était dans l'une des chambres privées les plus confortables de l'hôpital. Elle avait le téléphone, la télé. Sa chemise de nuit n'était qu'une débauche de dentelle et de volants, et, sur ses doigts tout amaigris, ses bagues, saphirs et diamants, s'entrechoquaient chaque fois qu'elle agrippait, puis lâchait son drap.

C'est vrai ce qu'on dit, pensa Camb : l'argent ne fait pas le bonheur. Il avait remarqué que dans la chambre il n'y avait pas de fleurs, et que Mrs Fanshawe n'avait reçu qu'une carte postale. Une carte de sa sœur, pensa-t-il. La seule parente qui lui restait. Son mari était mort et sa fille...

— Je suis vraiment désolé, Mrs Fanshawe, mais votre fille était dans la voiture, avec vous et votre mari. Ils n'ont pas souffert, ajouta le brigadier très vite.

Mrs Fanshawe porta la main à son front. Elle avait les cheveux teints, et des racines blanches d'un bon centimètre.

— Ma tête, dit-elle. J'ai mal à la tête. Il y a des choses dont je ne me souviens pas. Des détails... Tout est si flou.

— Ne vous tracassez pas, dit Camb, du fond du cœur. La mémoire vous reviendra. Vous irez beaucoup mieux bientôt. (Quel intérêt ? Elle avait perdu son mari et sa fille.) De toute façon, votre sœur nous a donné pratiquement tous les renseignements qu'il nous fallait.

Mrs Browne et Mrs Fanshawe étaient très proches, Mrs Browne savait presque tout de la vie de sa sœur. Elle leur avait appris que Jérôme Fanshawe avait un bungalow à Eastover, et qu'il était parti le 17 mai passer une semaine de vacances là-bas avec sa femme et sa fille. Nora, la fille, professeur d'anglais en Allemagne, avait démissionné avant Pâques. Camb en avait déduit qu'elle avait accompagné ses parents parce qu'elle était un peu paumée. Mrs Browne, qui était chez eux le jour de leur départ, les avait vus monter tous les trois dans la Jaguar. En revanche, elle n'avait pu expliquer pourquoi ils avaient quitté le bungalow plus tôt que prévu, si ce n'est à cause du mauvais temps. Et on ne saurait peut-être jamais pourquoi la Jaguar s'était retournée et avait pris feu, à dix kilomètres de l'hôpital où se trouvait désormais la seule survivante de l'accident.

— Je ne vous embêterai pas longtemps, dit Camb, très gentiment. Vous avez presque tout oublié de l'accident. Mais est-ce que vous pourriez essayer de vous rappeler ce qui s'est passé juste avant ?

Dorothy Fanshawe avait oublié qui étaient ces gens — gentils, mais fatigants —, comme elle avait à nouveau oublié où elle était. Sa sœur était venue la voir, ce qui l'avait épuisée. Puis deux hommes étaient venus lui dire que Jérôme était mort, s'attendant apparemment à ce qu'elle pleure. Mrs Fanshawe avait tripoté ses bagues — ces bagues lui étaient d'un grand réconfort — et leur avait dit :

— Alors maintenant tout est à moi : À moi et à Nora.

Ils avaient pensé qu'elle divaguait et ils étaient partis. Elle avait bien aimé les voir s'éloigner, ces indiscrets ; ces mal élevés. Il n'y avait qu'une personne qu'elle avait envie de voir. Voilà pourquoi elle regardait si avidement le jeune et beau visage du policier. Mais elle n'était pas folle — elle avait juste été dans le coma —, et elle savait que ce n'était pas le visage qu'elle cherchait.

— Je suis à Londres ? demanda-t-elle brusquement.

— Non, Mrs Fanshawe, répondit le sergent, tout en se disant qu'elle avait vraiment la voix tremblotante. Vous êtes à l'hôpital de Stowerton, dans le Sussex.

— Vous me paraissez très bien informé, dit Mrs Fanshawe, ravie de sa sortie. Vous pouvez peut-être me dire pourquoi ma fille ne vient pas me voir. On ne lui a pas dit que j'étais là ? Si elle le savait, elle viendrait immédiatement.

— Oh, Mrs Fanshawe... dit le policier, malheureux, presque déboussolé.

Puis il lui lança un regard franchement réprobateur, qui voulait dire : laissez tomber, ça vaut mieux. Ce sera peut-être moins douloureux comme ça, se dit Camb. Allons-y doucement, par paliers, pour lui annoncer la vérité. Le cerveau se débrouille toujours pour atténuer les coups qui nous sont portés, pensa-t-il, sentencieux.

— Revenons au... à l'accident, dit-il. Vous vous souvenez de ce qui s'est passé après que vous avez quitté Eastover ? La nuit tombait et il n'y avait presque pas de voitures sur la route. C'était un lundi. Il avait plu. La chaussée était humide. Bon, et maintenant, Mrs Fanshawe ?

— Mon mari conduisait, commença-t-elle.

Puis elle se demanda pourquoi son interlocuteur avait un air si douloureux. Il avait peut-être remarqué ses bagues. Ses bagues qu'elle faisait glisser sur ses doigts de haut en bas. Et soudain elle se souvint qu'elles valaient presque vingt mille livres.

— Jérôme conduisait...

Jérôme ! Quel nom ridicule ! Comme dans *Trois hommes dans un bateau*. Cette pensée la fit glousser, ce qui se traduisit par un son discordant.

— J'étais assise à côté de lui, bien sûr. Je tricotais. Oui, je devais tricoter. Je tricote toujours quand Jérôme conduit. Il roule tellement vite, dit-elle d'un ton bougon. Beaucoup trop vite, et il ne m'écoute jamais quand je lui dis de ralentir. Alors je tricote. Pour ne pas y penser, vous comprenez.

Jérôme était un salaud, un égoïste. Un homme de cinquante-cinq ans n'avait pas à conduire comme Fangio. Elle le lui avait dit, mais il ne l'avait pas écoutée. Il n'écoutait jamais ce qu'elle lui disait. Mais elle avait l'habitude qu'on l'ignore. Nora non plus ne l'écoutait pas. Et finalement, la seule chose sur laquelle elle et Jérôme aient jamais été d'accord, c'était Nora, cette insupportable gamine. C'était bien elle, que de partir, et de ne donner aucune nouvelle. Jérôme aurait son mot à dire, là... Puis le souvenir qu'il n'aurait plus jamais son mot à dire sur rien surgit dans son esprit. Jérôme ne roulerait plus jamais à cent quatre-vingts, il ne rouspéterait plus jamais après Nora, il ne ferait plus jamais ces choses terribles et humiliantes. Ce soir lorsqu'elle se sentirait mieux, elle écrirait à Nora pour lui dire que son père était mort. Avec Jérôme hors jeu, et tout cet argent pour elles deux, leur relation ne pouvait que s'améliorer...

— Je tricotais un pull pour Nora, dit-elle. (Quelle forte constitution elle devait avoir, pour se rappeler ça après tout ce qu'elle avait traversé !) Non pas qu'elle l'ait mérité, la vilaine fille !

Pourquoi avait-elle dit ça ? Nora n'avait pas été gentille, certes, elle n'avait même jamais été aussi odieuse, mais Dorothy Fanshawe était absolument incapable de se rappeler pourquoi. Elle souhaita que le policier cessât de la regarder avec ce regard de veau éploré. Il n'y avait aucune raison qu'on s'apitoie sur elle, Dorothy Fanshawe d'Astbury Mews, Upper Grosvenor Street, W.I. Elle était désormais une veuve joyeuse. Riche et sans complexe. Et mère d'une fille jeune, jolie et brillante.

— Je ne me souviens pas de quoi on a parlé, mon « défunt » mari et moi. De rien sans doute. La route était mouillée, et je n'arrêtais pas de lui dire de ralentir.

— Votre fille était à l'arrière, Mrs Fanshawe ?

Oh, vraiment, cet homme était insupportable !

— Nora n'était *pas* dans la voiture, je n'arrête pas de vous le dire ! Nora était repartie en Allemagne. Et je suis sûre que c'est là qu'elle est maintenant.

Elle est folle, se dit le sergent. Ces affirmations, ces propos hachés. Quoi qu'en disent les médecins, il était fort probable que l'accident lui ait sérieusement endommagé le cerveau. Camb n'osait pas prendre la responsabilité de lui en dire plus. Comment prévoir sa réaction ? Tôt ou tard — si jamais elle recouvrait un jour la raison —, elle se souviendrait que sa fille avait démissionné de ce travail en Allemagne avant Pâques, qu'elle était avec eux à Eastover, et qu'elle était dans la voiture au moment de l'accident. Le corps de la jeune fille avait été identifié par sa tante, Mrs Browne. Elle était morte et enterrée.

— Je l'espère, dit Camb, sur un ton apaisant. Oui, votre fille est forcément en Allemagne.

Pourquoi votre mari a-t-il donné un coup de volant, Mrs Fanshawe ?

— Je tricotais.

— Avez-vous heurté quelque chose ? Est-ce qu'un pneu a éclaté.

— Je ne regardais pas, je vous l'ai dit. Je tricotais.

— Votre mari a-t-il poussé un cri ?

— Je crois qu'il a dit « Mon dieu ».

Elle ne se souvenait pratiquement de rien, hormis le fait qu'elle tricotait, puis qu'elle s'était retrouvée dans ce lit, avec sa sœur — cette sale fouineuse — assise à côté d'elle. Mais Jérôme disait tout le temps « Mon dieu », ou même « Bon dieu », il avait un vocabulaire limité, et ça faisait bien vingt ans qu'elle ne lui demandait plus de ne pas blasphémer.

— Je ne me souviens de rien d'autre, dit-elle.

Ils ne tireraient plus rien d'elle, terminé ! Elle ne voulait pas gaspiller ses forces. Elle en aurait besoin pour écrire à Nora.

Camb regardait, apitoyé, cette femme aux lèvres tremblantes, aux ongles trop longs, qui jouait avec ses bagues. Mrs Fanshawe ne lui avait rien appris. Peut-être aurait-il dû savoir qu'elle ne lui apprendrait rien, que c'était trop tôt, ou peut-être ses supérieurs auraient-ils pu s'en douter. Il fallait qu'il s'en aille maintenant, de toute façon. La jeune doctoresse avait dit cinq minutes, et ça faisait vingt minutes qu'il était là. D'ailleurs l'infirmière arrivait. Ils ont des drôles d'uniformes maintenant, pensa-t-il, en détaillant la fille en blouse bleu marine avec son calot sur la tête. La pauvre Mrs Fanshawe la regardait avec désespoir. Pas étonnant, épuisée et bouleversée comme elle l'était.

Non, ce n'était pas Nora. Pendant une fraction de seconde Mrs Fanshawe avait cru que c'était elle. Mais Nora ne portait jamais de blouse, Nora détestait les travaux ménagers. Or cette fille portait une blouse, et pas une jolie petite robe, comme elle l'avait cru tout d'abord. Et puis elle avait un calot sur la tête. Sa sœur aurait-elle engagé une nouvelle bonne sans lui en parler ? C'était tout à fait possible, vu qu'elle se mêlait toujours des affaires des autres. Elle était sans gêne mais irresponsable aussi. Une personne responsable lui aurait déjà envoyé Nora.

— Comment vous appelez-vous ? demanda Mrs Fanshawe abruptement.

— Rose, Mrs Fanshawe. Je vous apporte le thé. Vous boirez bien une tasse de thé, hein ? Il va falloir que vous partiez maintenant, sergent. Je suis désolée, mais Mrs Fanshawe est encore très faible, vous comprenez ?

Elle a la langue bien pendue, pensa Mrs Fanshawe. Et autoritaire avec ça.

— Rose, dit-elle, je veux écrire une lettre à ma fille, en Allemagne. Voulez-vous aller me chercher du papier et un stylo, s'il vous plaît ?

Elle n'est pas au courant, pensa Camb. Elle est nouvelle. Personne ne lui a dit. C'est aussi bien.

— On va mieux, hein ? dit l'infirmière, espiègle. On veut écrire des lettres ! Bien. Je suis sûre que vous n'avez pas de papier, alors je vais aller en emprunter chez Mrs Goodwin, dans la chambre au bout du couloir. Je posterai votre lettre ce soir, en partant.

— C'est très gentil à vous, dit Mrs Fanshawe avec un petit sourire coincé.

Une impertinente, pensa-t-elle, sûrement difficile à dresser. On allait bien voir. En tout cas, Jérôme n'était plus là pour tourner autour de celle-là, l'entraîner dans les coins et lui tapoter les fesses, comme il l'avait fait avec la Danoise au pair. Jérôme était mort. Elle avait toujours pensé qu'il conduisait trop vite, et qu'il finirait par se tuer. Ce qui avait fini par arriver. Mais pourquoi ne l'avait-il pas tuée, elle aussi ? Quelle bonne fée avait pu décider qu'elle serait saine et sauve, et assise là, dans son lit, chez elle ?

Sauf qu'elle n'était pas chez elle, et pas dans son lit. Tout doucement, Mrs Fanshawe tenta de canaliser ses pensées. Jérôme était mort, Nora était en Allemagne, et elle était dans un hôpital. Très gentil d'avoir engagé une femme de chambre pour elle à l'hôpital. Mais qui y avait pensé ?

À moins que cette Rose ne soit une infirmière. Mais bien sûr que c'est une infirmière, se dit Mrs Fanshawe. Quelle idiote ! J'ai vraiment l'impression d'être dans un rêve, et chaque fois que j'en sors je me sens si fatiguée, que j'y replonge aussitôt.

Les vagues informations que lui donnaient tous ces gens ne l'avançaient en rien. Les gens sont tellement inefficaces de nos jours. Pour commencer, sa sœur avait oublié de prévenir Nora. Puis ce policier avait prétendu que leur fille était avec eux dans la Jaguar. Ils doivent tous penser que je n'ai pas toute ma tête. Comme si une mère ne savait pas où se trouve sa propre fille ! Elle se souvenait même de l'adresse de Nora.

« Goethestrasse 14, Köln, RFA. » Mrs Fanshawe était très fière d'écrire Köln pour Cologne. Quelles réserves d'énergie et d'intelligence devait-elle avoir pour se souvenir de pareils détails. Après tout ce qui lui était arrivé !

L'infirmière revint avec le papier à lettres.

— Merci mademoiselle l'infirmière, dit-elle, pour bien montrer que rien ne lui échappait.

Elle essaya d'écrire, mais le stylo se mit à zigzaguer sur le bloc de papier.

— Et si je l'écrivais pour vous ? proposa Rose.

— Ce serait peut-être mieux, oui. Je vais vous la dicter. Je peux commencer ?

La jeune infirmière dut se concentrer intensément, pour comprendre, parmi toutes ces digressions, ce que Mrs Fanshawe avait l'intention de dire. Mais elle avait bon cœur et, en outre, c'était toujours payant d'avoir des attentions pour les malades des chambres privées. L'année précédente, une malade qui n'était pourtant restée que quinze jours, lui avait donné un flacon presque plein de « Femme » de Rochas, en partant.

— « Très chère Nora », lut-elle, à haute voix. « Je suis presque rétablie et j'aimerais que tu viennes me voir. Ça aurait fait plaisir à ton pauvre Papa. Je pense que Tatie t'a tout raconté, mais que tu étais trop occupée pour venir. Tirons un trait sur le passé. Je t'aime, Maman. » Ça vous va, Mrs Fanshawe ? Il me reste des timbres. Assez pour poster cette lettre. Je vais y aller maintenant, avant de boire mon thé.

En revenant de la poste, sur Charteris Road, Rose croisa la sœur responsable de l'aile privée de l'hôpital.

— Je viens de poster une lettre pour cette pauvre Mrs Fanshawe, ma sœur, dit-elle, l'air charitable. Je fais ce que je peux pour leur remonter le moral, vous savez. Elle était tellement contente à l'idée d'envoyer une lettre à sa fille dès ce soir.

— Sa fille est morte.

— Oh, ma sœur, c'est pas vrai ! Oh mon dieu, c'est affreux ! Je n'aurais jamais pu imaginer que... Oh, ma sœur !

— Vous feriez mieux de retourner voir vos malades, Rose. Et faites un effort pour contrôler vos émotions.

6

Ce fut l'enfant qu'il avait vu avec son père au bord de la rivière, qui vint lui ouvrir : un garçon d'environ sept ans, grand pour son âge, l'air agressif. Il avait des espèces de traînées brunes et grasses sur le visage. De la nourriture sans doute.

— Qui c'est, Dominic ? fit une voix venant des profondeurs scabreuses de ce logement loué par la municipalité, et beaucoup trop petit pour eux.

— Un monsieur, dit Dominic.

— Qu'est-ce qu'il veut ?

Pour mettre un terme à cette conversation absurde, Wexford entra dans le vestibule, puis dans le living-room. Trois autres enfants regardaient les spots à la télé. Les restes du déjeuner traînaient encore sur la nappe pleine de taches et de miettes. Une femme était assise à table et donnait le biberon à un bébé. Elle pouvait avoir entre trente et soixante ans, et si Wexford plaçait si bas la limite inférieure de cette fourchette d'âge, c'était parce qu'il avait vu de jeunes enfants. Elle avait des cheveux fins, blonds et longs, attachés sur la nuque avec un élastique. Son visage aussi était long, pincé, et comme vidé de sa sève. Le trait dominant chez elle, c'était la lassitude, due autant à l'ennui — chronique — qu'à la fatigue physique. Elle était le symbole vivant de l'épuisement, qui va avec la pauvreté, la pléthore de travaux ménagers, la peur de la prison, les criailleries incessantes. Aussi le seul désir qui lui restait était qu'on la laisse tranquille, là, sur sa chaise, ne serait-ce que cinq minutes, dans une apathie vide de toute pensée.

À cette fin, elle économisait ses mots et ses gestes, et quand elle vit Wexford elle ne le salua pas, elle ne leva même pas la tête, elle dit juste à l'une des petites filles :

— Va chercher papa, Samantha.

Samantha poussa le chat qui était sur ses genoux, et partit, l'air absent, chercher son père dans le jardin. Une Anglaise de la *middle class*, avec plus d'argent et moins d'enfants, se serait excusée pour le désordre, et le dénuement dans lequel elle vivait, mais Mrs Cullam ne le regarda même pas, et quand il lui demanda à quelle heure son mari était rentré le vendredi soir, elle lui répondit, laconique :

— 11 heures un quart.

— Comment pouvez-vous être aussi sûre de l'heure ?

— Il était 11 heures un quart.

Mrs Cullam posa le bébé sur la table au milieu des miettes, lui enleva sa couche, la laissa tomber par terre, et dit sur ce même ton économiquement bas :

— Va me chercher une autre couche, Georgina.

Un sérieux parfum d'ammoniaque le disputa à l'odeur du chou. Le bébé — une fille — se mit à crier. Mrs Cullam alluma une cigarette et s'adossa à la table, les bras ballants, la cigarette pendant de sa bouche. Georgina revint avec une espèce de chiffon gris, s'assit par terre, et regarda son frère fourrer ses doigts dans les oreilles du chat.

— Laisse le chat tranquille, Barnabas, dit Mrs Cullam.

Son mari entra, s'essuyant les mains sur un torchon, le chien noir sur ses talons. Il salua Wexford d'un hochement de tête, puis éteignit la télévision.

— Lève-toi, Samantha. Laisse ta place au monsieur.

La petite fille ne broncha pas quand son père la sortit du fauteuil en la tirant par un bras.

Cullam parcourut la pièce du regard, s'attardant sur la couche abandonnée, tout cela sans dégoût, avec une espèce de résignation, comme anesthésié.

Wexford resta debout, et quelque chose dans son expression dut faire sentir à Cullam qu'il voulait lui parler seul à seul, car celui-ci dit à sa femme :

— Tu pourrais pas emmener les enfants ?

Mrs Cullam haussa les épaules, et la cendre de sa cigarette tomba dans une assiette pleine de sauce coagulée. Elle cala le bébé sur sa hanche, mit une chaise devant la télé, s'assit, et fixa l'écran sans vie.

— Je t'ai dit de laisser le chat tranquille, fit-elle, mauvaise.

— Vous vouliez quoi ? dit Cullam.

— Allons dans la cuisine, si ça ne vous ennuie pas.

— C'est tout en désordre.

— Aucune importance.

Mrs Cullam ne fit aucun commentaire. Elle alluma la télé sans même leur accorder un regard. Deux des enfants se battaient dans un fauteuil. Wexford suivit leur père dans la cuisine. Comme on ne pouvait s'asseoir nulle part, il poussa les manches de trois casseroles qui dépassaient et s'adossa à la cuisinière.

— Je veux juste savoir qui est Mc Cloy, dit-il avec douceur.

Cullam lui lança un regard mi-rusé, mi-gêné.

— Mais comment vous connaissez l'existence de Mc Cloy, d'abord ?

— Allons, vous savez bien que je ne peux pas vous le dire.

Les cris des enfants couvraient le commentaire, pourtant vociférant, du présentateur sportif. Wexford ferma la porte et entendit Mrs Cullam qui disait :

— Laisse ce maudit chat tranquille.

— Vous savez qui est Mc Cloy, reprit Wexford. Alors dites-le-moi.

— Je sais pas. C'est vrai, je sais pas.

— Vous ne savez pas qui il est, mais au pub, hier soir, vous avez demandé à Mr Hatton s'il l'avait beaucoup vu ces derniers temps. Et puis vous avez dit que vous ne vouliez pas avoir affaire à lui, parce que vous vouliez dormir tranquille.

— Je vous dis que je sais pas qui c'est et que je l'ai jamais vu.

Wexford déplaça son coude, qui était dangereusement près d'une assiette à moitié pleine de frites froides.

— Vous ne l'aimiez pas beaucoup, Mr Hatton, hein ? Vous n'aviez pas envie de rentrer avec lui, alors qu'il prenait la même route que vous. Alors vous êtes parti devant, et puis vous avez traîné un peu, au bord de la rivière. (Wexford regarda le faciès sanguin de Cullam perdre toutes ses couleurs.) C'est ce qui s'est passé à mon avis, Cullam. Un grand gaillard comme vous ne met pas trente-cinq minutes pour revenir du pont du Kingsbrook.

À contrecœur, d'une voix traînante, Cullam lui dit :

— J'ai été malade. J'étais presque arrivé quand je me suis senti mal. J'ai pas l'habitude de boire du scotch, et je suis allé vomir dans les toilettes, près de la station-service.

— Alors je vous félicite. Vous récupérez très vite. Vous étiez suffisamment en forme pour faire un petit tour dans la campagne, ce matin, à 7 heures et demie. Mais peut-être que vous repassiez juste par là pour voir si vous aviez laissé Charlie Hatton propre et net ? Je veux voir les vêtements que vous portiez hier soir, Cullam.

— Ils sont dehors, sur le fil.

Wexford le regarda, les sourcils froncés. Cullam se trémoussa, mal à l'aise, se dirigea vers l'évier plein de vaisselle ébréchée, et s'y appuya, les lèvres serrées.

— Je les ai lavés, dit-il. Mon pull-over, mon

pantalon et ma chemise. Ils étaient... euh... vraiment dégoûtants.

— Comme c'est touchant, dit Wexford. Vous les avez lavés ! Et pourquoi vous avez une femme, alors ?

C'est là qu'il remarqua la machine à laver. Une superbe chose. Énorme. Rutilante. Automatique. Et apparemment neuve. Wexford ouvrit la porte de derrière. Le pantalon, la chemise et le pull-over pendaient au plein milieu d'une série de couches, sur une vieille corde à linge.

Ah, l'évolution des mœurs ! Quelle bénédiction !

— Vous avez remarqué comme on inverse les rôles maintenant ? dit Wexford sur un ton faussement amical. (Cullam humecta ses lèvres sèches.) Un type peut être crevé après sa semaine, mais il donne quand même un coup de main à sa femme. On effleure un bouton et hop ! le linge de toute la famille ressort plus blanc que blanc. Finies les corvées domestiques ! La lessive devient un plaisir, une distraction. Pour les hommes aussi d'ailleurs, qui restent toujours des petits garçons. Remarquez, vu le prix de ces engins, mieux vaut s'amuser un peu avec, hein ? Je parie que ce petit joujou vous a coûté au moins cent vingt livres, Cullam.

— Cent vingt-cinq livres, dit Cullam avec une fierté modeste.

Un peu désarmé, il s'approcha de la machine, ouvrit le hublot, et dit :

— Vous choisissez le programme... (il lança un coup d'œil rapide au policier. Pas de problème, son visiteur avait l'air sincèrement intéressé) vous mettez la lessive ici, et le tour est joué.

— Je connais un type, mentit Wexford, l'air inspiré, un routier, comme vous. Il a plein de mômes lui aussi, et on sait ce que ça coûte les familles nombreuses. Hélas il s'est mis à avoir de mauvaises fréquentations. Sa femme lui réclamait sans cesse des trucs pour la maison. Il a d'abord fermé les yeux sur des broutilles : il se laissait vider son camion en échange d'un peu d'argent. Ce n'est pas un crime, hein, de tourner la tête juste au moment où on vous pique votre camion. (Cullam referma le hublot sans regarder le policier.) Elles payaient bien, ses mauvaises fréquentations. Pourtant, mon type a rechigné quand on lui a demandé de casser la figure à un mec qui ne voulait plus marcher avec eux. Oh, il n'a pas résisté longtemps. Il a trouvé qu'il avait autant le droit aux belles choses que ses nouveaux amis. Et après tout pourquoi pas ? On est tous égaux aujourd'hui, pas vrai ? Alors un soir, il a attendu le mec dans un coin désert où l'autre était censé passer et hop ! comme vous l'avez si bien dit : le tour a été joué. Il en a pris pour douze ans.

Cullam le regarda, toutes illusions perdues.

— J'ai économisé mes heures supplémentaires pour acheter cette machine, dit-il.

— C'était pas plutôt un petit pourboire de Mc Cloy pour services rendus ? La vie d'un homme vaut bien cent vingt livres, non ? Il y a un filtre dans cette machine, et je me demande s'il y a des cheveux et des petits bouts de cervelle dedans. Oh, pas la peine de me regarder comme ça. On peut très bien vérifier si on veut. On va la démonter, et on va démonter vos tuyaux aussi. C'est une drôle de municipalité Sewingbury, vous savez. Je me souviens d'une famille, avec six enfants. Ils se sont fait expulser uniquement parce qu'ils avaient cassé un tuyau. Vandalisme, a dit la municipalité. On va vous enlever vos tuyaux, Cullam, mais on est pressés, alors je suis pas sûr qu'on aura le temps de les remettre.

— Salaud, dit Cullam.

— Je n'ai pas entendu, là. J'entends moins bien qu'avant. Mais je n'ai pas encore un pied dans la tombe, rassurez-vous. Cela dit, j'aimerais bien m'asseoir. Alors, si vous enleviez ces saloperies, là, sur la chaise ?

Cullam s'assit sur sa machine à laver, laissant pendre ses longues jambes. Derrière la porte, on entendait le catch à la télé, et le bébé recommençait à pleurer.

— Je vous le jure, dit son père, je sais pas qui est Mc Cloy. J'ai seulement dit ça à Charlie pour l'embêter. Il était toujours en train de se vanter, il me tapait sur le système.

Wexford voyait très bien ce que Cullam voulait dire. Cette maison était la parfaite illustration de la misère ouvrière. Une misère qui n'avait de trêve que lorsque ses occupants sombraient dans le sommeil.

Ouvriers sous-payés, surchargés de travail, de factures et d'enfants. Enfants malheureux, mal élevés, maltraités sans doute. Et les parents n'avaient ni la force de caractère ni l'amour nécessaires pour rendre tout ça supportable. Wexford repensa à Charlie Hatton, à son bel appartement, à sa femme, jeune, jolie, bien habillée. Pourtant, ces deux hommes faisaient le même métier, non ?

— Si je vous raconte ce qui s'est passé vous ne me croirez pas, dit Cullam.

— Allez-y toujours.

Cullam mit ses coudes sur ses genoux et se pencha en avant.

— C'était dans un café, dit-il. Un de ces endroits où ils ont des chambres pour les routiers. Sur la nationale 1, entre Stamford et Grantham. Ça faisait onze heures que j'étais sur la route — on doit pas rouler plus de onze heures —, je suis arrivé, et Charlie Hatton était là. J'avais vu son camion sur le parking. Je me suis assis à sa table, et on a commandé un truc à manger.

— Qu'est-ce que vous transportiez ?

— Des pneus. Pendant qu'on mangeait, j'ai regardé par la fenêtre et j'ai vu un type, sur le parking, dans une voiture noire. Je sais pas pourquoi, mais il m'a pas plu. Je l'ai dit à Charlie et il m'a traité de vieux froussard. Il aimait bien dire ça. Puis on est allés dans sa chambre avec deux autres chauffeurs. Il voulait jouer aux cartes et il disait que c'était plus tranquille. Mais je pouvais pas surveiller le parking de sa chambre, alors au bout d'un moment je suis retourné dehors. Le type dans la voiture était toujours là.

— Vous avez relevé le numéro ? Vous pourriez le décrire ?

— Je ne sais pas. (Cullam eut un regard fuyant.) Je n'ai pas relevé le numéro. Je suis resté dans mon camion pendant une demi-heure, puis le type est parti. Charlie avait dit qu'il devait appeler Lilian, et, quand j'ai repris la route, je l'ai vu dans une cabine à l'entrée du parking. J'avais plus d'allumettes, alors je me suis arrêté pour lui demander du feu. Et au moment où j'ai ouvert la porte de la cabine, je l'ai entendu qui disait : « Dis à Mc Cloy qu'il peut y aller. Y a pas de danger. » Alors je lui ai demandé s'il avait du feu. Il a bondi comme s'il avait reçu une décharge électrique. « Mais qu'est-ce que tu fous ? Tu m'espionnes ou quoi ! » Il était blanc comme un linge.

— Vous avez fait le rapprochement entre ce coup de fil et l'homme du parking ?

— Oui, dit Cullam. Enfin, après coup, quand j'y ai repensé. Quelques mois plus tôt, Charlie m'avait demandé si je voulais me faire un peu d'argent au noir. Ça m'intéressait pas et c'en est resté là. Mais j'ai jamais oublié le nom de ce type, et quand Charlie a commencé à frimer un peu trop je lui ai ressorti. Voilà, c'est tout.

— Quand est-ce que ça s'est passé, Cullam ?

— Quoi donc ?

— Quand est-ce que vous avez surpris cette conversation au téléphone ?

— C'était cet hiver. En janvier, je crois. Et juste après, Charlie s'est fait attaquer son camion. On l'a assommé.

— Très bien. Ça sera tout pour l'instant. Mais il faudra sans doute que je vous revoie.

Wexford retraversa le living-room des Cullam. Les enfants n'étaient plus là. Mrs Cullam était toujours assise devant la télé, le bébé endormi sur ses genoux, le chien couché sur ses pieds. Elle bougea la tête quand Wexford passa, et pendant un instant il crut qu'elle allait lui parler. Puis il vit qu'elle n'avait fait que tendre le cou parce qu'il lui avait bouché l'écran.

Dominic, Barnabas, Samantha et Georgina étaient assis sur le trottoir et mettaient des brindilles dans la bouche d'égout. Wexford n'était pas particulièrement sentimental, mais il ne put s'empêcher d'être touché par le fait que ces gens, pauvres à tous les égards, avaient doté leurs enfants de prénoms habituellement réservés aux bourgeois. S'ils ne leur donnaient jamais rien d'autre, ils leur avaient au moins donné ça.

Dominic, dont la figure était toujours aussi sale, lui lança un regard agressif, et l'inspecteur ne put s'empêcher de demander :

— Comment s'appelle le bébé ?

— Jane, dit Dominic, avec un regard naturel.

Quand Wexford rentra, à l'heure du thé, Clytemnestre agita sa queue acrylique mais elle ne bougea pas de son fauteuil, le fauteuil préféré de son nouveau maître. Celui-ci lui jeta un regard mauvais.

— Où est Sheila ? demanda-t-il à sa femme.

— Chez le dentiste.

— Je n'ai jamais entendu dire qu'elle avait mal aux dents.

— Mais maintenant on ne va plus chez le dentiste parce qu'on a mal aux dents ! On y va deux fois par an pour une visite de contrôle. Et il doit lui mettre une couronne.

— Alors je suppose qu'elle n'aura pas envie de sortir cette créature demain matin. Je n'avais vraiment pas besoin de ce chien. J'ai déjà assez à faire comme ça.

Sheila revint à 6 heures, légère et primesautière. Toute fière de sa couronne, elle sourit à son père.

— Regarde, c'est pas génial ? (Pour lui faire plaisir, Wexford jeta un coup d'œil dans sa bouche parfaite d'ailleurs.) Ce plombage commençait à m'embêter, dit-elle. C'était vraiment gênant pour les gros plans. Une actrice doit penser à ce genre de choses.

— Je parie que Sarah Bernhardt se fichait pas mal de ses dents, dit Wexford.

Sheila écarquilla les yeux en une expression d'adoration rêveuse très étudiée.

— Tu l'as souvent vue jouer quand j'étais jeune, Papa ? demanda-t-elle.

Wexford répondit par l'un de ses habituels grognements grincheux. Il tendit une tasse de thé à sa fille, qui la refusa. Elle préférait du lait froid. Elle but son verre lentement, tout à fait consciente de l'image qu'elle offrait dans sa robe de lin crème, sa chevelure blond pâle légèrement en désordre, ses sandales romaines lacées sur ses jolis mollets. Wexford se demanda quelle vie elle aurait. Deviendrait-elle une actrice célèbre, vivant dans la peur de vieillir ? Ou bien épouserait-elle quelque jeune crétin comme ce Sebastian, oubliant tout désir de plaire pour leurs beaux enfants et une belle maison ? Parce que c'était sa fille et parce qu'il n'était plus si jeune, Wexford préférait la deuxième solution. Il aurait voulu qu'elle choisisse la sécurité. Mais pour rien au monde il ne le lui aurait avoué.

Mais de toute façon, se dit-il, Sheila ne pense pas à l'avenir, elle vit dans l'instant. La jeune fille finit son verre de lait, et se mit à raconter sa visite chez le dentiste.

— Si un jour je décidais de m'installer, dit-elle, avec autant d'incrédulité qu'elle aurait pu dire : « Si je mourais », je voudrais une maison comme celle-là. Pas à Kingsmarkham, bien sûr. À Stratford, ou dans les Costworlds, par exemple.

— Oui, pas trop loin de Londres, quoi, glissa Wexford, sournois.

Sa fille ne releva pas.

— C'est une maison super, tu sais. Vraiment ancienne, avec une atmosphère incroyable. Mais bien sûr le cabinet est ultramoderne. Et figure-toi que dans la salle d'attente y a les derniers numéros de *Elle*. Je trouve que c'est une idée géniale.

— Aucun doute. On sait bien que tout le monde parle français, à Kingsmarkham.

— Bon d'accord, de ton temps, on n'apprenait pas les langues. Mais je t'assure que moi, pratiquement, tous les gens que je connais lisent des journaux français. De toute façon, les vieux schnocks peuvent toujours regarder les antiquités. (Sheila posa son verre et hocha la tête.) Y a des peintures géniales au mur, et de magnifiques sculptures en verre.

Ça me rappelle le poste de police, pensa Wexford.

— Et où se trouve ce temple de la culture ? demanda-t-il.

— Sur Ploughman's Lane.

— Il ne s'appellerait pas Vigo, par hasard ?

— Si, si.

Sheila s'assit sur le canapé et entreprit de tracer deux traits noirs sur ses paupières.

— Maman et toi, vous devriez arrêter d'aller chez ce vieux Richardson, et aller voir Vigo.

En ayant fini avec ses paupières, Sheila s'attaqua à ses cils.

— Ah, ce Vigo, c'est un fantasme vivant. Un grand blond, au visage taillé à la serpe. Je le trouve follement sexy.

Wexford tressaillit. Ses filles étaient toujours restées des petites filles pour lui. Pour qui se prenait-il, ce bellâtre ?

— Hélas, il n'est plus tout jeune, déclara Sheila, l'air sérieux !

— Il a au moins trente-cinq ans, quoi. Un pied dans la tombe et l'autre en équilibre sur une savonnette.

— Environ trente-cinq ans, oui, reprit Sheila, toujours aussi sérieuse. (Elle écarquilla les yeux et recourba ses cils maquillés avec ses doigts.) Il a un bébé de six mois et — ça c'est vraiment tragique —, un enfant mongolien. Affreux, hein ? Il a huit ans maintenant, mais Mr Vigo ne l'a pas vu depuis des années. Sa femme et lui ont essayé d'avoir un autre enfant et ils ont finalement réussi, mais il leur a fallu du temps. Et bien entendu, il a une véritable adoration pour ce bébé.

— Mais comment tu peux savoir tout ça ? demanda Wexford. (Elle était fille de flic, mais tout de même.) Je croyais que tu étais allée là-bas pour ta molaire. Pas pour faire une enquête !

— Oh, on a beaucoup parlé, dit Sheila, d'un ton dégagé. Je ne pense pas que tu puisses comprendre, mais les gens m'intéressent. Vraiment. Pour devenir une grande comédienne, j'ai besoin de connaître la nature humaine. Et je vois assez vite à qui j'ai affaire.

— Alors tu es un chef, dit Wexford, amer. Moi, ça fait quarante ans que j'essaie, et la marge d'erreur est encore de quatre-vingts pour cent.

Sheila se regarda dans son miroir de poche.

— Mr Vigo est un homme très adroit, très délicat. Très cool, si tu vois ce que je veux dire. Je trouve la relation entre un dentiste et ses patients tout à fait intéressante. Il faut qu'il soit doux, psychologue, sinon les gens ne reviennent pas. C'est une relation si intime. Je veux dire, est-ce qu'on peut imaginer une autre situation où un homme et une femme seraient si proches l'un de l'autre ? À part quand ils font l'amour, bien sûr.

— J'espère qu'il n'est rien arrivé de ce genre.

— Oh, Papa ! J'essayais juste de t'expliquer, de faire une sorte de comparaison, quoi. (Sheila eut un petit rire idiot et enroula une mèche de cheveux autour de son doigt.) Cela dit, quand je suis partie, il m'a caressé la joue et il m'a dit que j'avais la plus jolie bouche qu'il ait jamais vue.

— Bon dieu ! s'exclama Wexford en jaillissant de sa chaise. Que tu dises des trucs comme ça à ton père, ça n'est déjà pas malin, mais tu oublies que je suis aussi inspecteur de police. Je vais aller voir ce Vigo, moi.

— Oh, Papa, gémit Sheila.

— Pas à cause de ta jolie bouche, ma chère, mais dans le cadre de mon enquête.

— Papa... tu n'oserais pas...

Mrs Wexford, qui jusque-là grignotait tranquillement des biscuits au gingembre, dit à sa fille :

— Quelle idiote tu fais. Heureusement, on peut être une bonne comédienne sans déployer des trésors d'intelligence. Si tu as fini de te maquiller, tu pourrais peut-être sortir ce chien.

Au mot chien, Clytemnestre s'ébroua.

— D'accord, fit humblement Sheila.

7

Ils s'étaient arrêtés sous les saules et regardaient la rivière. On aurait pu les prendre pour deux hommes d'affaires en train de se promener. Sauf qu'à Kingsmarkham, tout le monde les connaissait et savait qu'ils étaient juste à l'endroit où Charlie Hatton s'était fait assassiner.

— J'avais dit qu'on devrait interroger tous les types du club de fléchettes, dit Burden, en s'arrêtant au bord de l'eau. Eh bien voilà, c'est fait. Bizarre, hein ? Pertwee est le seul qui supportait Hatton, mais personne ne veut le reconnaître. C'est soi-disant toujours les autres qui étaient à couteaux tirés avec lui. Celui qu'on interroge est toujours un parfait modèle de tolérance. Éventuellement, il admettra éprouver un vague ressentiment. Mais rien de plus. Franchement, est-ce qu'un homme irait jusqu'à tuer parce que l'un de ses copains l'a chambré ou parce qu'il a plus de fric que lui ?

— Possible, s'il peut récupérer une partie du fric en question, dit Wexford. C'est beaucoup, cent livres, pour un type comme Cullam. Il va falloir qu'on garde un œil sur lui, qu'on voie s'il fait des dépenses inconsidérées dans les jours qui viennent. Ça ne me plaît pas beaucoup qu'il se soit empressé de laver les vêtements qu'il portait vendredi soir.

Burden traversait la rivière en essayant de ne pas se mouiller les pieds. Il choisissait les pierres qui affleuraient à la surface de l'eau. D'un seul coup, il se pencha et dit :

— Voilà l'arme du crime.

Depuis la rive, Wexford regarda la pierre qu'il lui indiquait. Elles étaient toutes recouvertes de mousse, sauf celle-là, comme si la surface apparente et lisse avait été encore, il y a peu, scellée dans le lit de la rivière. Burden s'accroupit avec précaution et souleva la pierre à deux mains. Puis il se releva et revint tant bien que mal jusqu'au bord.

C'était une grande pierre, de forme allongée, qui faisait penser à une mandoline. Elle avait une face moussue, et hormis sa forme et le fait qu'elle se soit trouvée à l'envers dans la rivière, rien n'indiquait qu'on ait pu s'en servir pour tuer. Wexford la prit à deux mains, la leva à bout de bras, puis la baissa brusquement dans le vide. Hatton était passé là, dans l'obscurité, et quelqu'un l'avait attendu, caché parmi les ronces, prêt à frapper. Le pas lourd, la tête embrumée par l'alcool, et sifflotant sans doute, il avait tragiquement signalé son arrivée. L'assassin avait levé la pierre très haut, comme Wexford venait de le faire, mais il l'avait abattue sur la tête de Charlie Hatton, pas dans l'air. Une fois, deux fois, davantage ? Autant de fois qu'il avait fallu pour tuer. Puis Hatton avait roulé dans la rivière. Son assassin avait vidé son portefeuille, puis balancé la pierre dans l'eau.

C'est ce que pensait Wexford, et il savait que Burden pensait la même chose. Inutile donc de parler. Wexford lâcha la pierre qui fit un léger « flop » en tombant dans l'eau.

Au-delà des champs verdoyants, on voyait les H.L.M., dont les baies vitrées flamboyaient dans le soleil.

— Je crois, dit-il, que c'est le moment d'avoir un autre petit entretien avec Mrs Hatton.

Mrs Hatton était avec sa mère et trois autres personnes. Jack Pertwee était assis sur le beau canapé en tweed à carreaux. Il tenait la main d'une fille à l'impressionnante chevelure d'ébène et aux cils noirs épais comme des pinceaux. Mrs Hatton et sa mère étaient en noir. Très élégantes, mais couvertes de bijoux fantaisie des plus voyants. Le tailleur de la veuve avait l'air tout neuf, et Wexford ne put s'empêcher de se demander si elle ne l'avait pas acheté la veille, après avoir appris la mort de Charlie. Elle portait un chemisier blanc au jabot froufroutant, et un gros clip en strass au revers de sa veste. Elle avait des bas noirs, des chaussures à talons aiguille vernis noir à bout pointu. On aurait dit qu'elle allait à un cocktail de province.

Tout d'abord Wexford ressentit une espèce de dégoût. Puis il pensa au mort et à ce qu'il savait de lui. Et il se dit que c'est ainsi que Charlie Hatton aurait voulu voir sa veuve courageuse, dans une attitude de défi. La dernière chose qu'aurait souhaitée ce petit homme m'as-tu-vu, eût été une satî, toute pâmée de spiritualité.

Il étudia le reste de l'assemblée. Visiblement, ils avaient interrompu une petite réunion dédiée à la mémoire du mort. La fille sur le sofa devait être la future mariée, dont les noces avaient été différées par la mort de Charlie Hatton. Mais qui était l'autre homme ?

— Mon frère, Mr Bardsley, dit Mrs Hatton. Maman et lui sont venus me tenir compagnie. Et ce monsieur, c'est Jack Pertwee.

— Nous nous connaissons, dit Wexford, avec élégance.

— Et je vous présente miss Thompson, dit Mrs Hatton.

Elle parlait d'une voix lasse, mais elle se conduisait comme une hôtesse bien élevée. Sous son maquillage vert et noir, elle avait les yeux gonflés.

— Tout le monde ici aimait beaucoup Charlie. Voulez-vous une tasse de thé ? Ce sera avec plaisir.

— Non merci, Mrs Hatton.

— Alors asseyez-vous, il y a de la place, dit-elle, très fière, en leur indiquant plusieurs chaises vides.

C'étaient de très belles chaises en tapisserie, pas des sièges bon marché — les seuls qu'une hôtesse moins fortunée aurait pu offrir à des visiteurs impromptus. Wexford repéra un lustre en teck et en verre fumé, des doubles rideaux en velours, une belle télé couleurs, et se dit que Charlie Hatton avait bien soigné sa femme. Cullam et lui étaient tous les deux chauffeurs de poids lourds, et logés dans des H.L.M., mais la comparaison s'arrêtait là. Wexford regarda Bardsley, un blond au profil de lapin, qui ressemblait à sa sœur, en moins bien. Puis il regarda comment il était habillé. Un jour comme aujourd'hui, il ne pouvait porter que son plus beau costume. Et ce n'était qu'un petit costume pas cher.

— Pardonnez-moi, Mrs Hatton, mais je dois faire un interrogatoire de routine. (Elle eut un hochement de tête compréhensif, mais charmé.) Mr Bardsley, j'ai cru comprendre que vous travailliez avec Mr Hatton.

— C'est exact.

— Vous étiez associés ?

Bardsley reposa sa tasse et dit d'une voix mélancolique :

— J'aurais bien voulu le prendre comme associé, mais les affaires marchaient pas fort ces temps derniers. Alors il n'était que mon employé.

— Ça vous ennuierait de me dire combien il était payé ?

— Eh bien, je ne sais pas si... Je ne préférerais pas.

— Évidemment qu'il a pas envie de vous le dire ! s'insurgea Jack Pertwee. Quel rapport ça a avec ce qui s'est passé vendredi ?

— Tu as raison, Jack, murmura sa fiancée en lui pressant la main.

— Vous pouvez constater que Charlie s'en sortait bien. Il suffit de regarder autour de vous.

— Ne fais pas d'histoires, Jack, dit Mrs Hatton, toujours aussi étonnamment maîtresse d'elle-même. Les officiers de police font leur travail, c'est tout. (Elle tripota sa broche, un rien gênée.) Charlie gagnait un peu plus de vingt livres par semaine. C'est ça, hein, Jim ?

Visiblement, ça déplaisait à Jim Bardsley de parler d'argent. Il devint agressif.

— C'est ce que je gagne, moi aussi, ces derniers temps. Charlie était du genre à faire durer son argent.

Marylin Thompson inclina la tête sur le côté, et un pan de son monumental chignon s'écroula.

— En tout cas il n'était pas regardant, lança-t-elle, hargneuse, si c'est ce que tu insinuais. Il n'y a pas beaucoup d'hommes qui vous offrent un magnétophone comme cadeau de mariage, surtout quand ils sont pas de la famille.

— Je n'ai jamais dit qu'il était regardant, Marilyn.

— Ah, ça me dégoûte. Alors que vous devriez être en train de chercher qui l'a tué. (Ses mains tremblaient, et elle serra les poings.) Donne-moi du feu, Jack. (Elle agrippa le poignet de Jack à deux mains quand il approcha sa flamme, un poignet qui tremblait.) Ah vous autres, cracha-t-elle, vous refusez le droit à un ouvrier de posséder quoi que ce soit ! S'il n'a pas un beau pavillon, vous le traitez de feignant. (Elle jeta à Wexford un regard de colère, tout en repoussant ses cheveux en arrière.) Et s'il a le malheur de posséder des choses réservées selon vous aux bourgeois, vous pensez aussitôt qu'il les a volées. Toujours ces histoires de classes sociales. (Des larmes tremblèrent sur ses cils démesurés.)

— Mais après la révolution tout ça va changer, t'inquiète pas, dit Bardsley, d'un air vindicatif.

— Oh, taisez-vous tous les deux, dit Mrs Hatton, d'une voix perçante. (Puis elle se tourna vers Wexford, recouvrant sa dignité.) Mon mari faisait des heures supplémentaires. Et puis il avait des petits boulots à côté.

Des petits boulots à côté, oui, se dit Wexford. Et des heures supplémentaires qui portaient leurs fruits. Il avait une télé couleurs, une prothèse dentaire qui valait deux cents livres, il avait offert un magnétophone à son copain comme cadeau de mariage. Quant au lustre, Wexford l'avait vu dans un magasin de Kingsmarkham. Il coûtait vingt-cinq livres. Cinq livres de plus que ce qu'Hatton gagnait en une semaine. Et le soir où on l'avait tué, il avait cent livres sur lui. « Si un ouvrier possède des choses réservées selon vous aux bourgeois, vous pensez aussitôt qu'il les a volées, » avait dit la fiancée de Pertwee. Étrange, vraiment, pensa Wexford, en la voyant maintenant blottie dans les bras de son futur mari. Bien sûr, elle était très jeune, et elle avait sûrement un père délégué syndical, inscrit au parti. Elle était du genre à mépriser les gens instruits et les nantis. Eh oui, se dit Wexford, on trouve ce genre d'individus même ici, à Kingsmarkham. Ils se disent pacifistes, se gargarisent de bons sentiments. Brandissant la bannière des droits de l'homme, mais n'ont ni le cran ni l'énergie pour changer le monde.

Il n'avait pourtant rien dit pour provoquer sa colère. Pas plus que Bardsley, d'ailleurs, qui s'était contenté de suggérer qu'Hatton ne dépensait pas inconsidérément son argent. Avait-elle pris sa défense avec une telle véhémence parce qu'elle était au fait de ses agissements malhonnêtes ? Si elle était au courant, alors Pertwee l'était aussi. Et dans cette pièce tout le monde savait, excepté Burden et lui-même. Ce n'était pas la première fois qu'il constatait à quel point le chagrin était la meilleure des défenses possibles. La veille, Pertwee s'était abrité derrière son chagrin pour ne pas répondre aux questions. Quant à Mrs Hatton, beaucoup plus finement, elle masquait le sien derrière un fragile self-control, que seule une brute aurait eu le front de casser. Elle allait et venait dans la pièce oscillant douloureusement, mais stoïquement, sur ses hauts talons, ramassant les tasses vides de ses invités, avec un petit mot gentil pour chacun. Wexford ne manqua aucun des regards que lui lançait chacun de ses visiteurs : celui de sa mère, plein de sollicitude, celui de Pertwee, dénotant une affection sincère, le regard fuyant de son frère, tandis que la fiancée contrariée relevait le menton, plus bloquée que jamais sur ses positions.

— Votre mari avait un compte en banque, Mrs Hatton ? demanda Burden, quand elle passa près de lui.

Elle avait le soleil en pleine figure, ce qui faisait ressortir le moindre détail de son maquillage et lui ôtait toute expression.

— Oui, à la Midland.

— J'aimerais voir ses bordereaux de versement.

— Pour quoi faire ? aboya Pertwee.

Wexford l'ignora, et suivit la veuve jusqu'au buffet. Elle sortit un petit classeur d'un tiroir. Wexford le tendit à Burden, puis posa une question apparemment anodine :

— Depuis quand votre mari avait-il une prothèse dentaire ?

— Espèce de sale fouineur, marmonna Pertwee.

Mrs Hatton tressaillit et lui jeta un regard désespéré.

— Depuis l'âge de vingt ans.

— Il a toujours gardé la même ?

— Non, Mr Vigo lui en a mis une nouvelle, il y a un mois environ.

Tout en hochant la tête, Wexford se pencha par-dessus l'épaule de Burden, pour voir les bordereaux de versement. Tiens, tiens, se dit-il, on a arraché presque toutes les feuilles. Il restait un bordereau du 3 avril, date à laquelle Hatton avait mis sur son compte la modeste somme de cinq livres et quatre pence.

— Ça, c'était un pari gagnant sur les matchs de foot, dit Mrs Hatton en étouffant un sanglot.

Chacune des deux feuilles restantes correspondait à un dépôt de deux livres.

— Mrs Hatton, dit Wexford (il lui fit signe de venir un peu à l'écart), ces bordereaux de versement permettent au client d'avoir une trace des dépôts effectués sur son compte. Alors pourquoi votre mari les a-t-il arrachés ? Vous avez une idée ?

— Je ne comprends pas. Charlie ne me parlait jamais d'argent. Il disait toujours... (Une larme roula le long de sa joue.) Te casse pas la tête avec ça. Quand on s'est mariés, je t'ai promis que tu aurais tout ce que tu voudrais. Tu sais bien que tu n'as qu'à demander. (Elle baissa la tête et se mit à pleurer.) Y en avait pas un sur un million comme lui. Il m'aurait décroché la lune si je lui avais demandé. (La fille appelée Marilyn se leva et passa son bras autour des épaules de Lilian Hatton.) Oh, Charlie, Charlie...

Le tiroir était resté ouvert, et dedans il y avait le chéquier. Wexford passa les talons en revue, et apprit que Charlie Hatton avait payé son lustre vingt-cinq livres, le 22 mai. Puis il avait fait deux chèques de trente livres dans la dernière semaine de mai : le premier à « Lucrece limited », Kingsmarkham, (la tenue de mariage de Lilian ?), le second à « Exelcior Electrics », Stowerton (le magnétophone de Pertwee ?).

Ensuite venaient trois talons non remplis,

puis une dernière souche correspondant à un retrait de quarante livres. Pas trace d'un chèque à l'ordre de Vigo. Hatton avait dû payer sa prothèse dentaire comptant.

Wexford remit le chéquier dans le tiroir, mais il attendit que Mrs Hatton se calme. Sa mère et son frère étaient dans la cuisine. Wexford les entendait parler à voix basse et manipuler des tasses avec précaution, tout pénétrés du tragique de la situation.

Marilyn Thompson avait désormais une réplique du mascara de la veuve sur son mouchoir.

— J'arrête pas de pleurer, dit Mrs Hatton. C'est plus fort que moi.

— Oui, mais faut voir ce que tu viens de traverser aussi.

— Je sais pas ce que je ferais sans toi et Jack.

Pertwee ne disait rien, mais il regardait Wexford avec une telle haine que celui-ci en fut presque gêné. Alors il dit d'un ton léger :

— Est-ce que par hasard Mc Cloy est un nom qui vous dit quelque chose, Mr Pertwee ?

Ce nom n'évoquait rien, mais alors vraiment rien chez Lilian Hatton, Wexford n'en douta pas. Mais les choses étaient déjà moins claires en ce qui concernait Pertwee et sa fiancée. Cette dernière entrouvrit les lèvres, une lueur de panique dans le regard. Pendant un bref instant, elle ressembla à un animal traqué. Pertwee avait rougi, mais peut-être seulement de colère devant l'insistance de Wexford.

— Ça fait irlandais, fut tout ce qu'il trouva à dire.

— Mais ça ne vous rappelle rien ?

— Non. Je ne connais pas ce type-là.

— Alors pourquoi vous avez parlé d'un Mc Cloy au *Dragon* vendredi soir, avec vos amis ? C'est un type du coin ?

— Je vous ai dit que j'avais jamais entendu parler de lui.

Pertwee se mordit la lèvre et regarda ses genoux. Il chercha la main de Marilyn, mais la jeune femme était occupée avec Mrs Hatton, lui tamponnant le visage avec son mouchoir. Abandonnée, livrée à elle-même, la main remonta jusqu'au visage de Pertwee, puis s'enfonça dans les cheveux noirs et gras.

— Vous ne pouvez pas nous laisser seuls ? demanda-t-il, humblement.

Wexford venait encore de se faire avoir. L'autre se barricadait à nouveau derrière son chagrin.

— Je n'ai jamais su ce qui se passait avec les camions, dit-il. J'étais pas le seul ami de Charlie. Il avait des dizaines d'amis. Demandez donc à Jim Bardsley, ou à Cullam. (Pertwee avait le regard vitreux.) Que quelqu'un d'autre que moi salisse sa mémoire.

Jim Bardsley avait un tablier noué autour de la taille. Il rangeait la vaisselle et maniait les portes des placards avec un infini respect, comme s'il craignait de souiller l'éclat virginal de l'équipement de cuisine en le touchant de trop près. L'appartement des Hatton n'avait qu'une chose en commun avec celui des Cullam : une machine à laver. Mrs Hatton, elle, avait des mixers, des ouvre-boîtes électriques, un fer à vapeur, un énorme réfrigérateur, un four encastré.

— C'est des choses comme ça que vous transportez, je crois, Mr Bardsley ? demanda Burden. J'imagine que Mr Hatton les avait au prix de gros.

— Sans doute, oui, répondit Bardsley, sans se mouiller.

— Des fers à vapeur, des radiateurs, c'est ça que vous vous êtes fait voler quand le camion d'Hatton a été attaqué ? (Bardsley hocha tristement la tête.) Mais vous étiez assuré ?

— Pas la deuxième fois. Pas en mars, quand ils lui ont tout piqué, à Stamford. J'ai dû en supporter la perte. (Bardsley ôta son tablier.) Je peux vous dire que ça m'a coûté un max. Ce pauvre Charlie a dû être content de pas être mon associé, à ce moment-là. Mais vous savez, ils ont retrouvé le camion les deux fois. Pas du tout abîmé. Il manquait juste la marchandise. La deuxième fois, Charlie s'était arrêté sur une aire de stationnement, et il s'était endormi sur son volant. Dieu merci les types lui avaient pas fait de mal. Ils l'avaient juste attaché et bâillonné.

— Mais la fois d'avant, il avait été blessé ? demanda Burden.

— Oui, juste une petite commotion. Rien de sérieux. Il s'en était tiré avec un bleu.

— Vous avez déjà entendu parler de Mc Cloy, Mr Bardsley ?

— Mc Cloy ? Ça me dit vraiment rien, dit-il (et Burden le crut). Mais figurez-vous que j'ai vu ma marchandise en vente ici, sur le marché. Je savais que c'était la mienne, mais je pouvais pas le prouver. Vous savez comment ils sont, ces forains, ils connaissent tous les trucs. (Il se gratta la tête.) Mais j'ai été un peu trop curieux, alors ils sont pas revenus.

— Si jamais vous les revoyez, Mr Bardsley,

venez nous voir immédiatement. Ne leur posez aucune question, venez directement nous voir.

— O.K., dit Bardsley, sans trop y croire.

Et Burden le laissa en contemplation devant son torchon, réplique géante d'un billet d'une livre, persuadé que s'il avait le pouvoir de le réduire, de le changer en papier et de le multiplier, Bardsley serait un homme heureux.

— Avant tout, dit Wexford, je voudrais connaître la somme exacte qu'il y a sur ce compte.

— Six cent neuf livres, quatre shillings et sept pence, déclara le directeur de la banque, avec emphase.

— J'imagine que c'est un compte courant ? Il n'avait pas de plan d'épargne logement ?

— Malheureusement non. Quand Mr Hatton a commencé à déposer de grosses sommes, j'ai vraiment tout fait pour le persuader d'en ouvrir un, car les intérêts sont de cinq pour cent. Eh bien il n'a pas voulu. Il m'a dit : « Moi j'aime que l'argent circule, Monsieur cinq pour cent. » (Le directeur poussa un soupir.) Ah, c'était vraiment un homme sympathique et amusant, ce Charlie Hatton.

Question d'opinion, pensa Wexford.

— Et elles étaient de combien, ces grosses sommes ?

— Ah, normalement je ne devrais pas. Mais si vous insistez... (Le directeur ouvrit un grand livre et installa des lunettes à monture d'écaille au bout de son nez.) Mr Hatton a ouvert ce compte l'année dernière, en novembre, avec la somme de cent livres. (Ça correspond à la première attaque de camion, songea Wexford, jolie compensation pour une petite commotion.) Puis il n'a plus rien déposé jusqu'en janvier, où il a fait deux versements séparés de cinquante livres. (Deux camions volés pendant qu'il occupait les chauffeurs au café ? Wexford était ravi : les pièces de son puzzle se mettaient en place toutes seules.) Ensuite je vois un dépôt en mars, le 15, encore cent livres. Et puis plus rien jusqu'au 22 mai.

Le directeur s'interrompit et Wexford se dit de ne pas oublier de vérifier si des camions avaient été attaqués sur la nationale 1, — l'itinéraire d'Hatton —, l'avant-dernière semaine de mai. De toute évidence, Hatton touchait cent livres quand il était directement impliqué, et cinquante si c'était un autre qui se faisait assommer et balancer dans un fossé. Oui, quel homme sympathique et amusant !

— Alors combien en mai ? dit-il, sèchement.

— Eh bien, voyons voir... non ! Ça doit être une erreur. Vraiment, j'étais loin de me douter... Mais en fait, si, Mr Hatton a déposé cinq cents livres sur son compte le 22 mai.

Mais qu'avait-il donc fait de si extraordinaire, Charlie Hatton, pour gagner cinq cents livres ? songea Wexford, sidéré. Qu'est-ce qu'un camion pouvait transporter de si précieux pour valoir un tel salaire à l'un des types qui l'avait attaqué ? Car ils étaient plusieurs sur ce coup. Mc Cloy, Hatton, plus deux ou trois autres pour immobiliser le chauffeur et vider le chargement. Mc Cloy s'était forcément taillé la part du lion sur la revente (mille, deux mille livres ?), les quatre autres avaient eu cinq cents livres chacun. Ce qui correspondait à un chargement d'une valeur de quatre ou cinq mille livres.

Eh bien, ce ne serait pas difficile à retrouver, pensa Wexford. Les hommes qui avaient enquêté sur un vol d'une telle ampleur s'en souvenaient forcément. Lui-même devrait s'en souvenir. Ça avait dû faire la une des journaux. Mais la police n'avait sans doute coincé personne. En tout cas pas Hatton.

— Et ensuite ? demanda-t-il, très calme.

— Des versements réguliers de cinquante livres par semaine, ces six dernières semaines.

Wexford masqua son étonnement.

— Mais plus de sommes importantes ?

— Non, plus de sommes importantes, dit le banquier.

Wexford imaginait très bien ce qui s'était passé. Hatton avait fait plusieurs boulots pour Mc Cloy, dont un dernier, tout à fait spectaculaire — peut-être y avait-il eu un mort. Mais alors pourquoi ne s'en souvenait-il pas ? Et puis Hatton avait trouvé un moyen de faire chanter Mc Cloy. Une grosse somme en une fois, le 21 mai, puis cinquante livres par semaine.

Ça avait dû être formidable, tout le temps que ça avait duré, se dit Wexford. Quoi de plus grisant, pour un homme aux revenus modestes, qu'un soudain afflux d'argent, jaillissant d'une source apparemment intarissable ? Comment aurait-il pu résister à l'envie d'inonder ses proches de cadeaux ? Wexford se dit que les métaphores à propos d'argent avaient souvent trait à l'eau.

Arrivé sur le pont de Kingsbrook, il s'adossa un moment contre le parapet et écouta le doux murmure de la rivière. Éternellement, le Kingsbrook filerait sur les larges pierres, freiné seulement dans son élan par les racines des arbres, mais fondamentalement libre de toute entrave, scintillant dans le soleil.

C'était au bord de la rivière, que la mort avait frappé Hatton. Parce qu'une source moins généreuse que cette eau vive s'était tarie ?

8

— Il n'y a que trois Mc Cloy dans la région, dit Burden, le lendemain matin. Et tous parfaitement honnêtes, d'après moi. Je les ai vus tous les trois. Il y a deux Mc Cloy à Pomfret, deux frères. L'un est prof au lycée, l'autre est laborantin. Quant à James Mc Cloy, il habite ici, en ville. Il dirige une toute petite entreprise de décoration, le genre qui marche pas très fort.

— Pas vraiment des gros poissons quoi, dit Wexford, qui continuait dans ses métaphores.

— Pas vraiment, non. Sinon, j'ai regardé dans les pages jaunes et, là, j'ai trouvé quelque chose de plus intéressant déjà. Il y a une société à Londres, à Deptford, qui s'appelle Mc Cloy et fils. Et à votre avis ils travaillent dans quoi ?

— « Étonne-moi », dit Wexford, tel Diaghilev à Cocteau. (Burden lui jeta un regard soupçonneux, alors Wexford lui dit, avec une impatience amusée :) Je n'en ai aucune idée, Mike, et je n'ai pas vraiment envie de jouer aux devinettes.

— Ils sont spécialisés dans la remise en état d'appareils électroménagers.

— Vraiment ?

— J'ai appelé Londres, et j'attends qu'ils me rappellent. Si jamais y a quoi que ce soit, je fonce à Deptford.

— Eh bien en attendant, justement, vous pourriez aller voir du côté de la police de Stamford, dans le Lincolnshire. J'aimerais bien savoir s'ils ont découvert quelque chose, après l'attaque du camion d'Hatton, le 15 mars. Et puis voyez s'ils ont un Mc Cloy dans leur secteur.

— Bien, monsieur.

— Et puis demandez-leur s'ils ont entendu parler d'un chargement important, volé fin mai.

À quatre reprises, l'ascenseur avait supporté son poids sans broncher, et Wexford n'avait plus ce sentiment de panique en grimpant dedans. Tandis que ce divin appareil plongeait obligeamment vers le rez-de-chaussée, Wexford repensa au mystérieux exploit de Mc Cloy, le pirate d'autoroutes. L'inspecteur avait regardé le dossier concernant cette période et n'avait rien trouvé. Lui aussi attendait un coup de fil dans l'après-midi. Scotland Yard lui donnerait des informations sur la dernière attaque de camion. Mais pourquoi n'en avait-on pas parlé dans les journaux ?

Quand il sortit de l'ascenseur, les sergents Camb et Martin papotaient dans l'entrée. Wexford toussa discrètement pour signaler sa présence.

— On parlait de l'affaire Fanshawe, monsieur, dit Camb, respectueux.

— Je croyais qu'elle était en suspens, dit Wexford.

— Le coroner veut reprendre l'enquête, mais je lui ai dit qu'on n'avait rien de nouveau. Je préférerais attendre que Mrs Fanshawe se remette un peu.

— Elle va vraiment mal ? demanda Martin. (On dirait une mémé en train de jacasser avec sa copine, pensa Wexford.)

— L'accident lui a chamboulé la tête, j'ai l'impression. Elle n'est pas plus en état de se rendre au tribunal maintenant qu'il y a six semaines. Et je la comprends. Elle a perdu son mari et sa fille unique. C'est pas drôle, croyez-moi, d'essayer de faire comprendre à cette pauvre femme que sa fille est morte, quand elle n'arrête pas de vous dire qu'elle est vivante, et en Allemagne.

— C'est peut-être vrai, dit Wexford, pour semer le trouble dans leur esprit.

Lui n'embêtait pas les autres avec ses problèmes. Il n'avait donc aucune raison d'écouter Camb plus longtemps.

— C'est peut-être quelqu'un d'autre, dans la voiture, dit-il.

— Oh non, monsieur. La tante a identifié le corps.

— Bon. Écoutez, sergent, c'est votre problème. C'est vous qui travaillez pour le coroner. (Wexford ajouta, agacé.) Nous avons tous nos problèmes, alors débrouillez-vous avec les vôtres. (Il ouvrit la porte, se retourna et dit :) Martin, je crois que vous êtes en train d'empêcher le sergent Camb de travailler. Si vous ne savez pas quoi faire, foncez donc au premier et dites « Mc Cloy » à Mr Burden. Moi, je vais chez le dentiste.

— Vous n'avez pas trop mal, j'espère, monsieur ?

— Vous retardez, mon cher, dit Wexford, en ricanant. Maintenant on ne va plus chez le dentiste parce qu'on a mal, mais pour une visite de contrôle.

Il faisait trop beau pour prendre la voiture. Wexford traversa la rue, passa devant le marchand de journaux et tourna dans York Street. Dans la vitrine de la bijouterie Joy, le soleil faisait étinceler les colliers de brillants, des petits tours de cou dorés, et piquait le trottoir de petites pointes lumineuses, dans l'ombre fraîche des feuilles de platane. Après la station-service et les petites maisons, la rue devenait une ruelle et l'on avait l'impression d'être à la campagne. Arrivé en haut de la colline, quelqu'un d'étranger à la région se serait arrêté, stupéfait, en découvrant Ploughman's Lane à ses pieds.

À travers les siècles, on avait érigé une trentaine de maisons dans Ploughman's Lane, essentiellement pour la petite noblesse. Les propriétés les plus récentes, tout aussi imposantes et entourées d'immenses jardins, appartenaient aux médecins et aux avocats du coin.

D'où il était, Wexford voyait des toits : des tuiles rouges, une échappée de chaume doré, puis ces pinacles et tourelles, si chères à la bourgeoisie victorienne. Et tout près, presque perdu parmi les branches horizontales d'un grand cèdre, le toit goudronné d'un petit bungalow à deux niveaux.

Wexford marchait d'un bon pas, à l'ombre des feuillages épais. Une Bentley apparut soudain, de derrière une haie, accéléra et passa si près de lui qu'elle l'obligea à se plaquer contre les tamaris.

Wexford releva le numéro. Ils avaient tous des grosses voitures par ici. Il repéra une autre Bentley, devant une vaste demeure de style gothique, et une superbe Cortina jaune blottie contre elle. Quel couple touchant, ironisa-t-il, intérieurement. Même les femmes avaient de belles voitures ici, pas des Austin mini, ou de vieilles guimbardes de seconde main. Mais les femmes ne seraient jamais les égales des hommes, se dit-il, tant que les hommes trouveraient normal qu'elles aient une plus petite voiture qu'eux. Et tous les hommes trouvaient ça normal, quel que soit leur niveau social. Et ça restait valable même si leur épouse était plus riche ou plus grande qu'eux. Wexford essaya de se souvenir d'une femme qui aurait eu une plus grosse voiture que son mari. Pas un seul exemple ne lui vint à l'esprit. Et lui, voulait-il que les femmes soient les égales des hommes ?

Pas particulièrement, non. Mais ça l'amusait d'avoir mis le doigt sur une vérité nouvelle, quoique universelle, et il y pensa jusqu'au moment où il arriva devant chez Vigo.

Une longue fille brune descendit du train de Londres. Elle demanda à la femme qui ramassait les billets où elle pouvait trouver un taxi.

— Il n'y en a qu'un. Mais il doit être là à cette heure-ci. Avec un peu de chance... Tenez ! le voilà.

Elle regarda la fille descendre les marches d'un pas vif. On en voyait pas beaucoup des comme ça à la gare de Stowerton, — élégante, sûre d'elle. Même venant de Londres. Même en plein été. La femme qui ramassait les billets, dont la permanente était toute fraîche, trouvait la coiffure de cette fille vraiment affreuse. Ses cheveux étaient bien trop courts, on aurait dit un garçon, enfin, pas un garçon d'aujourd'hui, puisqu'ils avaient tous les cheveux longs. Et puis elle n'avait pas de seins, pas de hanches. Mais évidemment, sur ces filles-là, les vêtements tombent bien. Le tissu de son tailleur ressemblait à de la toile de jute — un tailleur français, ou italien, qui avait dû coûter au moins quarante guinées. Quelle honte, qu'une gamine de — mais quel âge avait-elle ? Vingt-trois, vingt-quatre ans ? — ait quarante guinées à dépenser pour un bout de toile de jute ! Ça, l'argent, ça se voit tout de suite, pensa-t-elle. C'est l'argent qui donne ce port de tête, cette démarche assurée, ces manières prétentieuses.

La fille s'approcha du taxi et dit au chauffeur :

— Pouvez-vous m'emmener à l'hôpital de Stowerton, s'il vous plaît ?

Quand ils arrivèrent à l'hôpital, elle ouvrit son sac de cuir marron pour prendre son portefeuille, et le chauffeur remarqua qu'elle avait des billets étrangers. Il souhaita presque qu'elle lui en donne un par erreur, mais elle ne le fit pas. En voilà une qui a la tête sur les épaules, se dit-il. Et il la regarda entrer, sûre d'elle, dans le pavillon du concierge.

— Pourriez-vous me dire où se trouve l'aile privée ?

— Tout droit, madame. Après, il y a une flèche.

Le concierge l'avait appelée madame parce qu'elle avait demandé l'aile privée. Si elle avait demandé les salles communes, il lui aurait dit que les visites étaient interdites le matin. Et puis, comme il se sentait l'âme charitable, il l'aurait peut-être aussi appelée chérie. Mais de toute façon, une femme comme elle ne pouvait pas aller dans les salles communes. Car c'était une dame, une vraie petite dame.

Rose, la jeune infirmière, aurait déjà dû avoir fini les lits. Elle avait fait celui de Mrs Goodwin vers 9 heures. Puis elle s'était un peu attardée pour discuter avec la malade et lui glisser quelques propos flatteurs. Dans l'aile privée, les infirmières étaient pratiquement les femmes de chambre des patientes. Elles les coiffaient, leur mettaient du vernis à ongles... Et puis les officiers de police étaient revenus poser des questions à Mrs Fanshawe. Alors il avait fallu attendre midi avant de pouvoir installer cette pauvre femme dans un fauteuil, le temps de faire son lit.

— Une lettre doit bien mettre une semaine, pour arriver en Allemagne, non ? dit Mrs Fanshawe. (Elle s'amusait à éblouir l'infirmière avec le reflet de ses bagues, qu'elle faisait bouger dans le soleil.)

— Oh, des semaines ! dit Rose en clignant des yeux. Ne vous tracassez pas pour ça.

— J'aurais dû envoyer un télégramme. Je crois que je vais vous demander de le faire.

Chat échaudé craint l'eau froide, pensa Rose. Arrêtons d'entretenir cette femme dans ses illusions, se dit-elle, sinon je vais passer mon temps à parcourir la ville pour envoyer des messages inutiles à une morte.

— Vous voulez que je vous brosse les cheveux ? demanda-t-elle, en donnant de grandes tapes sur les oreillers.

— Avec plaisir, mon petit. Vous êtes gentille.

— Alors au lit, dans ce cas. Oh ! Vous êtes légère comme une plume. Ah, mais je vois vos bagues là, faut pas les laisser traîner sur la table.

Cette infirmière s'était vraiment montrée très dévouée, pensa Mrs Fanshawe. Elle était sûrement plus intelligente qu'elle n'en avait l'air, car elle était la seule à ne pas la bassiner avec ces bêtises sur la mort de Nora. Et mes bijoux lui font un tel effet, se dit Mrs Fanshawe. Pauvre petite chose... Quand Nora viendra, je lui demanderai d'aller à l'appartement, et de me rapporter cette broche en strass que j'avais achetée chez *Selfridge's*. Ça ne valait pas plus de trente shillings, mais Rose ne s'en rendrait pas compte. Oui, elle lui donnerait, c'était décidé.

Elle s'adossa confortablement à ses oreillers pendant qu'on lui brossait les cheveux.

— Pendant que vous allez chercher mon déjeuner, je vais réfléchir à ce que je vais dire dans ce télégramme. Oh, et puis enlevez-moi cette carte, là, la carte de ma sœur. Elle me tape sur les nerfs.

Rose était bien contente de s'échapper. Elle sortit de la chambre en tirant son sac de linge sale, et comme elle ne regardait pas où elle allait, elle faillit rentrer dans une grande fille brune.

— Pouvez-vous me dire où je peux trouver Mrs Dorothy Fanshawe ?

— Elle est là, dit Rose.

L'infirmière n'avait jamais vu des chaussures comme celles que portait la jeune femme. C'étaient des escarpins en box, avec une feuille de hêtre pourpre sur le cou de pied. Et quelle drôle de forme, se dit Rose, c'est sûrement la dernière mode. Pourtant, il n'y en avait ni à Stowerton ni à Londres.

— Mrs Fanshawe allait juste déjeuner, dit-elle.

— Et alors ? Je ne vois pas le problème.

Non, bien sûr, vous, vous ne voyez pas le problème, pensa Rose, indignée. Mais elle ne pouvait laisser ces sublimes chaussures s'envoler. Alors elle demanda :

— Excusez-moi, mais je trouve vos chaussures vraiment super. Où est-ce que vous les avez achetées ?

— Merci du compliment ! dit la fille assez sèchement. Ce sont des chaussures italiennes, mais je les ai achetées à Bonn.

— À Bonn ? Mais c'est en Allemagne, non ? Oh, mais vous n'êtes pas... vous ne pouvez pas être Nora, elle est morte !

Tôt ce matin, Wexford avait cité Justice Shallow[1], et maintenant, en contemplant la maison de Jolyon Vigo, il se dit que c'était tout à fait le genre d'endroit où Justice Shallow aurait pu vivre. Déjà, à l'époque de Shakespeare, cette demeure devait avoir un certain âge. C'était une maison noire et blanche à colombages, imposante et si belle que, d'emblée, elle conférait élégance et supériorité à son propriétaire. Un rosier grimpant courait le long des pignons, et ses fleurs jaunes venaient se nicher contre les roses tudor sculptées en frise dans le chêne par un artisan, il y avait bien longtemps.

De chaque côté de l'allée principale, on avait planté des petites haies et des massifs de fleurs minuscules. Tout cela était si net, si peu naturel

1. Personnage de *Henri IV*, de Shakespeare.

en fait, que Wexford eut comme l'impression que les fleurs avaient été brodées sur le sol.

Un hangar à calèches d'une époque un peu plus récente avait été transformé en garage. Les portes étaient ouvertes — seule note brouillonne dans ce décor — et l'inspecteur vit deux voitures à l'intérieur, nouvelle illustration de ce qu'il appelait désormais : la loi de Wexford. Une femme claqua la portière d'une Austin Minor bleu pâle. Puis elle se faufila entre sa petite voiture et l'énorme Plymouth bleu électrique collée contre elle. Elle avait un enfant dans les bras.

Cette expression : « Une femme avec un enfant dans les bras », ne lui allait pas. Ça faisait trop femme de la campagne. Une dame avec son bébé serait plus juste, songea Wexford, en la regardant.

— Que voulez-vous ? demanda-t-elle d'une voix sèche et haut perchée, le ton des riches de la région.

Avant qu'elle ait le temps d'ajouter qu'elle n'achetait jamais rien aux démarcheurs, Wexford se présenta et demanda son mari.

— Il est à sa consultation. Faites le tour par l'allée de verdure.

S'émerveillant qu'on puisse dire une chose pareille sans rire, Wexford regarda mieux la dame. C'était une femme très quelconque. Jeune, mais déjà usée. Elle installa le bébé dans une poussette et s'éloigna dans l'allée. C'était un beau petit blond aux yeux bleus qui avait l'air plein de vie. Un peu comme s'il lui avait pompé toute sa sève, toute son énergie pour la laisser exsangue et prématurément vieillie.

Wexford n'avait encore jamais vu d'allée de verdure, mais il n'eut aucun mal à la reconnaître. Les branches des pommiers et des poiriers se rejoignaient au-dessus de sa tête, formant un tunnel vert. Il y avait déjà beaucoup de fruits, mais ils étaient encore verts. Le chemin menait à des serres et à une ancienne écurie, réaménagée en cabinet dentaire. Et dans ce décor sylvestre, le panneau indiquant les horaires de Vigo détonnait complètement. Wexford souleva le loquet d'une ancienne stalle et pénétra dans la salle d'attente.

Une jolie fille en blouse blanche vint lui demander son nom, et l'heure de son rendez-vous. Après quoi, n'étant pas vraiment un inconditionnel de *Elle*, Wexford s'assit et regarda autour de lui.

C'était étrange d'imaginer Charlie Hatton ici, et Wexford se demanda pourquoi il n'était pas allé chez l'autre dentiste, en ville. Chez Vigo, il n'y avait pas ces traditionnels posters incitant les futures mamans à boire du lait, ou à venir deux fois par an avec leurs enfants, pour une visite de contrôle. Et dans ce décor, impossible d'imaginer quelqu'un avec un mouchoir pressé contre une joue enflée.

Sur les murs, il y avait un très beau papier peint à fines rayures, et les fauteuils capitonnés étaient de vrais fauteuils Louis XV. Les doubles rideaux étaient en chintz noir, avec des médaillons imprimés. Un lustre captait la lumière du soleil, et faisait ondoyer des motifs arc-en-ciel au plafond. On dirait le salon d'une personne distinguée, pensa Wexford. Or ce n'était que la salle d'attente d'un dentiste. L'inspecteur était curieux de voir le reste de la maison. Il observait une branche de jasmin en équilibre instable dans un vase, quand la jeune fille revint, et lui annonça que Mr Vigo allait le recevoir.

Wexford la suivit jusque dans le cabinet.

Il n'y avait rien que de banal, ici : le fauteuil inclinable, les plateaux d'instruments. Des stores bleu glacier étaient baissés sur le soleil de midi.

Vigo, debout près d'une fenêtre, tripotait des pinces sur un plateau, et ne daigna pas lever la tête quand Wexford entra. L'inspecteur sourit intérieurement. Cet air faussement absorbé était typique de certains dentistes et médecins. Ça entretenait le mythe. D'ici quelques instants, Vigo regarderait autour de lui, ferait semblant d'être surpris, et s'excuserait aussitôt avec une espèce de condescendance indulgente.

Le dentiste avait une tête léonine, des cheveux blonds épais, la mâchoire proéminente, la bouche fine. Un jour, il aurait une face de vieillard pas commode, avec le menton en galoche. Mais il avait encore du temps devant lui. Il avait l'air de compter ses instruments et quand il eut fini il se retourna, exactement comme Wexford l'avait prévu.

— Pardonnez-moi, inspecteur, il fallait que je termine ça. J'imagine que vous voulez me parler du défunt Mr Hatton. Je n'ai plus personne jusqu'après déjeuner, alors, si vous voulez venir chez moi...

Il ôta sa blouse blanche. En dessous, il portait un costume en tussor bleu ardoise dont la coupe, le tissu et la couleur faisaient trop fragiles pour lui, pas assez viril. Il avait la carrure d'un rugbyman et Wexford, qui faisait un mètre quatre-vingts, se sentait petit à côté de lui.

L'inspecteur le suivit dans l'allée de verdure

et ils entrèrent dans la maison par une porte vitrée. C'était comme pénétrer dans un musée. Wexford s'arrêta un instant sur le seuil, ébloui. Il avait entendu parler d'antiquités chinoises, mais il n'avait jamais vu une pièce entièrement meublée dans ce style. Ah, l'éclat des couleurs ! À côté, le jardin paraissait terne. Ses pieds s'enfoncèrent dans un tapis dont les bleus lui faisaient penser à un ciel d'été, et, sur l'ordre de Vigo, il s'assit en hésitant dans un fauteuil de satin jaune vif aux pattes de dragon griffues et crispées. Le dentiste évoluait avec une apparente désinvolture parmi ces tables et ces vitrines remplies de porcelaine et de jade. Un sourire flottant sur sa bouche en lame de couteau, il s'immobilisa sous une peinture sur soie représentant un poisson rouge.

— Je ne sais pas ce que vous vouliez savoir sur les dents de Mr Hatton, dit-il. Parce qu'il n'avait plus aucune dent à lui.

Effectivement, Wexford était venu ici pour parler de ça, mais pendant un moment il en fut incapable. Parler de prothèses dentaires dans un endroit pareil ! Ses yeux tombèrent sur un échiquier, installé sur une table, dans un coin de la pièce. Il y avait deux armées ; une en ivoire, une en jade rouge. Les pions étaient en fait des cavaliers, les blancs avec des lances, les rouges avec des carquois. L'un des cavaliers rouges avait le visage d'un homme d'aujourd'hui, dur, ironique, qui rappelait absurdement celui de Charlie Hatton. Il souriait à Wexford, et paraissait lui souffler ses mots.

— Nous le savons, Mr Vigo, dit Wexford, s'arrachant à la fascination qu'exerçait sur lui ce cavalier, et posant ses yeux sur un service à thé d'une extrême finesse. Ce qui nous étonne, c'est qu'un homme avec d'aussi petits moyens que lui ait pu s'offrir une si belle prothèse dentaire.

Vigo eut un rire très séduisant, un rire de gamin. Un rire qu'il interrompit en secouant la tête.

— C'est un drame, hein ? Vous avez une idée de qui aurait pu... ? Mais non, je ne suis pas censé vous demander ça.

— Mais si, vous pouvez me le demander. Simplement, nous n'en avons aucune idée pour le moment. Je suis venu vous voir pour que vous me disiez tout ce que vous pourriez savoir sur Mr Hatton, et plus particulièrement sur ses sources de revenus.

— Tout ce que je sais, c'est qu'il était chauffeur de camion. (Visiblement, le salon de Vigo impressionnait Wexford, ce qui avait l'air de ravir le dentiste.) Mais je vois ce que vous voulez dire, bien sûr. Moi aussi ça m'a surpris. Je ne sais pas grand-chose, mais je vais faire ce que je peux pour vous aider. (Il se dirigea vers une vitrine dont les boutons de porte étaient de longues queues de dragon.) Vous prendrez un sherry avec moi ?

— Je ne pense pas. Merci.

— Dommage.

Vigo n'insista pas, mais se servit, lui, un verre de sherry. Puis il s'assit près de la fenêtre. Elle donnait sur une cour ombrée, avec en son centre un planétaire, sur un socle de pierre.

— Mr Hatton a pris rendez-vous avec moi fin mai. C'était la première fois qu'il venait.

Fin mai. Le 22, Charlie Hatton avait déposé cinq cents livres sur son compte, sa part sur le mystérieux butin, aucun doute.

— Je peux vous dire la date exacte si vous voulez. J'ai regardé avant que vous n'arriviez. C'était le mardi 21. Il m'avait téléphoné à l'heure du déjeuner. Je venais juste d'avoir une annulation, j'ai donc pu le prendre presque tout de suite. Il avait une prothèse dentaire depuis l'âge de vingt ans. Une très vilaine prothèse, d'ailleurs. Ça lui donnait des complexes, et il en voulait une nouvelle. Je lui ai demandé pourquoi il avait perdu ses dents. Il m'a dit qu'il avait eu une parodontite juvénile. Connaissant plus ou moins ses moyens financiers — en tout cas, je savais qu'il était routier — je lui ai dit que ça allait l'entraîner dans de grosses dépenses. Il m'a répondu que l'argent n'était pas un problème — ce sont ses mots — et qu'il voulait la plus belle prothèse qui existait. Je lui ai montré un modèle à deux cent cinquante livres, et il a dit oui tout de suite.

— Vous avez dû être surpris.

Vigo aspira une petite gorgée de sherry, l'air pensif. Il passa la main sur une pièce de son échiquier, une tour crénelée, qu'il caressa avec fierté.

— J'ai été surpris, oui. Et un peu ennuyé aussi.

Vigo n'épilogua pas sur son léger embarras, mais Wexford se dit qu'il avait dû s'inquiéter de la solvabilité d'Hatton.

— Quoi qu'il en soit, on a taillé sa prothèse, et elle était prête début juin. Il y a à peu près un mois.

— Comment Mr Hatton vous a-t-il payé ?

— Oh, en liquide, le jour même. Il a insisté pour payer tout de suite. En billets de cinq livres. Que j'ai aussitôt déposés à la banque, malheureusement. Inspecteur, je vois très bien où vous voulez en venir, mais je ne pouvais pas demander à cet homme d'où venait son argent. Ce n'est pas parce qu'il venait dans ses vêtements de travail, et que je savais qu'il était routier que j'aurais pu... Non, je n'avais pas le droit de lui demander ça.

— Vous l'avez revu ?

— Il est revenu une fois, pour une visite de contrôle et puis une autre fois pour me dire qu'il était vraiment satisfait.

Une fois de plus, Wexford se laissa hypnotiser par toutes ces couleurs. Où qu'il posât les yeux, tout n'était que beauté. Il baissa la tête et fixa ses grandes mains pataudes.

— Est-ce que lors d'une de ses visites, dit-il, impassible, il aurait mentionné un certain Mc Cloy ?

— Je ne crois pas. Il parlait de sa femme et de son beau-frère, avec qui il travaillait. (Vigo s'interrompit, essayant de se rappeler.) Oh, et puis il m'avait parlé d'un ami qui allait se marier. Cela était censé m'intéresser, parce que ce type avait fait des travaux d'électricité ici. Je crois qu'Hatton m'avait dit qu'il voulait lui offrir un magnétophone comme cadeau de mariage. Le pauvre garçon est mort, et je ne sais pas si je devrais dire ça mais...

— Allez-y, Mr Vigo.

— Eh bien il n'arrêtait pas de parler de tout cet argent qu'il dépensait. Je ne voudrais pas passer pour un snob, mais, franchement, je trouvais ça vulgaire. Et quand il parlait de sa femme, c'était pour me dire qu'il venait de lui acheter une nouvelle robe. Il a même essayé de me convaincre que son beau-frère n'était qu'un pauvre type, parce qu'il n'arrivait pas à joindre les deux bouts.

— Mais le beau-frère faisait le même genre de travail que lui.

— Je sais. D'ailleurs ça m'a surpris. Mr Hatton disait toujours qu'il avait plusieurs trucs sur le feu et qu'il lui arrivait de faire des gros coups. Et moi je pensais qu'il avait un petit boulot à côté, qu'il faisait des travaux de peinture chez les gens, ou qu'il lavait les carreaux.

— Les laveurs de carreaux ne parlent jamais de « gros coups », Mr Vigo.

— Effectivement, oui. La vérité, c'est que j'ai rarement affaire à des gens comme Mr Hatton, des gens du... (Vigo s'interrompit. Wexford pensa qu'il allait dire « du prolétariat ».) Euh... de ce milieu, dit le dentiste. Et donc vous pensez que l'origine de ses revenus annexes n'était pas très nette. Bon, en y réfléchissant bien, peut-être que Mr Hatton prenait l'air un peu mystérieux en en parlant. Mais il n'y avait vraiment pas de quoi éveiller mes soupçons.

— Bien, je ne vais pas vous ennuyer plus longtemps, dit Wexford en se levant.

Était-ce son sens de l'observation hyper aiguisé ou son esprit systématiquement soupçonneux ? mais il crut remarquer comme un relâchement soulagé de ces belles épaules musclées.

Vigo lui ouvrit la porte en chêne sculpté.

— Je vais vous raccompagner, inspecteur.

Le hall d'entrée était une immense pièce carrée, dallée, et semée de tapis doux aux pieds. Chaque centimètre carré de chaque meuble ancien et bien astiqué captait la lumière du soleil. Il y avait des lithographies de Blake aux murs, les scènes de l'Enfer, Nabuchodonosor avec ses serres d'aigle, Newton nu, blond et bouclé.

Débarrassé de son costume en tussor, Vigo devait ressembler à peu près à ça, pensa Wexford.

— J'ai eu le plaisir d'avoir la visite de votre fille l'autre jour, dit le dentiste. Quelle superbe jeune fille.

— Elle a beaucoup de succès, il paraît, dit Wexford, sèchement.

Compliment hypocrite et calculé, pensa-t-il. Et puis il avait senti une note d'incrédulité dans la voix de Vigo, comme s'il s'émerveillait qu'un si vilain dindon ait pu engendrer ce cygne léger, immaculé.

La porte s'ouvrit et Mrs Vigo entra, son bébé dans les bras. Et d'un seul coup Wexford se souvint qu'il y avait un autre enfant, un mongolien, confiné quelque part dans une institution spécialisée.

Le bébé, que Vigo venait de prendre dans ses bras, devait avoir six ou sept mois. Et c'était le portrait tout craché de son père. Il avait sa mâchoire carrée, et déjà des petits membres musclés. Vigo le souleva à bout de bras, ravi de le faire rire, tout en le regardant avec admiration.

— Je vous présente mon fils, Mr Wexford. N'est-il pas magnifique ?

— Il vous ressemble beaucoup.

— C'est ce qu'on me dit. Il a l'air d'avoir plus de sept mois, non ?

— Ça va être un grand gaillard, dit l'inspecteur-chef. Et maintenant que nous nous sommes mutuellement complimentés sur nos enfants, je vais y aller, Mr Vigo.

— Les pères sont toujours très fiers, hein ?

Vigo rit de bon cœur, mais le visage de sa femme demeura impassible. Elle lui prit le bébé des bras, comme si l'adoration sans bornes que lui vouait son père l'offensait, elle. Et Wexford repensa au mongolien, cet enfant au triste destin. Tout l'or du monde n'y aurait rien changé. « Le chagrin inonde la chambre de mon enfant absent, repose sur son lit et me suit partout, jour et nuit... »

Wexford sortit dans le jardin fleuri, sous le soleil de midi.

9

Wexford était rentré au poste de police depuis une demi-heure, quand Scotland Yard téléphona. Durant la dernière quinzaine de mai, il n'y avait eu que deux attaques de camions dans tout le pays, et encore pas sur l'itinéraire d'Hatton. L'un avait eu lieu en Cornouailles, l'autre dans le Montmouthshire, et les camions transportaient respectivement de la margarine et des pêches en boîte.

Wexford regarda le petit mot que Burden lui avait laissé avant de partir pour Deptford.

« Aucune attaque de camion à Stamford et dans les environs en avril et en mai. »

Hatton n'avait pas participé aux attaques de Cornouailles et du Montmouthshire. De la margarine et des pêches en boîte ! Même s'il y en avait eu des tonnes, la part de Charlie n'aurait jamais pu monter jusqu'à cinq cents livres. De plus, Wexford ne sous-estimait-il pas les « revenus » d'Hatton ? Il avait déposé cinq cents livres à la banque le 22 mai, sur lesquelles il avait tiré un chèque de vingt-cinq livres pour le lustre et deux autres d'un montant total de soixante livres pour le magnétophone et des vêtements. En outre, pendant tout ce temps, Hatton avait vécu comme un roi, dépensé largement, sans nul doute. Certes, le premier et peut-être même le deuxième versement résultant du chantage avaient pu intervenir avant début juin, date à laquelle il avait allègrement dépensé deux cent cinquante livres pour sa nouvelle prothèse dentaire.

Donc, même s'il avait versé cinq cents livres sur son compte, il en avait touché davantage. Peut-être le double, qui sait. Il trimbalait toujours des gros billets dans son portefeuille, et le jour de sa mort il avait plus de cent livres sur lui.

Et s'il n'y avait eu aucune attaque de camion importante fin mai ? Cela impliquerait que la fortune de Hatton venait d'un chantage, et non d'un vol. D'un chantage sans rapport avec ces attaques de camion.

Cette affaire est sans doute beaucoup plus compliquée qu'il n'y paraît, se dit Wexford.

Tout ça est beaucoup plus compliqué qu'il n'y paraît, se dit le sergent Camb, indigné.

— La propre sœur de Mrs Fanshawe a identifié le corps comme étant celui de Nora Fanshawe !

— Quoi qu'il en soit, dit la fille, je suis Nora Fanshawe.

Elle était assise à la réception du poste de police, sur l'une de ces chaises en forme de cuillère, les pieds collés l'un contre l'autre sur les carreaux noirs et blancs, les yeux fixés sur ces chaussures italiennes, qui avaient tant fasciné la jeune infirmière.

— Ma tante était sûrement très mal à ce moment-là. Et puis la fille était gravement brûlée, vous m'avez dit. Et complètement défigurée je suppose ?

— Oui, dit Camb, mécontent.

Son chef était parti à une réunion à Lewes dix minutes plus tôt et il se sentait carrément dépassé par les événements. Qu'allait dire le coroner ? Il préférait ne pas y penser.

— La sœur de Mrs Fanshawe avait pourtant l'air sûre !

Mais est-ce qu'elle avait vraiment l'air si sûre que ça ? Camb gardait un souvenir aigu de ce moment. Il avait emmené Mrs Browne à la morgue, avait soulevé le drap qui recouvrait le visage de Jérôme Fanshawe, puis le drap qui masquait celui de la jeune fille. Fanshawe gisait sur le ventre quand on l'avait retrouvé, après l'accident et son visage était presque intact. Et puis Mrs Browne avait reconnu son stylo plume en argent. Mais l'identification de la fille avait été pénible. Elle n'avait plus que quelques racines noires en guise de cheveux, et son visage était affreusement carbonisé. Camb en frémissait encore, rien que d'y repenser.

— Oui, c'est ma nièce, avait dit Mrs Browne, tout en reculant d'un pas et en se plaquant une main sur les yeux.

Mais apparemment, ce n'était pas elle. Et qu'allait dire le coroner, bon dieu !

Camb chassa l'image de ce visage repoussant, aux traits gommés par le feu, et posa les yeux sur celui de la jeune fille assise en face de lui : jeune, décidé, intact.

— Pouvez-vous prouver que vous êtes bien Nora Fanshawe, miss ? dit-il.

Elle ouvrit son grand sac en cuir, et en sortit un passeport qu'elle tendit à Camb sans un mot. La photo ne ressemblait pas trop à la fille qu'il avait en face de lui, mais les photos des passeports sont rarement ressemblantes. Il jeta un rapide coup d'œil sur elle, gêné, puis il reporta son attention sur le passeport. Nora Elisabeth Fanshawe, professeur, était née à Londres en 1945, avait les cheveux bruns, les yeux marron, mesurait un mètre soixante-treize et ne présentait pas de signes particuliers. La fille de la morgue ne mesurait sûrement pas un mètre soixante-treize, mais on ne pouvait pas demander à une femme sous le choc de s'en souvenir.

— Pourquoi vous n'êtes pas revenue avant ? demanda Camb.

— Je n'avais aucune raison de revenir. Je ne savais pas que mon père était mort, et que ma mère était à l'hôpital.

— Vous ne leur avez pas écrit ? Et ça ne vous a pas étonnée qu'ils ne vous écrivent pas ?

— Nous étions en très mauvais termes, dit la jeune femme, très calme. Et puis ma mère m'a écrit. J'ai eu sa lettre hier et j'ai pris le premier avion. De toute façon, ma mère m'a reconnue, ça devrait vous suffire.

— Votre mère... (Camb se reprit.) Mrs Fanshawe est une femme qui ne va pas bien du tout...

— Elle n'est pas folle, si c'est ce que vous voulez dire. Le mieux, ce serait que j'appelle ma tante. Et peut-être qu'après vous me laisserez partir, et que je pourrai enfin manger quelque chose. Il est 2 heures et demie et je n'ai rien avalé depuis ce matin, 8 heures.

— Oh, c'est moi qui vais appeler Mrs Browne, dit Camb, très vite. Ça risquerait de lui faire un choc d'entendre votre voix, comme ça. Oui, vaut mieux que ce soit moi, ajouta-t-il.

Mais il n'en était qu'à moitié convaincu.

— Pourquoi moi ? dit Wexford. Pourquoi faudrait-il que je la voie ? Je ne m'occupe pas de ça.

— Eh bien, l'inspecteur Letts est parti à Lewes pour une réunion et...

— Est-ce que la tante a reconnu sa voix ?

— Apparemment, oui. Mais elle était dans tous ses états, alors. Franchement, moi, je n'ai pas très confiance en cette tante.

— Oh, soupira Wexford. Bon allez, amenez-la-moi. Ça me distraira de ces fichus camions. Hé ! Camb : prenez l'ascenseur.

Wexford n'avait jamais vu la mère, ni la tante. Il ne pouvait donc remarquer d'éventuelles ressemblances. Mais c'était la fille d'un homme riche, aucun doute là-dessus. Il le voyait à son sac, ses chaussures, sa montre. Et surtout à son air arrogant. Il prit le passeport qu'elle lui tendait, le permis de conduire international, et la lettre de Mrs Fanshawe. Et tout en les rendant à Nora Fanshawe — si toutefois c'était bien Nora Fanshawe —, il se dit qu'elle allait hériter d'une petite fortune. De son vivant, Jérôme Fanshawe était un riche agent de change, et cette jeune femme pouvait très bien avoir usurpé l'identité de sa fille.

— Je crois que nous devrions avoir une explication, dit-il.

— Parfait. Mais je ne vois pas très bien où vous voulez en venir.

— Un moment.

Wexford prit Camb à part.

— Hormis la parole de Mrs Browne, est-ce qu'on a autre chose qui nous permettrait d'identifier la fille ? demanda-t-il.

Camb paraissait démoralisé.

— Il y avait une valise dans le coffre, avec des vêtements dedans, dit-il. Et puis deux sacs, qu'on a retrouvés sur la route. L'un était celui de Mr Fanshawe. Et dans l'autre, il n'y avait qu'une trousse à maquillage, un porte-monnaie avec deux livres, et un paquet de cigarettes, ajouta-t-il, sur la défensive. C'était un très beau sac de chez *Mappin and Webb*.

— Bon dieu, dit Wexford, dégoûté. J'espère qu'on n'a pas affaire à une arnaqueuse.

Il revint s'asseoir à son bureau, face à la jeune femme. Il s'adressa à elle avec un brusque mouvement de tête.

— Vous êtes partie en vacances à Eastover avec Mr et Mrs Fanshawe. À quelle date ?

— Le 17 mai, dit-elle, immédiatement. J'enseigne l'anglais dans une école, à Cologne, et j'avais donné ma démission fin mai. J'étais revenue en Angleterre.

— Et vous viviez avec Mr et Mrs Fanshawe depuis votre retour ?

La fille avait-elle remarqué qu'il ne disait

jamais « vos parents » ? En tout cas elle n'en montra rien. Elle était assise, distante, tendue, sa jolie tête bien droite au bout de son long cou.

— Non, pas au début, dit-elle, légèrement troublée. Mes parents et moi n'étions pas en très bons termes depuis quelque temps. Je suis revenue vivre avec eux — ou du moins habiter chez eux — à la mi-mai. Ma mère a voulu que je les accompagne à Eastover, et comme je voulais que nos relations s'améliorent, eh bien, j'ai accepté. (Wexford hocha la tête sans avoir particulièrement l'air d'y croire.) Nous sommes partis à Eastover en voiture, le vendredi 17 mai... (Ses épaules se contractèrent et elle regarda ses mains serrées l'une dans l'autre.) Ce soir-là, je me suis disputée avec mes parents. Est-ce vraiment indispensable que je rentre dans les détails ? (Mais avant que Wexford lui donne son avis, elle passa à autre chose.) J'ai compris qu'il était inutile d'essayer de nous rabibocher. Nous n'arriverions jamais à nous entendre. Résultat, le samedi matin j'ai dit à ma mère que je n'avais vraiment plus rien à faire en Angleterre et que je retournais en Allemagne. Que j'allais essayer de reprendre mon ancien travail. Alors j'ai fait ma valise, et je suis allée à Newhaven, prendre le bateau pour Dieppe.

— Et vous avez retrouvé votre travail ?

— Oui, heureusement. Ils manquent de professeurs en Allemagne, comme ici d'ailleurs, et ils n'ont été que trop contents de me revoir. J'ai même pu récupérer ma chambre dans Goethestrasse.

— Je vois. Maintenant j'aimerais avoir l'adresse de l'école qui vous emploie, et le nom de votre propriétaire.

Tandis qu'elle écrivait tout ça, Wexford lui dit :

— Ça ne vous a pas surprise de n'avoir aucune nouvelle de Mr ou Mrs Fanshawe ces six dernières semaines ?

Elle releva la tête et haussa ses épais sourcils noirs.

— Je vous ai dit qu'on s'était disputés. Et jamais mon père ne m'aurait écrit sans que je me sois abaissée à lui faire de plates excuses, croyez-moi. (C'était la première fois qu'elle exprimait une émotion, et cela fit plus pour elle que tous les papiers qu'elle avait montrés à Wexford.) Ces silences étaient fréquents entre nous, dit-elle. Surtout après l'échange sympathique qu'on avait eu ce soir-là. Il aurait pu se passer six mois sans qu'on se voie. Et puis, pourquoi me serais-je doutée qu'ils avaient eu un accident ? Je ne suis pas médium.

— Mais vous êtes venue dès que Mrs Fanshawe vous a écrit.

— C'est tout de même ma mère. Et maintenant je peux y aller ? Je commence vraiment à avoir faim.

— Dans un instant, dit Wexford. Où avez-vous l'intention de descendre ?

— J'allais justement vous demander si vous connaissiez un bon hôtel, dit la jeune femme, ironique.

— L'*Olive and Dove* est le meilleur. Mais cela dit je vous conseille d'entrer rapidement en contact avec les avocats de votre père.

La jeune femme se leva. Il n'y avait pas un pli sur sa jupe. Sa confiance en elle était époustouflante. Camb lui ouvrit la porte. Elle dit « au revoir » d'un ton cassant, puis elle sortit. Tandis que le clic clac de ses talons s'éloignait, le sergent dit d'un ton plaintif :

— Si c'est vraiment elle, Nora Fanshawe, alors qui c'était la fille dans la voiture ?

— Ça, c'est votre problème, sergent, dit Wexford, sans ménagements.

— Mais il se pourrait que ce soit le vôtre aussi, monsieur.

— Oui. C'est bien ce que je crains. Comme si je n'avais pas assez d'un meurtre sur les bras !

Lilian Hatton se laissait émouvoir plus facilement que la fille qui prétendait s'appeler Nora Fanshawe. Elle s'écroula, et pleura, quand Wexford lui annonça que les revenus annexes de son mari étaient de source criminelle. C'était une révélation pour elle.

— Votre frère m'a remis le carnet de route de votre mari, Mrs Hatton, lui dit-il gentiment, quand elle se fut calmée. J'aimerais savoir si vous avez vous-même un agenda.

— Il y en a un près du téléphone, où je note des petites choses, dit-elle, la gorge serrée.

— Puis-je me permettre de vous l'emprunter quelques jours ?

— Vous croyez, dit-elle, tout en se tamponnant les yeux que... que quelqu'un a tué mon Charlie parce qu'il ne voulait plus continuer à... continuer à faire ce travail pour eux ?

— Quelque chose comme ça, oui. (Ce n'était pas le moment de laisser entendre à cette femme que son mari était un maître chanteur *et* un voleur.) Qui savait que votre mari prendrait le chemin de la rivière ce soir-là ?

Elle triturait le mouchoir humide de ses

doigts aux ongles laqués comme Charlie Hatton les aimait : rouge vif.

— Tous les gens du club de fléchettes, dit-elle. Et moi, bien sûr. Et ma mère et mon frère Jim. Charlie passait toujours par là pour rentrer du pub.

— Mrs Hatton, est-ce que votre mari recevait des gens que vous ne connaissiez pas, et auxquels il voulait parler seul à seuls ?

— Non, jamais.

— Mais peut-être pendant que vous étiez sortie ? Votre mari vous a-t-il jamais demandé d'aller faire un tour et de le laisser seul avec quelqu'un ?

À présent le mouchoir était déchiré, sursaturé de larmes, trempé, mais elle s'en tamponna tout de même les yeux, le striant de vert et de noir.

— Quand il était là, je restais à la maison. Je ne sortais jamais sans lui. Il ne sortait jamais sans moi. Nous étions... inséparables, Mr Wexford. (Elle serra très fort les bras du fauteuil et ses pommettes s'enflammèrent d'un coup.) Mr Wexford, je veux bien croire tout ce que vous m'avez dit, mais quoi qu'il ait fait, mon Charlie, il l'a fait pour moi. C'était un mari en or, un homme gentil. Avec moi, avec ses amis. Demandez donc à Jack... Oui, c'était un homme formidable !

« Oh ! La bannière de la guerre est tombée ! Le soldat pleure. Son général est mort... » Étrange, songea Wexford, qu'on associât toujours à la guerre, les batailles, et les soldats à Charlie Hatton. Parce que la vie est un combat ? Puisqu'il avait mené ce combat avec des armes infâmes, remporté d'énormes butins, et qu'il avait fini par tomber, un soir, alors qu'il rentrait chez lui insouciant et joyeux ?

Mais qu'est-ce qui lui prenait d'être sentimental comme ça ? Ce type n'était qu'un maître chanteur, et un voleur. Si la vie était un combat, et Charlie Hatton un mercenaire, alors lui, Wexford, représentait les Nations unies et son travail consistait à empêcher toute violation de territoire.

— Je n'ai plus de questions à vous poser pour le moment Mrs Hatton, dit-il.

Et il abandonna la veuve, en pleurs, au milieu des trésors mal acquis de son défunt mari.

Dans High Street, il croisa le Dr Crocker, qui sortait de chez Grover avec un exemplaire du *British Medical Journal.*

— Alors tu as des suspects intéressants ? demanda le médecin, plein d'allant. Mais ménage-toi, hein ? Tu veux que je prenne ta tension ? J'ai mon tensiomètre dans la voiture.

— Tu sais ce que tu peux en faire de ton tensiomètre ?... dit Wexford. J'ai l'impression qu'à peu près toute la population de Kingsmarkham, savait que Charlie Hatton prendrait le chemin de la rivière ce soir-là.

— Mais il n'y a aucune raison que ce soit un type d'ici, non ?

— Je ne suis peut-être pas un as du tensiomètre, dit Wexford, moqueur, mais je ne suis pas idiot. L'assassin de Charlie Hatton est quelqu'un qui connaissait parfaitement le coin.

— Pourquoi ça ? Il aurait fallu que Charlie lui dise lui-même qu'il allait prendre le chemin de la rivière pour rentrer chez lui.

— Ah oui. Et puis il lui aurait dit aussi que

la rivière était pleine de pierres, et qu'il pouvait toujours en utiliser une pour le tuer.

— Je vois ce que tu veux dire. Ils sont peut-être plusieurs dans cette affaire, mais celui qui a frappé, même si c'est juste un homme de main, est forcément d'ici.

— Très juste, mon cher Watson. Ça vient. Tu ne te débrouilles pas si mal pour un médecin. (Soudain sa voix retomba, son visage se figea, et il donna une petite tape sur le bras de Crocker.) Tu vois ce que je vois là, devant le magasin d'électroménager !

Crocker suivit son regard. Une femme avec une poussette venait de s'arrêter devant l'immense vitrine de « Southern Electricity Board ». Deux enfants la rejoignirent. Puis un homme, avec un autre gamin dans les bras et un dernier trottinant à ses côtés. Ils restèrent blottis là, comme hypnotisés par ce fabuleux étalage de cuisinières et autres frigidaires.

— Mr et Mrs Cullam et leur nichée, dit Wexford.

La petite famille était trop loin pour que les deux hommes puissent comprendre ce qui se disait. Mais visiblement, une discussion des plus animées était en cours. Des avantages du réfrigérateur sur ceux du radiateur ? Toujours est-il que les deux adultes se chamaillaient, et que les enfants prenaient parti bruyamment. Cullam secoua rudement l'une de ses filles, avant de donner une calotte à son aîné. Sur ce, ils s'engouffrèrent comme un seul homme dans le magasin.

— Tu veux bien faire quelque chose pour moi ? demanda Wexford au médecin. Entre dans ce magasin et achète une ampoule, ou n'importe quoi. Je veux savoir ce qu'ils mijotent, ceux-là.

— Tu veux que je les espionne en somme, et que je te raconte tout ? !

— Oui, c'est à peu près ça. Un boulot de flic quoi, ce que je fais moi. Je vais m'installer dans ta voiture. Donne-moi les clés.

— Euh... Elle n'est pas fermée, dit Crocker, gêné.

— Ah oui. Eh bien ne va pas te plaindre la prochaine fois que des petits junkies du coin viendront te piquer des comprimés. Allez, quarante watts, ça ira. Et on te remboursera en petite monnaie.

Le médecin y alla à contrecœur. Wexford grimpa dans la voiture et rigola intérieurement en voyant Crocker approcher du magasin à pas de loup, tout en jetant des coups d'œil furtifs sur le côté. Ça lui rappelait un petit garçon de dix ans — Crocker — qu'il regardait sonner aux portes et se cacher derrière un buisson pour guetter les réactions. Wexford avait seize ans alors. Mais il n'y avait pas de buissons sur High Street et Crocker avait cinquante ans. Cependant, avait-il eu un petit pincement en franchissant le seuil du magasin, un rien de nostalgie, un souvenir éclair ? « Ah, doux Jésus », soupira Wexford, citant à nouveau Justice Shallow. Oh, suffit, se dit-il. Et Burden qu'avait-il découvert à Stamford ? Car, pour l'inspecteur, cette société de Deptford ne correspondait pas à l'idée qu'il se faisait de Mc Cloy.

Samantha Cullam jaillit brusquement du magasin. Sa mère apparut ensuite, traînant la poussette. Et, quand tous les enfants furent sortis, leur père lança quelques soufflets au hasard, heureusement mal dirigés, et tout ce petit monde repartit d'où il était venu, en traînant les pieds. Puis Crocker se montra : c'était la duplicité incarnée.

— Alors ?

— Hé, du calme ! rigola le médecin, apparemment très content de lui. J'ai semé mes pièges, j'attends qu'ils tombent dedans.

— Et Cullam, qu'est-ce qu'il a acheté ?

— Il n'a rien acheté, mais il a repéré un réfrigérateur.

— Qu'il va s'offrir à crédit ?

— La question n'a pas été évoquée. Mais il y a eu un intermède intéressant entre monsieur et madame, une vraie bataille rangée. Un môme a cassé un plat en pyrex, et cette brute de Cullam l'a salement corrigé, pauvre petit gars. Ils ont tous une envie folle de ce frigo, je peux te le dire.

— Et ces pièges que tu as semés, qu'est-ce que c'est ?

— C'était juste une façon de parler, dit Crocker. Je me suis bien débrouillé, hein ? J'ai acheté l'ampoule, comme tu voulais. Tu me dois un shilling et neuf pence, si ça ne t'ennuie pas.

10

— Ils s'appellent Mc Cloy S.A., annonça Burden, d'un air las. Mais le dernier Mc Cloy membre de la société est mort il y a vingt ans. C'est une très vieille entreprise qui bat de l'aile, à mon avis. Dans notre soi-disant société d'abondance, les gens veulent consommer, ils jettent leurs vieilleries. Ils n'ont aucune envie de les faire réparer.

— Vous pourriez me redire ça, dit Wexford, pensant à Cullam.

— Le Yard m'a trouvé six autres Mc Cloy, tous plus ou moins dans la quincaillerie. Rien de suspect chez aucun d'entre eux. Stamford m'a donné une liste des Mc Cloy du coin, et là encore pas l'ombre d'un truc qui cloche. Mais j'irai y faire un tour demain matin, histoire de voir. La police locale a promis de me donner un coup de main.

Wexford se laissa aller contre le dossier de sa chaise pivotante, et un rayon rasant du soleil couchant dansa dans ses yeux.

— Mike, dit-il, je me demande si on n'a pas tout pris par le mauvais bout. On cherche un Mc Cloy, qui doit nous conduire à l'assassin. Mais peut-être qu'on ferait mieux de chercher le meurtrier qui lui, nous conduirait à Mc Cloy, puisque c'est Mc Cloy qui l'a payé.

— Cullam ?

— Possible. Je veux que Martin le suive comme son ombre. Et si jamais il achète le frigo et qu'il le paye cash, là on tient quelque chose. En attendant, je vais emmener le carnet de route de Hatton et l'agenda de sa femme à la maison. Ce sera mes devoirs pour ce soir. Mais, avant, si on se buvait un verre en vitesse à l'*Olive and Dove* ?

— Merci, non, je peux pas. Depuis une semaine, je n'ai pas passé une seule soirée chez moi, et même si ma femme est contre le divorce, elle pourrait bien finir par envisager une séparation légale.

Wexford éclata de rire et ils prirent l'ascenseur ensemble. La soirée était chaude, le ciel dégagé. High Street était beaucoup plus belle dans la lumière du soir, avec ses ombres longues, étirées, que sous le soleil de midi. Les vieilles maisons rayonnaient sous cette douce clarté, et leurs fissures disparaissaient, comme un visage de vieille dame adouci à la lumière des bougies. Dans la journée, les ruelles qui s'enfonçaient dans la misère de l'arrière-pays, étaient si dégoûtantes, qu'on y croisait des rats. Mais à présent, on aurait dit de charmantes allées où des amoureux de conte de fées, enlacés sous un réverbère, regarderaient monter la lune, derrière les toits finement découpés sur un ciel clair.

Il n'était que 8 heures, et le soleil semblait refuser de se retirer, avant d'avoir offert à ses adorateurs, un feu d'artifice rose et doré. Wexford, sur le pont du Kingsbrook, écoutait le joyeux clapotis de la rivière. Si jeune, si vive, si innocente, et détentrice d'un si lourd secret, détentrice d'une pierre qui avait définitivement privé un homme de couchers de soleil !

Toutes les fenêtres de l'*Olive and Dove* donnant sur la rue étaient ouvertes. Les rideaux se gonflaient dans l'air, au-dessus des jardinières et des fuchsias dégoulinant de fleurs écarlates. Une troupe de danseurs folkloriques s'était rassemblée devant l'hôtel. Ils portaient le costume bigarré des bouffons, et l'un d'eux galopait pardessus un manche à balai à tête de cheval. Wexford repéra George Carter dans l'assemblée.

— Belle soirée, hein, Mr Carter ? lança-t-il, jovial.

Et Carter agita un bâton avec des rubans et

des grelots dans sa direction, l'air vaguement honteux. Wexford se dirigea vers le bar.

Dans la salle de restaurant, à une table nichée dans une alcôve, l'inspecteur reconnut la fille que Camb lui avait amenée en fin de matinée. Il y avait un homme avec elle, et une femme d'une cinquantaine d'années. Wexford prit sa bière, et quand il arriva à leur hauteur, l'homme se leva, comme s'il avait été sur le point de partir.

— Bonsoir, dit Wexford. Vous êtes finalement descendue à l'*Olive ?*

Cette fille ne souriait pas facilement. Elle eut un petit hochement de tête assez sec, puis elle dit :

— Je vous présente l'avocat de mon père, Mr Updike. Oncle John, voici l'inspecteur-chef Wexford.

— Enchanté.

— Et je ne crois pas que vous connaissiez ma tante, Mrs Browne, dit-elle.

Le regard du policier alla de l'une à l'autre. Incroyable, comme il finissait toujours par hériter du boulot de Camb ! La tante était un peu pâle, mais elle avait l'air tout excitée, l'avocat avait l'air content.

— D'accord, je suis prêt à admettre que vous êtes bien miss Fanshawe, miss Fanshawe.

— Je connais Nora depuis qu'elle est haute comme ça, dit Updike. Vous n'avez aucun doute à avoir sur son identité.

Et il tendit sa carte à Wexford, la carte d'un cabinet londonien « Updike, Updike and Sanger », sur Ava Maria Lane. L'inspecteur la regarda, puis il jeta un dernier coup d'œil à Mrs Browne, une espèce de Nora Fanshawe, avec trente ans de plus.

— C'est bon, dit-il, et il alla s'installer à une table libre.

L'homme de loi s'en alla prendre son train, puis Wexford entendit la tante qui disait :

— J'ai eu une journée fatigante, Nora. Je crois que je vais appeler l'hôpital et qu'après je vais aller me coucher.

Wexford était assis près de la fenêtre. Il regardait les danseurs. La musique laissait à désirer et les interprètes étaient un peu empruntés, mais la soirée était si belle, que si l'on occultait les voitures et les quelques magasins modernes, on aurait pu se croire revenu dans l'Angleterre de Shakespeare. Quelqu'un apporta des canettes de bière aux danseurs et le charme fut rompu.

— Allons au bar, dit une voix derrière lui.

Nora Fanshawe avait ôté sa veste et, dans son chemisier couleur café, elle paraissait plus féminine. Mais c'était toujours une créature à l'air décidé, tout en lignes droites et en angles aigus.

— Puis-je vous offrir un verre, miss Fanshawe ? dit Wexford en se levant de sa chaise.

— Il ne vaut mieux pas, non. (Elle dit ça d'un ton sec, et ne le remercia pas de son offre.) J'ai déjà trop bu. (Et elle ajouta, avec un rire amer :) Nous célébrions un grand événement : ma résurrection, voyez.

Ils allèrent au bar, s'installèrent dans des fauteuils, et Nora Fanshawe déclara :

— Mr Updike n'a pas voulu me donner les détails de l'accident. Pour m'épargner, j'imagine. (Elle fit signe au serveur et lui dit, sans consulter Wexford :) Donnez-nous deux cafés. (Puis elle alluma une longue cigarette blonde qu'elle glissa dans un porte-cigarettes de couleur ambrée.) Mais vous, vous allez tout me dire.

— Vous ne voulez pas être épargnée ?

— Non. Je ne suis plus une enfant. Et de toute façon, je n'aimais pas mon père.

Wexford eut un léger soupir.

— Le 20 mai, vers 10 heures, un homme au volant d'un camion-citerne, sur la route qui contourne Stowerton, dans la direction nord-sud, voit une voiture retournée et en flammes, sur la voie rapide, dans l'autre sens. Il appelle aussitôt du secours, et, quand la police et les ambulances arrivent, ils découvrent le corps d'un homme et d'une jeune fille, gisant sur la chaussée, en partie brûlés. Une femme — votre mère — avait été éjectée de la voiture et gisait sur le bas-côté de la route. Elle avait des contusions multiples et une fracture du crâne.

— Continuez.

— On a examiné les restes de la voiture, et, apparemment, il n'y avait pas de problème au niveau des freins, ni de la direction, et les pneus étaient presque neufs.

Nora Fanshawe hocha la tête.

— L'enquête a été différée jusqu'au moment où votre mère est sortie du coma. La chaussée était mouillée, et votre mère nous a dit que votre père roulait beaucoup trop vite.

— Il roulait toujours trop vite.

Le serveur apporta les cafés. Wexford se dit qu'elle allait le boire noir et sans sucre. Il avait vu juste.

— Puisque la morte n'était pas moi, alors qui était-ce ? dit-elle.

— J'espère que vous allez pouvoir nous le dire.

Elle haussa les épaules.

— Et comment le saurais-je ?

Wexford eut un bref regard pour ces lèvres boudeuses, ces yeux durs et froids.

— Miss Fanshawe, dit-il, sèchement, j'ai répondu à vos questions, mais vous avez à peine daigné répondre aux miennes. Cet après-midi, vous êtes venue dans mon bureau comme si vous me faisiez une faveur. Vous ne pourriez pas essayer d'être un peu plus détendue ?

Cette remarque la fit rougir et elle marmonna :

— Je suis rarement détendue.

— C'est ce que j'ai cru comprendre, oui. Vous avez vingt-trois ans, n'est-ce pas ? Vous ne trouvez pas ça un peu ridicule, cette réserve artificielle.

Elle avait des petites mains, mais comme elle ne portait pas de bagues et que ses ongles étaient courts, on aurait dit des mains d'homme. Wexford la regarda prendre sa tasse et, pendant un instant, il crut qu'elle allait boire son café, et le planter là. Elle fronça les sourcils et son visage se durcit.

— Je vais vous parler de mon père, déclara-t-elle. Ça pourrait vous aider. J'ai eu vent de ses infidélités quand j'avais douze ans. Ou disons que j'ai compris qu'il faisait des choses que les autres pères ne faisaient pas. Un jour il a amené une fille à la maison, et il a dit à ma mère qu'elle allait rester chez nous. Alors ils se sont disputés devant moi, et quand ça a été fini, mon père a donné cinq cents livres à ma mère. (Elle enleva le mégot de son fume-cigarette et glissa une nouvelle blonde dedans. Hormis cette soudaine frénésie tabagique, elle ne manifestait aucune émotion.) Il l'a soudoyée, vous comprenez ? Et il ne s'est pas embarrassé de fioritures. « Laisse-la rester, et tu auras cet argent. » Voilà, ça s'est passé comme ça. La fille est restée six mois. Deux ans après, il a offert une voiture à ma mère, et, juste à cette époque-là, je l'ai surpris dans son bureau, avec sa secrétaire. (Elle aspira une longue bouffée.) Par terre, dit-elle, froidement. Ensuite, c'était tacite : chaque fois que mon père voulait une nouvelle maîtresse, il payait ma mère en fonction. Je veux dire, en fonction de ce qu'il estimait que cette fille valait pour lui. Il voulait que ma mère reste, parce que c'était une bonne maîtresse de maison. Quand j'ai eu dix-huit ans, je suis entrée à Oxford.

Elle s'alluma une nouvelle cigarette.

— Quand j'ai eu mon diplôme, j'ai dit à ma mère que je pourrais l'entretenir, et qu'elle devrait quitter mon père. Alors elle a tout nié en bloc et elle a demandé à mon père d'arrêter de m'envoyer mon chèque. Mais il a refusé — essentiellement parce que ma mère le lui avait demandé, j'imagine. Je n'ai pas touché à cet argent depuis deux ans, mais... (Elle jeta un bref coup d'œil à sa montre, à son sac.) Mais on ne peut pas toujours refuser un cadeau, dit-elle, à contrecœur, pas quand c'est un cadeau de votre mère, et que vous êtes sa fille unique.

— Alors vous avez trouvé un travail en Allemagne, dit Wexford.

— J'ai pensé que ce serait aussi bien de partir loin. (À nouveau elle rougit.) En janvier, dit-elle, un peu hésitante, j'ai rencontré un homme, un Anglais, qui venait régulièrement à Cologne pour ses affaires. (Wexford pensait qu'elle allait parler de son histoire d'amour, et il fut très surpris de l'entendre dire :) J'ai laissé tomber mon travail, comme je vous l'ai dit, et je suis revenue à Londres, pour vivre avec lui. Mais quand je lui ai dit que, si on se mariait, je ne demanderai pas un sou à mon père il... eh bien, il m'a mise dehors.

— Et vous êtes retournée chez vos parents ?

Nora Fanshawe redressa la tête et pour la première fois il la vit sourire, un affreux sourire d'auto-ironie.

— Vous êtes vraiment impitoyable, hein, dit-elle, d'une façon tout à fait inattendue.

— Je croyais que la gentillesse vous exaspérait ?

— Possible. Vous voulez un autre café ? Non, hein. Moi non plus. Oui, je suis retournée chez mes parents. Je me tracassais toujours pour ma mère, voyez. Mon père avait vieilli, moi aussi. On aurait pu s'entendre mieux. Bien sûr, je savais que je ne pourrais pas vivre à nouveau avec eux, mais, enfin, les querelles de famille sont vraiment affreuses, vous ne trouvez pas ? J'ai trouvé ma mère pathétique. Elle disait qu'elle avait toujours espéré qu'un jour nous serions de vraies amies. (Nora Fanshawe fronça le nez avec dédain.) Même les gens comme moi ont leurs points faibles, inspecteur. Je suis donc allée avec eux à Eastover.

— Et la fameuse dispute, miss Fanshawe ?

— J'y viens. Nous étions dans d'étonnamment bons termes jusque-là. Mon père avait appelé ma mère « chérie » deux ou trois fois. Ils m'avaient demandé ce que je comptais faire pour retrouver du travail, et l'ambiance était des plus paisibles. Si paisible, en fait, qu'après dîner et après avoir bu quelques verres, ma mère a fait quelque chose qu'elle n'avait encore jamais fait. Mon père était monté se coucher et elle a commencé à me parler de sa vie avec lui, les chantages, les humiliations, et tout ça. Elle m'a vraiment parlé comme si j'étais une femme de son âge, l'une de ses amies. Ça a bien duré une heure comme ça, puis elle m'a demandé si j'avais des projets amoureux. Et comme une idiote, je lui ai raconté mon histoire avec l'homme avec qui j'avais vécu. Oui, comme une idiote. Et tant mieux pour moi. Car, sinon, j'aurais été à la place de cette fille morte, sur la route.

— Votre mère a mal réagi ?

— Elle m'a regardée avec des yeux exorbités, dit Nora Fanshawe, et puis, avant que j'aie pu l'en empêcher, elle est allée réveiller mon père, l'a sorti du lit et lui a tout dit. Ils étaient déchaînés. Ma mère était complètement hystérique et mon père m'a traitée de tous les noms. J'ai supporté ça un moment, et puis je lui ai dit que moi, en tout cas, je n'étais pas mariée et que, de toute façon, il était mal placé pour me juger. (Elle soupira.) Et que croyez-vous qu'il a dit ?

— Que pour les hommes, c'était différent.

— Comment avez-vous deviné ? Quoi qu'il en soit, mes parents étaient bien d'accord, pour une fois. Après que ma mère lui eut tout répété, et en ma présence en plus, il a dit qu'il allait retrouver ce type — il s'appelle Michael — et qu'il allait le forcer à m'épouser. C'était trop, alors je me suis enfermée dans ma chambre, et, le matin, je suis partie à Newhaven prendre le bateau. J'ai quitté ma mère assez froidement. Mon père était déjà sorti.

— Merci d'avoir coopéré, miss Fanshawe.

Vous pensez vraiment que la jeune fille morte dans l'accident aurait pu être la maîtresse de votre père ?

— Ça vous paraît inconcevable que mon père soit rentré à Londres avec sa femme et sa maîtresse. Pourtant c'est très possible, je vous assure. Il lui suffisait de dire à ma mère que la fille venait et de la payer en conséquence.

Wexford n'osait pas regarder Nora Fanshawe dans les yeux. Il pensait à Sheila. Qu'avaient-elles en commun ? Rien. Si ce n'est qu'elles étaient toutes les deux belles et en bonne santé, et que, comme toutes les femmes, elles étaient la fille de quelqu'un. Mais le père de Nora était mort. Et Wexford, dans un soudain accès de sentimentalité, se dit qu'il préférerait être mort, plutôt que d'être cet homme-là. Un homme sur lequel sa propre fille pouvait raconter des choses pareilles.

Aussi s'efforça-t-il d'avoir un ton neutre quand il dit :

— Vous m'avez laissé entendre qu'à l'époque d'Eastover, il n'y avait pas d'autre femme dans sa vie, c'est bien ça ?

— Oui. Enfin c'est ce que je croyais. Mais visiblement je me suis trompée.

— Miss Fanshawe, cette fille n'était ni une voisine ni une amie d'Eastover, que vos parents auraient simplement ramenée à Londres. Car, dans ce cas, sa famille se serait manifestée.

— Mais dans tous les cas, sa famille l'aurait fait rechercher, non ?

— Pas forcément. C'était peut-être une fille qui voyageait beaucoup. Ou qui partait souvent en week-end. Peut-être même qu'elle était sur une liste de personnes disparues, et qu'on ne l'avait pas encore recherchée parce qu'on savait qu'elle était instable, qu'elle changeait souvent d'endroit, d'homme, ou d'emploi. Et si votre père l'avait tout simplement prise en stop ?

— Mon père ne prenait jamais personne en stop. Ils étaient contre l'auto-stop, lui et ma mère. Mais, inspecteur, vous faites exactement comme si tout le monde était mort dans cet accident. Vous oubliez ma mère ! Elle est bien vivante, elle ! Elle est presque guérie, et elle a toute sa tête. Et elle affirme qu'il n'y avait personne dans la voiture, à part elle et mon père. (Nora Fanshawe le regarda, et sa voix perdit de son assurance.) Elle fait peut-être un blocage psychologique. Peut-être qu'elle veut se persuader que mon père avait changé, et qu'ils voyageaient tous les deux, en amoureux.

— C'est sûrement ça, oui. (Wexford se leva.) Bonsoir, miss Fanshawe. Et merci pour le café. Vous restez ici quelques jours ?

— Je vous appellerai. Bonsoir, inspecteur.

En rentrant chez lui, Wexford se dit qu'il faudrait voir la liste des personnes disparues dans les stations du bord de mer. Et si ça ne donnait rien, voir les personnes disparues à Londres. Simple travail de routine, et qui ne lui incombait pas. Et d'ailleurs, pourquoi s'intéressait-il tant à cet accident ? Cet accident qui le détournait de son principal sujet de préoccupation : Charlie Hatton. Parce qu'il ne pouvait s'empêcher de partir en guerre contre l'inexplicable ?

En fin de compte, se dit-il, on découvrirait que Fanshawe avait rencontré la jeune fille à Eastover, qu'elle lui avait plu et qu'il l'avait raccompagnée à Londres. Il aurait très bien pu dire à sa femme : « Cette jeune demoiselle vient de rater le dernier train pour Londres. Alors je lui ai proposé qu'on l'emmène. Tu es d'accord ? » Mais dans ce cas, Mrs Fanshawe n'aurait pas nié la présence de la jeune fille.

Et puis il y avait le sac. Pourquoi n'avait-on rien trouvé dedans qui permît de l'identifier ? Ni clés, ni lettres, ni stylo, ni rien de ce qu'on trouve habituellement dans un sac de femme.

Wexford ouvrit la porte de chez lui, et Clytemnestre bondit à sa rencontre.

— Qu'est-ce que tu ferais, dit-il à sa femme, si j'amenais une jeune fille à la maison et que je te proposais mille livres pour qu'elle reste ?

— Tu n'as pas mille livres, dit Mrs Wexford.

— Exact. Il y a toujours un truc qui cloche.

— À propos de jeune fille et d'argent, Mr Vigo a envoyé une note salée pour la dent de ta fille.

Wexford y jeta un coup d'œil et grogna :

— Je comprends pourquoi il se paye du Chippendale ! J'espère qu'un de mes clients aura la bonne idée de lui piquer son planétaire. Il y a de la bière, dans cette maison ?

Réprimant un sourire, Mrs Wexford enjamba la bête étalée à ses pieds, et alla lui chercher une canette de bière à la cuisine.

Wexford passa les deux heures suivantes à étudier le carnet de route de Charlie Hatton et l'agenda de Lilian, une chope de bière à portée de la main.

La semaine précédant le 21 mai l'intéressait particulièrement. Le 22, Charlie Hatton avait déposé cinq cents livres à sa banque. Et deux jours avant, il avait touché une grosse somme d'argent — ou eu l'assurance de la toucher —, car, le 21, il avait commandé sa nouvelle prothèse dentaire.

L'agenda de Mrs Hatton était de la taille d'un livre. Sur les pages de gauche, il y avait des photos de l'Angleterre. Les pages de droite correspondaient chacune à une semaine, et étaient divisées en sept.

Wexford l'ouvrit au 12 mai. Rien le dimanche. Lundi 13 : « C. parti à Leeds. Thé avec Mère. » Mardi 14 : « Téléphoné au gaz. C. rentré à 3 heures. Cinéma. »

Le voyage à Leeds apparaissait bien dans le carnet de route de Charlie Hatton. Il s'était arrêté deux fois à l'aller : à Norman Cross pour déjeuner, au *Merrie England Cafe*, et chez *Dave's Diner*, près de Retford, pour boire une tasse de thé. Il avait loué une chambre à Leeds chez une Mrs Hubble, au 21, Ladysmith Road, et, au retour, il ne s'était arrêté qu'une fois, à nouveau au *Merrie England*. Jusqu'ici rien de suspect. Hatton aurait difficilement pu aller plus vite.

Wexford reprit l'agenda.

Mercredi 15 mai : « C. n'est pas allé travailler. Penser à appeler le médecin conventionné. » Intéressant. Hatton avait été malade et apparemment pas en fonds à ce moment-là. Jeudi 16 : « C. a la grippe. Téléphoner à Jack et Marilyn pour reporter le dîner. » Rien au vendredi 17 mai.

Samedi 18 : « C. va mieux. Le médecin est revenu. Jim et mère sont venus. »

Wexford tourna la page. Dimanche 18 mai : « C. parti pour Leeds. Doit appeler 8 heures. J. et M. venus boire un verre et jouer au whist. Lundi 20 : C. à nouveau malade. A quitté Leeds assez tard. Rentré à 10 heures. »

Wexford compara aussitôt avec le carnet de route : Oui, Charlie Hatton avait bien noté qu'il ne s'était pas senti suffisamment en forme, pour reprendre la route avant midi. Il avait roulé lentement sur le chemin du retour et s'était arrêté deux fois, au *Hollybush*, à Newark, et au *Merrie England*. Mais avait-il été vraiment malade, ou avait-il fait semblant, histoire d'avoir du temps pour lui à Leeds ? Wexford ignorait comment Hatton s'était procuré cet argent, mais il savait qu'il l'avait eu le 19 ou le 20 mai.

Mardi 21 mai : « C. guéri. Jour de congé. Vu Jack et Marilyn. Rendez-vous 2 heures chez le dentiste. »

Une petite femme précise, cette Lilian Hatton, à défaut d'être expansive. Impossible de dire si elle savait quelque chose. Et si oui, elle ne l'aurait pas noté dans cet agenda.

Apparemment, Hatton n'avait rien fait de terrible durant cette matinée à Leeds, mais on n'est jamais sûr de rien. Et puis il y avait la nuit de dimanche à lundi. N'y avait-il pas eu un casse dans une banque, cette nuit-là ? Il faudrait vérifier. Wexford se demanda pourquoi l'histoire Fanshawe continuait à l'obséder. Et soudain il comprit.

L'accident avait eu lieu le lundi 20 mai. Une inconnue était morte le 20 mai. Et Charlie Hatton avait touché de l'argent le 20 mai.

Mais il ne pouvait y avoir de lien entre ces deux hommes. Entre Fanshawe, le riche agent de change à la moralité imparable — hormis un goût prononcé pour les jeunes filles — et Charlie Hatton, le petit chauffeur de poids lourds prétentieux, qui n'avait sans doute jamais mis les pieds à Mayfair de sa vie.

Oui, on l'avait tué le lendemain du jour où Mrs Fanshawe était sortie du coma, mais c'était pure coïncidence.

Wexford referma l'agenda et le carnet, et vida sa chope pour la troisième fois. Il était fatigué et il avait bu trop de bière. Il bâilla longuement, puis il fit sortir Clytemnestre par la porte de derrière. Et tout en l'attendant, il resta planté sur le seuil, la tête vide, les yeux fixés sur ce ciel pur et plein d'étoiles.

11

— Bonjour, miss Thompson, dit Wexford avec une amabilité feinte.

— Mrs Pertwee, si ça ne vous ennuie pas. (Elle prit un panier sur une pile, à l'extérieur du supermarché, et lui lança un regard plein de défi.) Jack et moi nous sommes mariés hier après-midi.

— Alors je serai l'un des premiers à vous présenter mes vœux.

— Merci beaucoup. On n'a rien dit à personne. On est allés à l'église tout seuls, discrètement. Jack est tellement déprimé depuis la mort de Charlie. Je me demande quand vous allez arrêter l'assassin. Vous ne vous remuez pas trop, parce que c'est un travailleur, hein. Ce serait pas pareil si c'était un aristo. Ah, cette société capitaliste me dégoûte ! J'ai envie de cracher dessus, tiens.

Wexford recula d'un pas, craignant qu'elle ne

joigne le geste à la parole. La jeune mariée l'attaqua en battant des cils comme des balayettes.

— Ah, vous allez devoir remonter vos manches ! cracha-t-elle. Car celui qui a tué Charlie sera encore à la fête au bout de la potence !

— Oh ! fit Wexford, apaisant. Et moi qui croyais que les progressistes étaient farouchement contre la peine de mort !

Elle se précipita dans le supermarché, furieuse. Wexford eut un sourire ironique et continua son chemin. Quand il arriva au poste, Camb le regarda d'un air interrogateur.

— J'ai l'impression que cette affaire Fanshawe vous intéresse, monsieur. J'ai croisé miss Fanshawe en arrivant.

— Oui. Elle m'intéresse même tellement que j'ai demandé à l'inspecteur Loring de se renseigner sur les disparitions dans les villes de la côte Sud. Et ça vaudrait peut-être même la peine de voir la liste des personnes disparues qu'ils ont à Londres.

Burden était à Stamford. En montant dans l'ascenseur, Wexford décida de s'occuper lui-même de la liste des personnes disparues domiciliées à Londres. Les jeunes femmes commençaient à lui taper sur les nerfs. Oui, se dit-il, une jeune fille peut causer autant de problèmes à un policier qu'un voleur. Et elles sont si nombreuses... Et maintenant il fallait voir combien d'entre elles avaient disparu, sur cette liste qu'ils avaient à Londres. Cette tâche était très en deçà de ses attributions, mais elle l'occuperait jusqu'au retour de Burden, et puis au moins il serait sûr que le travail serait bien fait.

Vers midi, son champ d'investigation — parmi des dizaines de filles disparues habitant Londres et ses environs — ne portait plus que sur trois noms. La première fille, Carol Pearson de Muswell Hill, avait travaillé dans un salon de coiffure d'Eastcheap. Or Jérôme Fanshawe avait son bureau à Eastcheap. Et le coiffeur en question coiffait aussi les hommes. Et puis Carol Pearson était brune, et sa disparition datait du 17 mai.

La deuxième fille, Doreen Dacres, était brune elle aussi. Elle avait vingt ans, et avait rendu les clés de son studio de Finchley le 15 mai, pour aller s'installer à Eastbourne, où elle avait trouvé un travail mais on n'avait plus jamais entendu parler d'elle, ni à Finchley ni à Eastbourne.

Bridget Culross, 22 ans, la dernière sur la liste, avait été infirmière à la clinique Princess Louise, sur New Cavendish Street. Elle avait passé le week-end du 18 au 19 mai à Brighton, avec un petit ami, et on ne l'avait pas revue depuis. On en avait déduit qu'elle était partie avec lui. Elle aussi était brune, fantasque, et n'avait pour seuls parents qu'une tante à County Leix.

Ah, les jeunes femmes ! pensa Wexford, irrité. Et il pensait à sa fille aussi. Sa fille qui lui faisait gratter les fonds de tiroir, pour que, dans un lointain et nébuleux avenir, elle puisse regarder les caméras et leur sourire.

Cette longue journée s'éternisait et la chaleur s'intensifiait. Des nuages immenses et très denses s'amoncelèrent au-dessus des toits. Loin de dissiper la chaleur, ils semblaient faire peser sur l'air lourd et moite un couvercle étouffant.

Et à travers cette vapeur épaisse et suffocante, ne filtrait plus qu'une lumière malade.

Assis dans son fauteuil, l'inspecteur Wexford semblait attendre que l'orage éclate, comme bon nombre d'habitants de Kingsmarkham. Immobile, les yeux fermés, il sentait l'air chaud monter, comme en hiver la chaleur monte du radiateur. Personne ne le dérangeait et tant mieux, car il réfléchissait.

À Stamford, il pleuvait, et l'inspecteur Burden entrait dans le jardin à l'abandon d'une maison aux volets fermés, aux portes verrouillées, où était censé habiter un Mc Cloy. Pas un voisin, personne qui pût lui dire où était passé ce Mc Cloy.

L'inspecteur Loring, lui, roulait sur le front de mer des villes côtières au sud de l'Angleterre. Il passait des coups de fil à tous les postes de police et accordait une attention particulière aux cafés, aux clubs sportifs, et autres lieux où fourmillent les jeunes filles. Loring avait même découvert la boîte de nuit où Doreen Dacres avait été engagée mais elle n'avait jamais montré le bout de son nez. Alors il avait téléphoné à Wexford, tout fier, mais sa joie était retombée quand son chef lui avait annoncé qu'il savait déjà tout ça.

L'orage éclata à 5 heures.

Depuis un moment déjà, les nuages avaient grossi et s'étaient assombris. À l'ouest, le ciel n'était plus qu'un amas de cumulus violet foncé, sur lequel le contour des immeubles se détachait avec une étonnante clarté. Dans la rue, les arbres brillaient d'une lumière malade.

Les commerçants avaient rentré leurs étalages en toute hâte, mais maintenant la pluie tardait à tomber, comme si après ces quinze jours de sécheresse, l'humidité accumulée ne pouvait se libérer que sous l'effet d'une pression extrême. Comme si les nuages eux-mêmes n'étaient plus faits de vapeur, mais étaient devenus d'immenses sacs ventrus, spécialement conçus pour être suspendus dans le ciel et contenir l'eau.

Il y eut une bourrasque, comme un souffle chaud, et Wexford ferma ses fenêtres. Sur High-street, les arbres frémirent imperceptiblement. Les fleuristes et les primeurs, qui avaient déjà mis leur marchandise à l'abri, remontèrent leurs stores. Debout derrière sa fenêtre, Wexford regardait le ciel et les cumulus gris foncé, dont le contour était d'un blanc brillant, aveuglant.

L'éclair fut d'un seul tenant, soudaine explosion de lumière, feu d'artifice vibrant dans le ciel comme une branche d'arbre géante, éblouissante. Ses rameaux ardents flamboyèrent un instant, cisaillant le ciel d'encre, puis le tonnerre ébranla la voûte céleste.

Wexford aimait infiniment les orages. Il préférait ces éclairs-là, aux zigzags à répétition, et à nouveau une branche éblouissante aux multiples rameaux flamboya, comme si elle avait jailli de la rivière pour s'épanouir dans le ciel, au-dessus des prairies de Kingsbrook. Cette fois le tonnerre éclata comme un coup de feu, sec et brutal, comme si l'on avait brusquement crevé ces poches gonflées d'eau, et la pluie commença à tomber.

Les premières grosses gouttes s'écrasèrent sur le trottoir, formant des taches rondes de la taille d'une pièce de monnaie, et, dans leurs bacs, les fleurs penchèrent la tête et tremblotèrent. Pendant un petit moment, la pluie sembla hésiter : elle crépitait sans conviction sur les gouttières pleines de poussière, où ses gouttes filaient comme du vif-argent. Mais très vite, comme pressée d'exploser par toute une série de mini-éclairs, elle n'hésita plus et, au lieu de s'intensifier par paliers, elle jaillit tout d'un coup comme un raz de marée inondant tout. Elle s'abattit sur les fenêtres, lessivant la poussière tel un grand courant nettoyant, et Wexford recula d'un pas. Ce soudain jaillissement d'eau ressemblait plus à une vague qu'à de la pluie, et vous bouchait la vue comme en pleine nuit.

Wexford entendit la voiture arriver dans une gerbe d'éclaboussures, puis les portières claquer. Burden, peut-être. Le téléphone intérieur sonna, l'inspecteur décrocha.

— J'ai Cullam avec moi, là, monsieur. (C'était la voix de Martin.) Dois-je vous l'amener ? J'ai pensé que vous aimeriez lui parler.

Maurice Cullam avait peur de l'orage. Ce qui, en un sens, plut assez à Wexford. Et ce fut avec un certain mépris, qu'il dévisagea cet homme tout pâle aux mains tremblantes.

— Alors Cullam, on tremble ? Ne vous en faites pas, on mourra tous ensemble.

— Très drôle, dit Cullam, qui tressaillit, car le tonnerre explosa juste au-dessus de leurs têtes. Je crois pas que ce soit prudent d'être tout en haut comme ça. Quand j'étais petit la foudre est tombée sur ma maison.

— Mais vous en êtes sorti indemne, hein ? On

dit toujours que le diable protège les siens. Pourquoi me l'avez-vous amené, sergent ?

— Il a acheté le réfrigérateur, finalement, dit Martin. Et un appareil de chauffage aussi, et tout un tas de petits appareils électriques. Il a payé cash et il en a eu pour cent vingt livres.

Wexford alluma les lumières. Derrière la vitre ruisselante, le ciel était d'un noir d'encre.

— Bien. Où vous avez eu cet argent, Cullam ?

— Je l'ai économisé.

— Je vois. Et quand avez-vous acheté la machine à laver, celle dans laquelle vous avez lavé vos vêtements, juste après qu'on a tué Hatton ?

— En avril.

Comme l'orage s'éloignait et que le tonnerre n'était plus qu'un lointain grondement, les épaules de Cullam s'affaissèrent un peu. Il posa sur Wexford un regard maussade.

— En avril, répéta-t-il.

— Alors vous avez à nouveau économisé cent livres. En deux mois, combien vous gagnez ? Vingt ? Vingt-deux livres par semaine ? Vous, avec vos cinq enfants et votre loyer à payer et vous économisez cent livres en deux mois ! Allez, laissez tomber Cullam, même moi je pourrais pas mettre cent livres de côté en six mois. Et mes enfants sont grands.

— Vous ne pouvez pas le prouver, que je les ai pas économisées.

Cullam frissonna quand la lumière du plafonnier vacilla. Un grondement sourd, comme un roulement de tambours, d'abord lointain, puis se rapprochant au galop dans un assourdissant staccato, annonça que l'orage revenait. Cullam bougea sur sa chaise et se mordit la lèvre.

Wexford sourit quand un éclair en zigzag projeta une violente lumière blanche dans le bureau.

— Cent livres, dit-il. Eh bien dites-moi, ça ne vaut pas cher la vie d'un homme. Et la vôtre, sergent, combien elle vaut ?

— J'ai une assurance-vie de cinq mille livres, monsieur.

— C'est pas exactement ce que je voulais dire, mais passons. Vous savez, Cullam, quand un assassin fait son prix, il s'évalue, lui. Peu importe ce que vaut la vie de la victime. Le balayeur qui tue un roi ne s'attend pas à toucher autant que s'il était général. Par conséquent, si vous avez besoin des services d'un assassin et que vous êtes particulièrement radin, vous allez piocher tout au fond du panier, pour trouver l'homme qui fera votre sale besogne.

Les derniers mots de Wexford se perdirent dans le tonnerre.

— Qu'est-ce que vous entendez par le fond du panier ?

Cullam posa sur lui un regard pitoyable, mais avec un fond d'agressivité.

— J'ai touché juste, hein ? Franchement Cullam, plus bas que vous je ne vois pas. Trinquer avec un homme, boire le whisky qu'il a payé, et après ça l'attendre pour le tuer ?

— Je n'ai pas tué Charlie Hatton !

Cullam bondit sur ses pieds, tremblant. La lumière d'un éclair l'aveugla et, se couvrant les yeux d'une main, il dit, au désespoir :

— Mais on peut pas aller en bas, pour l'amour de dieu !

— Hatton avait raison quand il vous traitait de poule mouillée, dit Wexford, dégoûté. Nous descendrons quand je l'aurai décidé. Quand vous aurez parlé, et quand vous m'aurez dit où est Mc Cloy et combien il vous a payé.

Toujours debout, Cullam s'appuya sur le bureau, la tête pendante.

— C'est pas vrai, souffla-t-il. Je ne connais pas Mc Cloy et j'ai jamais rien fait à Charlie Hatton.

— Dans ce cas d'où vient l'argent ? Oh, asseyez-vous, Cullam. Mais quel homme êtes-vous donc, pour trembler au moindre coup de tonnerre ? On a peur de l'orage, hein ? Mais on est suffisamment brave pour attendre dans le noir, au bord de la rivière, et pour frapper son ami à mort. Allez, vous feriez mieux de tout nous dire maintenant, parce que tôt ou tard il faudra parler et j'ai l'impression que cet orage va durer des heures. Hatton s'était mis Mc Cloy à dos, pas vrai ? Alors Mc Cloy vous a donné un peu de fric pour en finir avec Charlie. Il vous a laissé choisir votre arme et vous êtes si radin, qu'il n'a même pas eu droit à un vrai gourdin.

— C'est des mensonges, tout ça, dit Cullam.

Il zigzagua jusqu'à sa chaise où il se laissa tomber, la tête dans les mains.

— Moi, frapper Charlie sur la tête avec une de ces pierres ? Mais j'y aurais jamais pensé... je n'aurais...

— Vous savez donc qu'on l'a tué avec une pierre ? s'exclama Wexford, saisissant la balle au bond.

Lentement, Cullam redressa la tête, et une fine pellicule de sueur brilla sur son front.

— Pourtant je ne vous l'ai pas dit, dit Wexford.

— Moi non plus, renchérit le sergent.

— Nom de dieu, dit Cullam, d'une voix sourde et heurtée.

Les nuages noirs s'étaient déchirés, laissant apparaître des lambeaux de ciel d'été. Mais la pluie battait sans répit contre les carreaux.

La police de Stamford n'avait rien sur Alexander James Mc Cloy. Mais on le trouvait sur les listes d'électeurs, comme étant domicilié à Moat Hall, le petit manoir que Burden avait trouvé désert, et où, visiblement, Mc Cloy n'avait plus mis les pieds depuis longtemps.

Burden cavala sous la pluie, d'agence immobilière en agence immobilière, et il finit par trouver Moat Hall dans les registres d'un petit agent immobilier des faubourgs de la ville. Mc Cloy avait vendu sa propriété en décembre à une femme, veuve et américaine. Celle-ci avait changé d'avis quant à l'idée de s'y installer et avait chargé l'agent immobilier de revendre. Puis elle était partie passer l'été en Suède.

Mr Mc Cloy ne leur avait laissé aucune adresse. Logique. Il en avait fini avec eux. Il avait touché son argent et filé.

Non, ils n'avaient jamais vraiment pensé que Mc Cloy pouvait être malhonnête.

— Comment ça « vraiment » ? demanda Burden.

— Oh, c'est juste que la maison n'a jamais été bien entretenue. C'était une honte de voir ce parc laissé à l'abandon. Mais bon, il était célibataire et je crois qu'il n'avait ni domestiques ni jardinier.

Moat Hall était niché dans les collines, environ à un mille de la nationale 1.

— Il était toujours seul quand vous alliez chez lui ?

— Un jour, y avait deux types chez lui. Des types qu'étaient pas vraiment de son milieu, à mon avis.

— Dites-moi, est-ce qu'il vous a montré toute la maison, et tout le parc, quand vous avez dû faire vos relevés de terrain ou je sais pas comment vous appelez ça ?

— Absolument. Tout m'a paru normal, pas très propre, mais enfin. Mr Mc Cloy m'a laissé toute liberté d'aller où je voulais, sauf dans les communs. Il s'en servait d'entrepôt, m'a-t-il dit. Ça n'avait donc aucun intérêt. De toute façon, il y avait un cadenas sur les portes. Et puis ça me suffisait de voir l'extérieur pour mes calculs.

— Et pas de camions traînant dans les parages ?

— Non. En tout cas pas que je sache.

— Mais ils auraient pu être dans les dépendances ?

— Effectivement, oui, admit l'agent immobilier, pas convaincu. L'un des bâtiments est presque aussi grand qu'un hangar.

— J'ai vu, oui.

Burden le remercia du bout des lèvres. Il était presque sûr qu'il tenait son homme, et pourtant, qu'avait-il fait de plus que de retrouver un lieu où Mc Cloy était passé ? Tout ce qu'ils pouvaient tenter à présent, c'était une fouille minutieuse du manoir abandonné, dans le fol espoir de trouver un indice sur la cachette actuelle de son ancien propriétaire.

— Vous allez m'accuser de l'avoir tué ? dit Cullam, d'une voix éteinte.

— Vous, Mc Cloy, et peut-être encore d'autres, quand vous nous aurez dit combien vous êtes. Vous serez inculpé de complicité de meurtre, ce qui revient au même.

— Mais j'ai cinq enfants !

— Le fait d'être père n'a encore jamais dispensé personne d'aller en prison, Cullam. Allons, dites-moi tout. Vous ne voudriez tout de même pas vous retrouver derrière les barreaux, pendant que Mc Cloy se baladerait tranquille en liberté. Il écopera de la même peine que vous. C'est pas parce qu'il s'est contenté de vous demander de tuer Charlie qu'il s'en tirera mieux.

— Mais je l'ai pas tué, lâcha Cullam, furieux. Combien de fois il faudra que je vous dise que je connais pas ce Mc Cloy ?

— Un certain nombre de fois avant que je vous croie. Pourquoi auriez-vous tué Hatton, sinon ? Parce qu'il avait plus d'argent que vous et une plus belle maison ?

— Je l'ai pas tué !

Cullam n'était pas loin de pleurer. Wexford éteignit la lumière et pendant quelques secondes la pièce parut très sombre. Puis ses yeux s'habituèrent, et il vit qu'il ne faisait pas plus sombre que par n'importe quelle journée d'été, après un gros orage. Il y avait comme une lueur bleue et froide dans l'air, il faisait plus frais. Wexford ouvrit la fenêtre et une brise rafraîchissante gonfla les rideaux. En bas, dans la cour, les fleurs en pots, complètement aplaties, écrasées par la pluie, n'étaient plus qu'une bouillie rose et trempée.

— Écoutez Cullam, dit Wexford, vous étiez là. Vous avez pris le chemin de la rivière dix minutes avant Hatton. Vous les avez quittés, lui et Pertwee, à 11 heures moins vingt. Alors même en marchant tranquillement, vous auriez dû être rentré à 11 heures. Mais vous n'êtes arrivé chez vous qu'à 11 heures et quart. Et le lendemain matin, vous vous êtes empressé de laver la chemise, le pull-over et le pantalon que vous portiez la veille au soir. Vous saviez qu'on avait tué Hatton avec une pierre. Et aujourd'hui, vous qui n'avez jamais un sou devant vous, vous vous achetez un réfrigérateur à cent vingt livres. Alors vous voyez, Cullam, j'attends vos explications. L'orage s'est calmé. Vous ne risquez donc plus rien, excepté quinze ans de prison.

Cullam serra ses grandes mains osseuses l'une dans l'autre et baissa la tête. La sueur avait séché le long de ses tempes, et il semblait avoir du mal à contrôler les contractions des muscles au coin de sa bouche. Wexford attendit patiemment, car il savait que Cullam était incapable de parler. La peur paralysait ses cordes vocales. Il attendait sans la moindre impatience, et aussi sans la moindre sympathie.

— Les cent livres et sa paye, dit finalement Cullam, (sa voix était rauque, terrifiée.) je... je les ai prises sur lui... sur son cadavre.

12

— Et il en aurait eu besoin pour quoi, Charlie Hatton ? Je suis allé chez lui, moi, et j'ai vu tout ce qu'il avait. Vous avez jamais vu sa femme, hein ? habillée comme une pute, avec tout ce maquillage. Et toujours des nouvelles robes, et des bijoux. Et rien à faire de la journée, à part regarder la télé, en couleur en plus, et téléphoner à ses copines. Ils n'avaient pas d'enfants eux, qui vous sautent dessus dès que vous rentrez, et qui vous réveillent la nuit parce qu'ils font leurs dents. Vous voulez savoir depuis quand ma femme s'est pas acheté une nouvelle robe, et depuis quand on n'est pas sortis le soir ? Depuis que le premier bébé est né ! Ma femme est obligée d'acheter les vêtements des enfants dans les ventes de charité, et elle a même pas de quoi s'offrir une paire de bas. Génial comme vie, non ? Lilian Hatton a plus de fringues qu'une star de cinéma, mais faut qu'elle s'offre un truc neuf à trente livres, parce que Pertwee se marie. Quelle importance pour elle, hein, cent livres de plus ou de moins ? Elle aurait pu s'en servir pour allumer ses clopes.

Cullam, le timoré, le renfrogné, avait ouvert les vannes. Wexford l'écoutait avec une grande concentration, bien qu'il n'eût pas l'air d'écouter. Et si Cullam avait été quelque peu attentif, il aurait pu croire que l'inspecteur s'ennuyait. Mais Cullam se fichait pas mal qu'on l'écoute ou pas. Tout ce qu'il voulait, c'était parler, dans une pièce silencieuse et sans enfants, pour une fois.

— J'aurais tout encaissé, même ses plaisanteries. Mais pas sa vantardise non. Quand je sortais mon argent il disait : « Garde tes sous, Maurice. T'en as plus besoin que moi. » Et après il me parlait du nouveau collier qu'il venait d'acheter à sa femme. « Et elle en aura plein d'autres », disait-il. Et moi qui peux même pas acheter de nouvelles chaussures à mes enfants ! J'en avais déjà deux, moi, au bout de deux ans de mariage. Vous trouvez ça juste, vous ? Hein, dites-moi !

— Ça va. J'ai écouté la campagne électorale. Mais je ne suis pas convaincu par vos arguments. Cette rancœur, cette jalousie sont d'excellents mobiles dans les affaires de meurtre.

— Ah ouais ? Et qu'est-ce que ça m'aurait apporté de le tuer ? J'étais pas sur son testament. J'ai juste pris son argent, je vous l'ai dit. J'ai cinq enfants, et le laitier n'arrive qu'à 11 heures du matin. Vous avez déjà essayé d'empêcher le lait de tourner, sans frigidaire, et pendant une vague de chaleur ? (Il s'interrompit, et après avoir lancé un rapide regard de côté, il dit :) Vous savez ce qu'il aurait fait Hatton, ce fameux samedi, si on l'avait pas tué ? Mariage d'abord, le mariage de Pertwee, Hatton en haut-de-forme avec sa poule. Et puis un petit tour dans les magasins, juste pour le plaisir de dépenser de l'argent. Vingt livres par ci, vingt livres par là. Une bouteille de vin pour lui, des produits de beauté pour elle. Puis ils seraient encore allés boire quelques verres à l'*Olive and Dove* après dîner. Et cinéma pour terminer. Ça ressemble pas vraiment à ma vie, ça ? hein ? Si je veux me détendre, moi, je vais dans le jardin, pour plus entendre les mômes brailler.

— Êtes-vous catholique, Cullam ?

Cette question le surprit. Il s'était peut-être attendu à une question plus méchante. Mais il rentra tout de même la tête dans les épaules et marmonna, suspicieux :

— Je n'ai pas de religion, moi.

— Alors ne me servez pas ce couplet sur les enfants, Cullam. Personne ne vous a forcé à en avoir. Vous n'avez jamais entendu parler de la pilule ? Quand je pense que le planning familial existait déjà il y a trente ans ! (La voix de Wexford se fit plus dure, à mesure qu'il se lançait dans son thème favori.) Avoir des enfants est un privilège, Cullam, une joie, et je vous jure que si jamais je vous vois encore une fois frapper votre enfant à la tête, je vous mets les services sociaux sur le dos ! Vous n'êtes qu'une bête, Cullam, et encore, les bêtes ont plus de... Oh ! Et puis à quoi bon ? Et d'ailleurs vous me faites perdre mon temps. Cessez de pleurnicher, et racontez-moi ce qui s'est passé ce soir-là. Hein, que s'est-il passé après que vous avez quitté Hatton et Pertwee ?

La police de Stamford avait promis à Burden de lui donner un coup de main, et avait tenu parole. Un inspecteur et un sergent retournèrent avec lui à Moat Hall, et ils forcèrent les portes des dépendances.

Par terre, à l'intérieur, ils trouvèrent des taches d'huile de moteur. Et des empreintes de pneus qui avaient roulé dans cette huile. À part ça rien de suspect. Hormis deux vieux cartons aplatis dans un coin qui avaient contenu des pêches en boîte.

— C'est pas ici qu'on va trouver notre bonheur, dit Burden au sergent. (Il laissa tomber le carton avachi.) J'en ai des tas comme ça, dans mon garage. On les prend au supermarché en faisant les courses, le samedi.

Burden alla jusqu'à la porte et fit quelques pas dans la cour déserte. Il imaginait les camions volés entrant dans le hangar, exactement comme s'il y était : on ouvrait grand les portes, puis on les refermait sur eux. Mc Cloy et les hommes qui « n'étaient pas vraiment de son milieu » déchargeaient la marchandise volée. Puis Charlie Hatton arrivait : il y avait de gros rires, des démonstrations d'amitié exagérées, puis tout le monde allait « grignoter un morceau » dans la maison. Après quoi Charlie Hatton repartait avec son camion, qu'il abandonnait en route.

— J'aimerais bien voir l'intérieur de la maison, dit Burden. Mais je n'ai pas l'habitude de pénétrer chez les gens par effraction. Alors il faudra qu'on attende que la dame exilée en Suède nous donne la permission.

Cullam se leva et alla vers la fenêtre, d'un pas lent. Il avait l'air de s'attendre à ce que Wexford l'en empêche, mais Wexford ne dit rien.

— Il était là, au *Dragon*, en train d'étaler tout son fric. Et tout le long du chemin, il a continué à se vanter.

Cullam était debout à la fenêtre. Il regardait fixement la route où il avait marché avec Hatton et Pertwee. Les trottoirs mouillés faisaient miroir. Wexford se dit que le Kingsbrook devait être plus haut, et avoir recouvert toutes les pierres.

— Pertwee m'a dit d'attendre Charlie, dit Cullam. Mais j'en avais aucune envie. J'en avais marre de lui et de son fric. (Il se passa lentement la main dans ses petits cheveux orange.) De toute façon, je me sentais pas très bien, je vous l'ai déjà dit. Alors j'ai marché le long de la rivière, dans le noir.

En pensant à ce que t'allais retrouver chez toi, par rapport à ce qui attendait Charlie, se dit Wexford. Hormis le bruit cristallin de la rivière, il devait régner un silence parfait. Et au-dessus de Cullam, au-dessus de ce ciel de verdure, de ces branches entrelacées, une galaxie, piquée d'étoiles à l'infini. La cupidité et l'envie rendent aveugle le cœur d'un homme et lui enlèvent tout — excepté la cupidité et l'envie, justement. Cullam avait remarqué quelque chose en marchant, c'était forcément cette espèce de ballot d'ordures flottant, que la rivière tentait d'aspirer dans sa course à travers les prés.

— Vous l'avez attendu ?

— L'attendre, moi ? Sûrement pas ! dit Cullam avec feu. Pourquoi je l'aurais attendu ? Je le détestais.

Wexford se demanda depuis combien de temps quelqu'un n'avait pas fait des aveux aussi accablants dans ce bureau. Et Cullam continua, hargneux :

— Et alors j'ai été malade. J'ai vomi sous les arbres.

Il eut un vague frisson, mais Wexford n'aurait su dire si c'était au souvenir de ce malaise ou de quelque chose de bien pire. Il observait Cullam avec attention, sans tenir compte du fait qu'il avait l'air inquiet et qu'il se tordait les mains.

— Je n'ai pas l'habitude de boire du whisky, moi. Normalement je bois de la bière.

— Vous n'êtes pas le seul, dit Wexford, sèchement. Et après, qu'est-ce qui s'est passé ? Vous avez entendu Hatton arriver ?

— Ça faisait déjà un moment que je l'avais repéré. Loin derrière, sur le chemin. Je l'entendais siffler cette chanson idiote, dans laquelle un type a peur de rentrer chez lui dans le noir.

Wexford leva la tête et son regard croisa deux yeux fuyants, qui se détournèrent furtivement. Il vit battre deux paupières rougies. Cullam était-il un parfait imbécile, ou réalisait-il qu'il venait de dire quelque chose de parfaitement horrible ? Il aurait fallu qu'il fût un parfait abruti pour ne pas s'en apercevoir.

« Mabel chérie,
Écoute-moi,
Il y a des voleurs dans le parc... »

Burden, qui avait entendu Hatton chanter, avait répété la chanson à son chef : « Il y a des voleurs dans le parc... » Et comment c'était après ? Ah oui, « Mabel chérie, j'aurais voulu être avec toi, mais j'avais peur de rentrer dans le noir... »

Ce fut au tour de Wexford de frissonner.

— Et c'est là que c'est arrivé, dit soudain Cullam. (Sa voix tremblait.) Mais vous n'allez pas me croire, hein ?

Wexford se contenta de hausser les épaules.

— C'est la vérité. Je le jure.

— Vous prêterez serment plus tard, c'est pas le moment.

— Bon dieu... (Cullam fit un effort pour parler et ses mots se bousculèrent.) Il a arrêté de siffler. Et j'ai entendu une espèce de bruit... un bruit affreux, un bruit... oh c'était horrible ! Et puis j'avais déjà tellement mal au cœur. Mais je suis allé voir. J'étais malade de peur. Il faisait noir. Et j'ai... j'ai buté sur lui. Il était par terre, dans le chemin. Je pourrais avoir un verre d'eau ?

— Oh, arrêtez votre cinéma, vous voulez ? dit Wexford, glacial.

— Pourquoi vous êtes dur comme ça avec moi ? gémit Cullam. Je vous dis tout, pas vrai ? Je suis pas obligé, hein.

— Si, vous êtes obligé, Cullam.

— J'ai gratté une allumette, marmonna Cullam. Le crâne de Charlie était tout écrabouillé. Je l'ai retourné, et je me suis mis du sang sur moi. (Ses mots venaient moins bien, et il bredouilla :) Je sais pas ce qui m'a pris. J'ai glissé la main dans sa veste et j'ai pris son portefeuille. Il y avait cent livres dedans. Charlie était tout chaud...

Wexford le fixa, atterré.

— Mais il était mort ?

— Je ne sais pas... je ne... bon dieu, oui, il était mort ! Il devait être mort. Pourquoi vous me dites ça ?

Cullam se prit la figure dans les mains et eut un sanglot. Wexford l'attrapa par le col de sa veste et tira si fort en arrière, que sa tête se redressa. Les larmes de Cullam avaient éveillé en lui une telle rage, qu'il avait dû faire ça pour s'empêcher de le frapper.

— Voilà, c'est tout, dit Cullam, tout bas, en frissonnant. Son corps a roulé sur la pente, jusqu'au bord, et il est tombé dans l'eau. Alors je suis parti en courant. J'ai couru comme un fou jusqu'à la maison. (Il se frotta les yeux avec ses poings, comme un enfant.) C'est la vérité, dit-il.

— Et la pierre, Cullam ? Vous avez vu la pierre ?

— Elle était à côté de lui, près de ses jambes. Je sais pas pourquoi, mais je l'ai balancée à l'eau. Il y avait du sang dessus, et des cheveux, et des morceaux de...

— C'est un peu tard pour faire le délicat, vous ne croyez pas ? explosa Wexford.

Cette attaque subite eut un effet immédiat. Cullam bondit de sa chaise en poussant un cri de bête blessée et tambourina sur le bureau avec ses poings.

— Non, je l'ai pas tué ! C'est pas moi ! Il faut que vous me croyiez !

Burden venait juste d'arriver, de mauvaise humeur, trempé, quand Wexford jaillit de l'ascenseur tel un lion de sa cage.

— Où est Martin ?

— Faut pas me demander ça. Je viens de faire deux cents bornes et je...

— Laissez tomber. J'ai Cullam, là-haut, dans mon bureau et il vient de nous servir un vrai scoop. (Contrôlant avec peine son excitation, Wexford lui fit un bref résumé de la situation.) Il dit qu'il a pris l'argent sur le corps de Hatton. Et c'est peut-être tout ce qu'il a fait. Franchement je n'en sais rien.

— Mais vous allez le garder ? On peut l'inculper de vol.

— Oui, quelque chose comme ça. Martin va s'en charger. Mais vous, je veux que vous alliez immédiatement avec Loring et les autres, perquisitionner chez Cullam. Vous allez me fouiller cette maison proprement.

— Au cas où il aurait planqué l'argent de Mc Cloy dans un coin ?

— Mike, dit Wexford, d'un air las, je commence à me demander si ce Mc Cloy n'est pas un mythe. Le peu qu'on sait de lui, c'est Cullam qui nous l'a dit, et Cullam, comme menteur... Il a très bien pu inventer ce Mc Cloy pour brouiller les pistes. (Wexford soupira.) Sauf qu'il n'a aucune imagination.

— Mc Cloy existe vraiment, dit Burden, emphatique. Même s'il est insaisissable.

Quand Wexford rentra chez lui, il était 11 heures. Ils avaient fouillé la maison de Cullam, retourné les lits aux draps dégoûtants, cherché dans les armoires pleines de linge puant, dans les tiroirs remplis de vieux objets insignifiants. Ils avaient cherché partout, mais ils n'avaient trouvé que deux livres et huit pence dans le sac de Mrs Cullam, un sac en skaï blanc, dont les plis étaient noirs de crasse. Ils avaient également trouvé des bleus et de multiples contusions sur la jambe de l'un des enfants...

Clytemnestre agita sa queue grisâtre empanachée. Puis Sheila fit son apparition.

— Qu'est-ce que tu fais à la maison un mercredi ? lui demanda son père.

— Mon plombage est parti. En mangeant un *Milky Way*. Alors il a fallu que j'aille voir Mr Vigo.

Elle eut un sourire désarmant et embrassa son père sur la joue. Elle s'était fait des anglaises et elle ressemblait à une jeune fille de l'époque de la Restauration, une ravageuse, du genre qu'on embrasse dans les coins.

— Bon. Et il t'a arrangé ta dent ?

— Oui, tout de suite. Il a dit qu'il ne me ferait pas payer.

— Qu'il ne « me » ferait pas payer, tu veux dire. Il a intérêt, oui.

Wexford sourit, et se débarrassa du souvenir crasseux de Cullam, comme d'une vieille peau.

— Maintenant que tu as une fausse dent, dit-il, finis les caramels.

— Je n'ai pas une fausse dent, j'ai une couronne. Tu veux goûter mon café-choc ? C'est du Nes mélangé avec du chocolat. C'est génial.

— Non merci, chérie, c'est gentil.

— Mr Vigo et moi on est devenus presque amis, dit Sheila. (Elle s'allongea par terre, et les coudes plantés sur le tapis, elle leva la tête vers son père.) Il m'a offert le thé, dans son salon chinois. J'osais à peine bouger, tellement il a l'air de tenir à tous ses trucs. Un moment sa femme est rentrée, et elle est ressortie en claquant la porte. Il était furieux parce que ça a fait trembler les porcelaines. Il a dit qu'elle ne comprenait pas.

— Charmant. Voilà encore une nouvelle conquête.

— Oh, Papa, c'est pas du tout ça. Tu sais, je suis partie en même temps que son assistante, et on a marché ensemble un bout de chemin. Elle m'a dit que Mr Vigo s'était marié par intérêt. Sa femme avait hérité de cent mille dollars et il avait besoin d'argent pour sa collection de chinoiseries. Et maintenant, il reste avec elle uniquement à cause du bébé. Il s'en va presque tous les week-ends. Et des fois, il ne rentre que le lundi soir tard. L'assistante pense qu'il a une petite amie à Londres. Et elle a l'air un peu jalouse. Je crois qu'il couche avec elle aussi.

Wexford demeura impassible, à part une petite lueur dans le regard, qui pouvait s'interpréter comme une espèce de bienveillance amusée. Il n'était pas choqué par ce qu'il venait d'entendre, mais étonné que ce fût sa propre fille qui le lui ait dit. En un sens, il était même flatté. Aurait-il osé dire ça à son père, il y a quarante ans, quand il avait l'âge de Sheila ? Certainement pas.

Sheila s'étira, puis se leva comme un jeune chat.

— Puisque je suis à la maison, dit-elle, je vais m'acquitter de mes responsabilités. Dis-moi Clytemnestre, ça te dirait un petit tour au bord de la rivière ?

— Non, pas dans ce coin-là, chérie, dit Wexford, très vite. (Quoi, lui, laisser son enfant se promener toute seule près de ces eaux noires ?) C'est moi qui vais sortir le chien.

— C'est vrai ?

— Ouais. Allez va, je suis sûr que tu as des choses à faire. J'ai l'impression qu'il doit te falloir un certain temps pour réussir ce genre de coiffure.

Sheila gloussa.

— Tu vas voir.

Et là, consterné, il la vit enlever sa perruque comme on enlève un chapeau.

— Bon dieu ! Eh bien j'ai l'air malin !

Alors il regarda ses cils d'un air suspicieux, puis ses ongles, longs et laqués. Étaient-ce des vrais ? Wexford, que les pires turpitudes des criminels n'arrivaient pas à ébranler, restait éberlué devant sa fille. Il eut un sourire à la fois incrédule et amusé, alla chercher la laisse, et embarqua Clytemnestre.

L'air de la nuit était frais : étonnamment clair, et comme purifié par l'orage. On ne voyait pratiquement aucune étoile, car le ciel était couvert d'un léger voile, un voile qui blanchissait à mesure que la lune montait. L'herbe de la prairie qu'il avait comparée à une tapisserie, avait été coupée, et il n'avait plus qu'un désert de chaume devant lui. Il faisait froid pour la saison. Lorsqu'il arriva au bord de la rivière, il vit que son niveau avait monté. Par endroits, les pierres étaient entièrement immergées sous l'eau bondissante.

Wexford siffla le chien et repartit d'un bon pas. Il se rapprochait du pont dont les pierres avaient des reflets argentés. Et entre ces pierres poussaient des fougères, dont les fines languettes frémissaient au vent comme de petites lamelles de métal. Il y avait quelqu'un accoudé au parapet. Il fallut un certain temps à Wexford pour savoir s'il s'agissait d'un homme ou d'une femme. C'était une femme. Alors Wexford lui cria un bonsoir joyeux pour ne pas qu'elle ait peur.

— Bonsoir, inspecteur.

La voix était grave, ironique, immédiatement identifiable. Wexford s'approcha de Nora Fanshawe et elle se tourna pour lui faire face.

— Belle soirée, après cet orage, dit-il. Comment va votre mère ?

— Elle survivra, dit la jeune femme d'un ton assez froid.

Et une espèce de réserve où sourdait le reproche brouilla ses traits. C'était une expression que Wexford connaissait bien, pour l'avoir vue des centaines de fois chez des gens qui s'imaginaient lui en avoir trop dit, lui avoir ouvert trop grand leur cœur. Sans doute croyaient-ils que leurs confidences avaient généré le dégoût chez lui, la pitié, ou le mépris. Si seulement ils avaient su que leurs révélations étaient pour lui autant de briques portées sur la maison qu'il tentait de construire, autant de barreaux supplémentaires sur l'échelle qui montait vers la solution du mystère, autant de pièces compliquées à poser sur le puzzle qui l'occupait !

— Elle ne s'est pas rappelée quelque chose ?

— Si vous voulez parler de la fille dans la voiture, elle dit qu'ils étaient seuls tous les deux. Et je sais quand elle dit la vérité.

— Après un coma, on met un certain temps avant d'avoir un souvenir précis de l'accident. Surtout quand on a eu une fracture du crâne, dit Wexford, gentiment.

— Vraiment ? Bon, je ne vais pas vous retenir, inspecteur. Vous savez que votre chien est sur la route ?

Wexford tira sur la laisse juste au moment où une voiture arrivait. Le conducteur baissa la vitre et lui lança une injure.

— Ah ce chien ! râla Wexford. Tu n'es pour moi qu'une source d'humiliation, Clytemnestre.

Puis il leva la tête et regarda la jeune femme rentrer à l'*Olive and Dove*, suivie de son ombre, longue et noire sous la lune.

13

L'officier de police Loring était ravi d'aller passer la journée à Londres. Il était toujours mort de peur devant Wexford. Il trouvait que son chef le traitait avec une espèce de dureté toujours renouvelée. On lui avait dit que Wexford avait eu pour son prédécesseur, un certain Mark Drayton, une affection toute paternelle, et qu'il avait accusé le coup quand Drayton avait mal tourné. Une histoire de femme et de pot-de-vin. On lui avait raconté que le nommé Drayton avait les cheveux longs, qu'il était désagréable, sarcastique, intelligent, et diabolique avec les femmes. Aussi Loring se faisait-il couper les cheveux effroyablement court, et essayait-il d'être toujours aimable et de bonne humeur. Il trouvait que l'intelligence, c'était moins important. Et de toute façon, il ne pouvait concurrencer Wexford et Burden sur ce terrain, Wexford et Burden dont la perspicacité faisait autorité. Quant aux femmes... Loring était suffisamment ardent. Et il éprouvait un réel plaisir à l'idée de se rendre à Londres pour retrouver la trace de trois jeunes filles disparues. Avec une espèce de tristesse rêveuse, il se dit que ce serait vraiment gratifiant pour lui de découvrir la bonne jeune fille, et peut-être d'entendre un Wexford admiratif l'appeler enfin Peter. Car Drayton, lui, on l'appelait par son prénom.

Mais hormis sa naïveté, Loring était un officier de police tout à fait compétent. Il faisait des erreurs, oui, mais il savait les reconnaître. Il mesurait un mètre quatre-vingts et, à vingt et un ans, il avait toujours ce corps un peu maigre d'adolescent monté en graine, et cette odieuse acné. Mais malgré cela — ses boutons ne se voyaient pas autant qu'il le croyait —, les filles acceptaient presque toujours ses invitations à dîner, et les femmes plus mûres qu'il interrogeait lors de ses enquêtes rajustaient toujours leur coiffure et lui souriaient, avant de répondre à ses questions. Et il se disait parfois que s'il prenait un peu de poids et qu'il arrivait à se débarrasser de cette maudite acné, il finirait peut-être par ressembler à John Neville[1]. Il fut surpris et quelque peu chagrin de l'accueil qu'on lui réserva au salon de coiffure d'Eastchcap. Loring enquêtait sur la disparition de Carol Pearson. Il avait déjà vu sa mère, une coquette de quarante ans habillée comme une fille de dix-huit, qui lui avait fait tout un cinéma et lui avait offert du gin. On n'est jeune qu'une fois dans sa vie, lui avait-elle dit — bien qu'elle, elle semblât avoir l'intention d'être jeune encore un certain nombre de fois —, et si Carol décidait de filer avec son petit ami, elle n'était vraiment pas du genre à lui reprocher. Le petit ami était marié, Carol n'avait donc pas eu le choix. Le fait est qu'elle n'en pouvait plus de ce travail, et parlait sans arrêt de laisser tomber.

Loring avait-il seulement une idée de ce qu'était payée une coiffeuse ? Une misère ! Ce qui l'obligeait à vivre presque uniquement sur ses pourboires. Le petit ami avait de l'argent. C'était un homme d'affaires qui voyageait, dit Mrs Pearson, sans préciser. Mais elle ne se souvenait pas de son nom, et n'avait pu le donner à

---

1. Célèbre acteur anglais, directeur de l'un des grands théâtres de Nottingham dans les années 1960.

la police quand on l'avait interrogée. Carol l'appelait Jack. Elle n'envoyait jamais de lettres. Et puis elle était comme sa mère, elle jetait l'argent par les fenêtres, dit Mrs Pearson, avec un sourire entendu. Oui, un de ces quatre, elle allait réapparaître.

Loring, qui avait pris le métro, était finalement arrivé à Tower Hill, après s'être perdu plusieurs fois. Puis il avait remonté Eastcheap et repéré les bureaux du défunt Jérôme Fanshawe, grâce à la plaque en cuivre à l'entrée de l'immeuble. Roma, le coiffeur chez qui Carol Pearson avait travaillé, était juste en face, de l'autre côté de la rue. Loring entra.

Il n'avait jamais rien vu de pareil, jamais vu une fille comme cette réceptionniste. Ce n'était pas le genre de fille qu'on osait embrasser — à supposer qu'on en ait envie. Ses cheveux n'étaient qu'un enchevêtrement très étudié de boucles rousses, et son visage un travail de peinture absolument miraculeux, un exploit artistique dans des tons beiges et dorés, avec des yeux de suie et une bouche rubis. Elle portait une longue robe noire, des escarpins rouges, et un caftan rouge et court brodé d'or.

Ses deux téléphones blancs sonnèrent simultanément quand Loring entra. Elle décrocha le premier et dit :

— Roma, bonjour. Veuillez ne pas quitter.

Puis elle décrocha le deuxième, dit la même chose, et posa le combiné à côté de son petit frère, sur son énorme carnet de rendez-vous.

— Puis-je vous aider ?

Loring dit qu'il était officier de police et montra sa carte. Ce qui n'impressionna nullement la réceptionniste.

— Un moment, je vous prie, dit-elle.

Puis elle finit les conversations téléphoniques. Des rendez-vous furent pris. Loring jeta un coup d'œil en contrebas, dans le salon. Il n'avait jamais rien vu de pareil à Kingsmarkham. Les murs du salon Roma ressemblaient à d'énormes tranches de pumpernickel. Les lustres étaient des mobiles noirs et argentés, et le sol comme un lac écarlate gelé. La plupart des employés étaient des hommes, des jeunes hommes à l'air éreinté, en costumes légers constellés de petits bouts de cheveux de toutes les couleurs.

— Si vous venez pour Carol Pearson, dit la fille, méprisante, il faut que vous voyiez Mr Ponti. Il est dans le salon pour hommes, mais il coiffe, alors vous ne pouvez pas... (L'un des téléphones sonna.) Roma, bonjour. Veuillez ne pas...

— Merci de votre aide, dit Loring.

Puis il battit en retraite dans la rue et poussa la porte de ce qu'il aurait tout simplement appelé le coiffeur. Ce n'était pas très différent du coiffeur de Kingsmarkham. Dans le monde de la mode, les choses évoluent moins vite pour les hommes.

Mr Ponti ressemblait davantage à un instituteur qu'à un coiffeur. Il était grand, maigre, et portait un costume très simple, presque austère. La seule chose qui trahissait le coiffeur, était une paire de ciseaux dépassant de sa poche poitrine, et que Loring, qui l'avait vraiment vu en instituteur, avait d'abord pris pour des branches de lunettes.

Les employés s'effacèrent respectueusement sur son passage, tandis qu'il traversait l'allée centrale. En le voyant de plus près, Loring s'aperçut que le coiffeur avait de la crème teintée sur la figure, et trouva qu'il ressemblait finalement davantage à un acteur prêt à jouer un rôle des moins drôles, qu'à un instituteur.

Il y avait dans sa voix un vieux reste d'accent italien.

— Carol ? dit-il. La police est déjà venue, et je leur ai dit que je ne savais rien. (Il prit le sac en cuir noir qu'avait apporté Loring et le tâta en connaisseur.) Beau sac, dit-il, très beau sac. Écoutez, elle ne pouvait pas avoir un sac comme ça. Je voudrais pas être méchant, mais c'est qu'une petite nana sans aucune classe. (Il ouvrit le sac et en sortit le petit poudrier bon marché et le tube de rouge à lèvres en métal tout éraflé.) Mais ça, voilà, ça lui ressemble, c'est de la camelote.

Il fronça son long nez d'un air dédaigneux. Loring le trouva odieux.

— Est-ce que vous avez un Jérôme Fanshawe parmi vos clients ? demanda-t-il.

De toute évidence, le coiffeur le connaissait.

— L'agent de change d'en face ? fit-il. Il paraît qu'il s'est tué en voiture. (Loring acquiesça d'un hochement de tête.) Il n'est jamais venu ici.

— Vous en êtes sûr ?

— Je n'oublie jamais le nom de mes clients. Je les connais tous personnellement.

Ponti referma le sac et s'adossa à la caisse, avec l'air de s'ennuyer.

— Je me demandais si miss Pearson le connaissait, dit Loring ! — en s'écartant légèrement, pour échapper à l'aftershave du coiffeur.

Elle aurait pu parler de lui. Vous auriez pu la voir entrer dans son immeuble.

— Je ne sais rien. (Ponti ouvrit une porte à côté de lui et claqua des doigts.) Les photos de Carol, demanda-t-il, autoritaire. (Puis il dit à Loring :) Je les ai montrées aux autres policiers. Ça vous intéressera peut-être de les regarder.

De ses yeux marron pâle, le coiffeur étudia la coupe de cheveux de Loring avec un vague dédain. Une main apparut dans l'entrebâillement de la porte avec les photos. Loring les prit.

— Je l'ai prise une fois comme modèle, dit Ponti. Et c'était pas un bon modèle, je peux vous le dire.

Loring la trouva très bien, lui. Il avait des goûts très simples, en matière de beauté féminine. Qu'une fille soit mignonne, franche et souriante, ça lui suffisait. Sur ces clichés, la coiffure de Carol ressemblait à une pièce montée, d'où s'échappaient d'énormes anglaises qui lui dégoulinaient dans le cou. Elle avait l'air mal à l'aise, comme si elle portait un casque en métal lourd, et levait vers l'objectif des yeux inquiets. On lui avait fait un maquillage ridicule, avec des espèces de rayons partant du coin des yeux, et mis de lourdes boucles, qui distendaient les lobes de ses oreilles. Mais sous son déguisement elle était très jolie, et Loring se souvint soudain — et il en eut presque un haut-le-cœur —, que c'était peut-être la jeune fille morte dans l'accident, affreusement brûlée et défigurée.

— Vraiment nulle, oui, répéta le coiffeur.

Doreen Dacres avait réapparu.

C'était une étrange histoire, que la sœur de

Doreen avait racontée à Loring. La jeune fille était partie à Eastbourne, pour travailler dans une boîte de nuit. Une fois là-bas, on l'avait fait attendre au bar, désert à cette heure de la journée. Et la femme de ménage bien informée l'avait éclairée sur la nature exacte du travail qui l'attendait. Alors Doreen, affolée, s'était enfuie.

Elle n'avait que cinq livres en poche. Elle avait laissé tomber son travail et sa chambre à Londres. Sa sœur, mariée, lui avait fait comprendre qu'elle et son mari ne pouvaient l'héberger. Quant à ses parents, ils étaient à Glasgow, une ville où Doreen s'était juré de ne jamais retourner. Alors elle avait pris une chambre dans une pension de famille, et un travail de vendeuse sous le nom de Doreen Day, de peur que les gens du club ne la retrouvent.

Ce n'est que cinq semaines plus tard qu'elle avait téléphoné à sa sœur pour qu'elle lui envoie des vêtements. Loring raya son nom de la liste avec soulagement.

La clinique Princess Louise, dans New Cavendish Street, était sa dernière étape. Le concierge lui indiqua le pavillon des infirmières, une jolie bâtisse Régence, avec une porte d'entrée bleu vif, flanquée de deux piliers blancs. Une femme, qui se présenta comme la responsable des lieux, vint lui ouvrir et, avant qu'il ait pu dire un mot, elle se mit un doigt sur la bouche.

— On ne fait pas de bruit. Le personnel de nuit dort à cette heure-ci.

Dans le couloir profondément silencieux, et loin derrière l'odeur d'antiseptique, flottait un parfum délicieux. Et le policier associa ce parfum, à celui de jeunes filles fraîchement sorties du bain qui auraient laissé dans l'air ces senteurs mêlées de jasmin, de cuir, de fougère et de foin. Il suivit cette femme corpulente et bleu marine sur la pointe des pieds, cette femme qui pour lui était un mélange de gardienne de prison et de mère supérieure. Ils entrèrent dans un petit salon avec des fauteuils en chintz, des fleurs, et une vieille télévision.

— La fille qui avait la chambre à côté de la sienne, miss Lewis, serait la plus habilitée à vous renseigner, dit la responsable. Mais bien entendu, il est hors de question de la déranger si elle dort. (Elle le fixa d'un œil intensément autoritaire.) Hors de question, répéta-t-elle. Vous pourriez être le ministre de l'Intérieur que je ne vous laisserais pas la voir. (Apparemment, elle s'attendait à une réaction de protestation, et comme Loring la regardait d'un air obéissant, elle se radoucit vaguement.) Je vais aller voir, dit-elle, mais je ne vous promets rien. En attendant vous pouvez lire, si vous voulez.

Lire voulait dire feuilleter des magazines. Le salon du pavillon des infirmières était moins luxueux que la salle d'attente de Vigo. Pas de *Elle* ici, seulement des publications médicales, et encore, vieilles de quinze ans. Une fois seul, Loring regarda dans la rue.

En annexe à la clinique, il y avait une maternité. Et, pendant qu'il attendait, Loring vit une Bentley se garer devant et une jeune femme entrer, lourdement appuyée au bras de son mari. Elle était énorme, elle avait du mal à marcher, et elle était visiblement déjà en plein travail. Dix minutes s'écoulèrent et une Jaguar arriva. La même scène se reproduisit, mais cette fois la mère était moins jeune, et sa robe de grossesse portait visiblement la griffe d'un grand couturier. La clinique Princess Louise semblait assurer, à un rythme effréné, la pérennité des classes supérieures de la société.

Il était presque 5 heures quand miss Lewis se montra. Elle avait le regard encore lourd de sommeil.

Elle n'était pas maquillée, elle avait une belle peau, sa blouse était immaculée, et ses cheveux blond pâle, encore humides, avaient gardé la trace d'un peigne à dents très écartées.

— Je suis désolée de vous avoir fait attendre. Mais je travaille la nuit.

— Aucun problème, dit Loring. Moi aussi je travaille la nuit, des fois. Je sais ce que c'est.

Miss Lewis s'assit et ses jambes nues accrochèrent la lumière. Ses orteils roses étaient comme des orteils de petite fille, dans des sandales de petite fille.

— Qu'est-ce que vous vouliez savoir ? La police m'a déjà interrogée. (Elle avait un sourire honnête.) Je leur ai dit tout ce que je savais sur Bridie Culross, c'est-à-dire pas grand-chose. Bridie n'était pas vraiment intime avec les filles, voyez. C'était plutôt une femme à hommes.

— J'aimerais que vous me disiez tout ce que vous savez, miss Lewis. (Laisser les gens parler. Il avait appris ça de Wexford.) Dites-moi quel genre de fille c'était. Elle avait beaucoup de petits amis ?

— Eh bien, y a pas d'étudiants en médecine ici. Mais en un an, elle est sortie avec tous les hommes de la clinique.

Loring prit note.

— Mais j'ai jamais su comment s'appelait

l'homme dont elle était amoureuse. Elle l'appelait Jay.

— C'est peut-être une initiale. Qui pourrait vouloir dire James, ou John, ou Jérôme.

— Peut-être, oui. Mais j'ai déjà dit tout ça à la police, et ç'a pas eu l'air de les intéresser.

— Parce qu'en général on s'occupe pas trop des filles qui disparaissent.

— Et là, pourquoi vous vous en occupez ?

— Laissons cela pour l'instant, si vous voulez bien. Parlez moi plutôt de ce Jay.

Elle croisa ses longues jambes nues.

— Je ne l'ai jamais vu, dit-elle. Il était marié, je crois. Mais ça n'empêchait pas Bridie de sortir avec lui. Oh, et je me souviens qu'elle m'avait dit que sa femme avait été soignée ici.

Charmant, se dit Loring. Il vient voir sa femme malade, et il repart au bras d'une infirmière.

— Je sais ce que vous pensez, dit miss Lewis. Et c'est vrai, ce n'était pas très sympa. Il avait beaucoup d'argent, une belle voiture, et tout ça. Bridie... (Elle hésita et rougit.) En fait, Bridie vivait avec lui.

— Comment ça ? Chez lui ?

— Ce n'est pas exactement ce que je voulais dire.

— Ah, je vois. (Étrange que les infirmières soient si prudes, se dit Loring.) Et elle est partie en week-end avec lui le samedi 18 mai, à Brighton, c'est bien ça ?

— C'est ça, oui, avec Jay. (Miss Lewis rougit à nouveau à l'idée de ce que ça impliquait.) Mais elle n'est pas revenue. D'ailleurs, la responsable a dit que si elle revenait, elle ne la reprendrait pas cette fois-ci.

— Vous voulez dire que c'était déjà arrivé ?

— Elle était souvent en retard et, parfois, elle ne rentrait pas quand elle sortait le soir. Elle disait qu'elle n'allait pas passer sa vie à vider des bassins. Et qu'elle allait bientôt se la couler douce. J'ai pensé qu'elle était partie vivre avec Jay.

— Dites-moi, est-ce qu'il lui faisait des cadeaux ? Est-ce qu'elle avait un très beau sac noir de chez *Mappin and Webb* ? Ce sac-là.

— Mais oui ! Il lui avait offert pour son anniversaire. Pour ses vingt-deux ans. Vous savez... (Miss Lewis fronça les sourcils et se pencha vers lui.) Mais qu'est-ce qui se passe ? Vous avez retrouvé son sac, et elle, vous ne l'avez pas retrouvée ?

— On n'est sûrs de rien pour l'instant, dit Loring, qui pourtant l'était.

Wexford ne serait pas content, s'il ne rentrait pas avec plus d'informations que ça. Loring serait bien resté un jour de plus à Londres. Mais est-ce que ça valait la peine d'encourir les foudres de son chef et de s'épuiser en explications pour qu'il accepte ? Il se dirigea vers le bâtiment principal de l'hôpital, entra, et appuya sur la sonnette, à la réception. Pendant qu'il attendait, il regarda autour de lui. Il n'était encore jamais allé dans un hôpital comme celui-ci. Et sans doute était-il la première personne depuis des années, se dit-il, à pénétrer dans cet endroit avec des revenus aussi bas. Et il pensa à l'hôpital de Stowerton, où les gens attendaient des heures sur des chaises inconfortables, où la peinture s'écaillait, et où tout le monde avait l'air survolté.

Ici, en revanche, il y avait une atmosphère de

lenteur, d'élégance feutrée, comme dans les grandes demeures. Il y avait aussi une très légère odeur de désinfectant, presque entièrement couverte par le parfum des pois de senteur, dans leurs jolis pots en cuivre. À la réception, il y avait une rose dans un vase flûté, et une très belle moquette rouge foncé.

Loring regarda la réceptionniste descendre le grand escalier. Il lui demanda la liste de tous les gens qui avaient été hospitalisés à la clinique Princess Louise depuis un an, et il récolta un regard outragé.

On le renvoya d'une personne à l'autre pendant une demi-heure, et finalement il obtint ce qu'il désirait.

La liste était longue et impressionnante. La plupart des noms étaient précédés d'un titre. Et parmi les « sans titre », il reconnut un grand industriel, un ancien ministre, et une vedette de la télé. Parmi les femmes, il y avait une duchesse, une danseuse étoile, et un mannequin célèbre. Loring ne trouva pas Dorothy Fanshawe. Il éplucha sa liste une seconde fois. En vain. Il était pourtant tellement sûr de la trouver.

J pour Jérôme. Mais aussi pour John, James, Jeremy, Jonathan, Joseph. Bridget Culross était-elle la petite amie du mari de la très honorable Mrs John Frazer-Bennett of Wilton Crescent, ou du mari de lady James Fyne of The Boltons ? Non, elle était la petite amie du mari de Dorothy Fanshawe, se dit Loring. Et il était persuadé que Wexford serait du même avis que lui.

14

Les jeunes mariés passaient leur lune de miel dans la maison du père de Jack Pertwee. Leur appartement ne serait pas prêt avant une quinzaine, et Jack avait annulé leur réservation à l'hôtel. Ils n'avaient aucun autre endroit où aller, et pas grand-chose à faire. Jack avait pris ses congés annuels et, ici, il se sentait chez lui. D'ailleurs, pourquoi s'agiter, c'était la seule lune de miel qu'il aurait jamais. D'habitude, pendant ses loisirs, Jack bricolait, il allait aux courses de lévriers, ou au *Dragon*. Marilyn, elle, se faisait des robes, allait voir ses copines, ou allait à des réunions destinées à attiser la conscience de classe. Toutes ces choses n'étaient pas des occupations dignes d'une lune de miel, et les Pertwee sentaient confusément que ne rien changer à leurs habitudes en cette période de leur vie, *a priori* vouée à l'amour et à l'oisiveté joyeuse, eût été sacrilège. Comme le disait Jack, on ne peut passer la journée au lit. Alors ils restaient le plus souvent assis, main dans la main, dans le petit salon. Marilyn ne savait parler que politique, et Jack n'avait jamais été un bavard. Ni l'un ni l'autre n'ouvrait jamais un livre, et leur ennui atteignait des profondeurs inavouables. Mais chacun d'eux aurait préféré mourir plutôt que de l'avouer. Ils savaient que ce silence n'était pas une menace pour leur bonheur à venir. Tout serait parfait dès l'instant où Jack reprendrait son travail, et qu'ils s'installeraient dans leur appartement. Quand ils pourraient parler des camarades de travail de Jack, des meubles à acheter, et d'inviter la mère de

Marilyn à prendre le thé. Pour le moment, ils remplissaient les blancs de réflexions tristes sur Charlie Hatton, de clichés mélo, ce qui renforçait leur amour, car leur chagrin n'était pas feint.

Et c'est dans cet état d'esprit que les trouva Wexford.

Marilyn le conduisit à l'intérieur, avec un haussement d'épaules en guise de bonjour. Wexford aussi pouvait se montrer laconique et impoli, et quand Jack s'extirpa sans enthousiasme du canapé, l'inspecteur lui dit :

— Je suis venu vous parler de Mc Cloy.

— Alors allez-y. Parlez-moi de lui.

Cela fit sourire la fille.

— Allume-nous une cigarette, Jack, dit-elle, en couvant son mari d'un regard tendre, toute fière de lui. Oui, c'est ça, dit-elle, en se rapprochant de Wexford, faites-nous donc un exposé. Nous voulons tout savoir. On peut bien vous écouter, puisqu'on n'a rien d'autre à faire.

— Pas terrible comme lune de miel.

— Parce que vous croyez que je l'avais imaginée comme ça, ma lune de miel ? grommela Jack.

Wexford s'assit et les regarda.

— Je n'ai pas tué Charlie Hatton, dit-il. Je ne le connaissais même pas. Mais vous, vous le connaissiez, vous étiez même son ami, paraît-il. Eh bien vous avez une drôle de façon de le montrer.

Saisi par un accès de douleur, Jack devint livide. Il prit la main de sa femme et poussa un soupir.

— Il est mort, dit-il. On ne peut pas être ami

avec un mort. On ne peut plus se raccrocher qu'à son souvenir.

— Il y a certains de ces souvenirs que j'aimerais bien connaître, Mr Pertwee.

Jack le regarda bien en face, le rouge lui monta aux joues, ses tempes se mirent à battre.

— Ah ! Vous faites le malin, vous jouez avec les mots, vous...

— Vous croyez que vous nous impressionnez parce que vous avez de l'instruction ! l'interrompit Marilyn.

— Laisse tomber, mon amour. Je suis d'accord, mais, c'est pas la peine. C'est... Vous vous êtes mis dans la tête que Charlie était un escroc, pas vrai ? Et ça ne servirait à rien que je vous dise que c'était un type bien, un type qui ne vous laissait jamais tomber. Non, ça ne servirait à rien.

— Je doute que ça m'aide à découvrir son assassin.

— C'est lui qui nous a trouvé notre appartement, dit Jack. Le type qui le louait voulait une reprise. Deux cents livres, et Charlie a fourni les fonds. C'était un prêt, bien sûr, mais sans intérêts. C'était le 21 mai. Une date que je n'oublierai jamais. La veille, Charlie avait roulé toute la journée. Mais il est quand même venu le matin pour nous dire qu'il avait trouvé cet appartement. J'étais au boulot, mais Marilyn a pu prendre deux heures pour aller le voir. Et il a promis l'argent au type, un peu comme s'il était le père de Marilyn.

Le 21 mai. Le jour où Hatton avait commandé sa prothèse dentaire. Cet appartement était un nouvel exemple des dépenses de Charlie Hatton, dépenses faites sur la petite fortune qu'il avait réussi à soutirer à Mc Cloy.

— « Je vous donnerai l'argent quand vous voudrez », a dit Charlie. Vous n'aurez qu'à demander. Et vous l'auriez vu quand on lui a demandé ! Je crois que ça lui faisait vraiment plaisir de nous aider.

— Cet appartement, dit doucement Marilyn, comme si elle se parlait à elle-même, c'est plus pareil maintenant que Charlie n'est plus là.

Baratin tout ça, sentimentalisme à la noix, pensa Wexford, sans indulgence.

— Et où trouvait-il tout cet argent, Mrs Pertwee ?

— J'aurais dû lui demander, hein ? Comme ça ! Je suis peut-être issue de la classe ouvrière, mais je suis bien élevée. J'ai des manières, moi. Alors, pour l'amour de dieu, oubliez-moi un peu.

— Mr Pertwee ?

Il allait devoir répondre, pensa Wexford. Il en avait trop dit, et s'était trop bien maîtrisé pour se réfugier brusquement derrière son chagrin. Jack planta son coude sur la table et appuya son front contre son poing.

— D'où tirait-il cet argent ? demanda Wexford. Deux cent cinquante livres pour ses dents, deux cents pour vous... (Ouh, ça chiffrait vite !) Et puis l'argent pour ses meubles, pour les robes de sa femme, pour votre cadeau de mariage, plus les grosses sommes qu'il déposait chaque semaine à la banque. Il gagnait vingt livres par semaine, Mr Pertwee. Combien gagnez-vous ?

— Ça ne vous regarde pas, cracha Marilyn.

— Oh, mon amour, soupira Pertwee,

pitoyable. (Il regarda Wexford et se mordit la lèvre.) Un peu plus que ça, les bonnes semaines.

— Et vous pourriez prêter deux cents livres à votre meilleur ami ?

— Mon meilleur ami est mort !

— Là n'est pas la question, dit Wexford, durement. Vous saviez comment vivait Charlie Hatton, Pertwee. Ne me dites pas que vous ne vous êtes jamais demandé d'où venait son argent. Vous vous êtes posé la question, et vous la lui avez posée. Pourquoi Charlie Hatton est-il subitement devenu un homme riche, le 21 mai ?

Le visage de Pertwee s'éclaira. Il poussa un soupir, et une imperceptible lueur de triomphe passa dans ses yeux.

— Je ne sais pas. Et vous pouvez me demander ça jusqu'au jour du jugement dernier. Je ne vous répondrai pas, parce que je ne sais pas. (Il eut un moment d'hésitation.) Vous m'avez posé une question à propos de Mc Cloy, dit-il. Eh bien je peux vous dire que Mc Cloy n'a pas donné d'argent à Charlie le 21 mai. Il n'aurait pas pu lui en donner.

Alors Wexford le questionna, le sonda, utilisa toutes les subtilités qu'il avait acquises au fil des années. Pertwee hocha la tête, répondit par monosyllabes. Il finit par se taire.

Lors de l'audience préliminaire, Maurice Cullam plaida coupable, coupable d'avoir volé cent vingt livres sur le cadavre de Charlie Hatton, et fut maintenu en détention préventive. Burden laissa entendre que d'autres accusations pourraient être portées contre lui.

Il ne pensait pas que Cullam fût un assassin. On avait fouillé la maison de fond en comble et on n'avait pas trouvé d'argent. Cullam n'avait pas de compte en banque et pas plus de quelques shillings à la poste. Seul résultat de la fouille, la découverte accidentelle, sur les jambes de Samantha Cullam, d'ecchymoses si vilaines qu'il avait fallu la confier au service social du comté. D'autres chefs d'accusation seraient portés contre son père, mais pas le vol, ni le meurtre.

— Et maintenant, qu'est-ce que vous allez faire ? demanda le Dr Crocker, qui venait d'examiner les blessures de la petite fille. À mon avis, un type qui peut battre un enfant comme ça n'hésiterait pas à tuer.

— C'est pas certain. L'un n'implique pas forcément l'autre, dit Burden.

— Le problème avec vous, c'est que vous compliquez toujours les choses. Tiens, voilà le patron. J'étais juste en train de demander à Mike si vous n'auriez pas une place pour moi dans votre équipe, vu l'aide précieuse que je vous apporte.

Wexford lui lança un regard agacé.

— Cullam n'est pas un assassin.

— Peut-être pas, non. Ses victimes, il les préfère petites, et de sexe féminin. (Le médecin se lança dans une tirade enflammée contre l'homme qu'on avait arrêté.)

— Oh, je commence à en avoir marre de cette histoire, explosa Wexford, d'un seul coup. J'ai passé toute la matinée à essayer de faire parler Pertwee. Quel sentimental imbécile ! Tout le monde sait qu'Hatton était un escroc, mais Pertwee ne veut rien dire, pour ne pas salir sa mémoire.

— Ça se défend, dit Burden.

— Non, Mike, c'est inacceptable, parce qu'à cause de lui le meurtrier se balade en liberté. Hatton faisait des boulots pour Mc Cloy et, un week-end de mai, il a commencé à lui soutirer du blé. Et il y est allé fort, croyez-moi. Deux cents livres pour Pertwee, deux cent cinquante pour Vigo... Oh, je vais pas recommencer à parler de tout ça.

— Alors tu renonces ? dit Crocker.

Burden eut l'air profondément choqué, mais Wexford resta très calme.

— Je vais essayer dans une nouvelle direction, et je compte sur toi pour m'aplanir le terrain. Après tout, tu es médecin.

Mrs Fanshawe était seule dans sa chambre, quand ils arrivèrent à l'hôpital. Assise dans un fauteuil, elle lisait *Fanny Hill*, dans un déshabillé en nylon noir.

— Il y a un officier de police, un médecin, et l'inspecteur-chef Wexford, qui désirent vous voir, dit Rose.

Mrs Fanshawe glissa *Fanny Hill* sous le dernier numéro de *Maisons et Jardins*. Maintenant elle savait que Rose n'était pas sa bonne, mais une infirmière, et qu'elle n'était pas chez elle, mais à l'hôpital. Néanmoins, il n'y avait aucune raison pour que cette fille eût l'air de la croire honorée par cette visite. Mrs Fanshawe savait ce qui lui était dû. Et puis elle avait un merveilleux avantage sur eux : après qu'ils eurent refusé de la croire pendant plusieurs jours, elle avait finalement prouvé qu'elle avait raison. Nora était en vie. Et elle était là, ou du moins à quelques kilomètres de là, à Kingsmarkham. Et cette délégation, envoyée par les autorités qui avaient persisté à voir sa fille morte et enterrée, venaient probablement lui présenter des excuses.

À la hâte, Mrs Fanshawe piocha une poignée de bagues dans le coffret à bijoux que lui avait apporté sa sœur, et ce fut une main somptueusement parée qu'elle tendit à Wexford.

Lequel vit un visage mécontent, avec un léger double menton, et des rides qui tiraient les coins de la bouche vers le bas. Mrs Fanshawe avait un regard dur, brillant, et la voix acide quand elle dit :

— Je ne suis pas folle, vous voyez. Pourtant tout le monde me croyait folle, quand je disais que ma fille était vivante. Alors j'imagine que vous êtes venus vous excuser.

— Mais certainement Mrs Fanshawe, nous vous présentons nos excuses.

Ça ne coûte rien de s'excuser. Il sourit d'un air mielleux à cette dame courroucée et se souvint soudain de ce qu'on lui avait dit : son défunt mari la payait, pour pouvoir amener des femmes chez lui.

— Personne ne vous a crue folle, dit-il, mais vous avez eu un grave accident de voiture.

Elle eut un hochement de tête suffisant, et Wexford songea qu'effectivement elle n'était pas plus folle maintenant qu'avant. Et alors ? Elle n'avait jamais été très intelligente, se dit-il.

Rose entra dans la chambre avec deux chaises supplémentaires, et elle protesta, gloussa un brin, quand les trois hommes se confondirent en remerciements.

— Allez me chercher un autre coussin, dit Mrs Fanshawe. Non, pas un oreiller, un vrai coussin. Et après, j'aimerais que vous appeliez ma fille.

— Dans dix minutes, Mrs Fanshawe, dit Rose, fatiguée, mais toujours aussi aimable.

— Comme vous voudrez.

Mrs Fanshawe attendit qu'elle soit sortie, puis elle déclara, sur un ton agacé :

— Vu la façon cavalière dont on vous traite, on ne se croirait pas dans une clinique privée. La moitié du temps, ils ne viennent pas quand on sonne.

— Vous trouviez peut-être la clinique Princess Louise plus confortable, dit sèchement Wexford.

— Que voulez-vous dire ?

— Vous avez été hospitalisée à la clinique Princess Louise, dans Cavendish Street, l'année dernière si je ne me trompe.

— Vous vous trompez. La seule fois où je suis allée à l'hôpital, c'était pour la naissance de ma fille.

Elle eut un soupir agacé, quand Rose entra avec un plateau pour le thé. Et quatre tasses.

— Je croyais que vous manquiez de personnel ? Ces messieurs sont des fonctionnaires. Ils ne sont pas venus faire des mondanités.

Mais Crocker dit :

— Merci beaucoup, jeune fille. (Et il la reluqua effrontément.) Alors, Mrs Fanshawe, vous faites la maîtresse de maison ?

Ses bagues cliquetèrent quand elle servit le thé. Elle lança un regard suspicieux à Crocker.

— Bien, dit-elle. Ma fille est vivante et je n'ai jamais mis les pieds à la clinique Princess Louise. Que voulez-vous savoir d'autre ?

Wexford regarda Burden, qui dit :

— Votre fille est en vie, mais il y avait une jeune morte, sur la route, à l'endroit de l'accident. Vous avez une idée de qui ça pourrait être ? Bridget Culross, ça vous dit quelque chose ?

— Absolument rien.

— Elle était infirmière.

Le petit reniflement méprisant de Mrs Fanshawe en dit long à Burden sur ce qu'elle pensait des infirmières.

— Elle avait vingt-deux ans. Et ça pourrait être elle, la jeune fille morte qu'on a retrouvée à côté de votre mari, sur les lieux de l'accident.

— En tout cas, elle n'était pas dans la voiture avec nous.

— Mrs Fanshawe, dit Wexford, êtes-vous tout à fait sûre que vous n'avez pris personne en stop à Eastbourne, ou à Eastover ?

— Je commence à en avoir assez, dit Dorothy Fanshawe. Je vous l'ai dit je ne sais combien de fois : il n'y avait que mon mari et moi dans la voiture.

Wexford la regarda et pensa : de toute façon, est-ce que vous me le diriez ? Ou est-ce que vous avez trop honte ? Ou est-ce que vous vous en fichez et qu'effectivement la jeune fille n'était pas avec vous dans la voiture ?

Dorothy Fanshawe regarda ses bagues étinceler dans le soleil. Elle évitait de croiser le regard de ces trois hommes. Ah, qu'ils pouvaient être assommants ! Ils la prenaient pour une imbécile, et une menteuse en plus. Mais elle voyait très bien où ils voulaient en venir. Nora leur avait tout raconté. Elle n'avait pas eu la décence de garder le silence sur les sales habitudes de son père.

Comme ils étaient bêtes, avec leurs airs prudes et gênés ! Croyaient-ils vraiment qu'elle attachait encore de l'importance à la conduite indigne de Jérôme ? Son mari était mort et enterré. Bon débarras. Maintenant tout l'argent était à elle : à elle et à Nora. Plus d'argent que ces trois hommes réunis n'en gagneraient jamais de toute leur vie. Et tant que Nora ne ferait rien d'insensé, comme d'épouser ce Michael, tout irait bien pour elles.

Dorothy Fanshawe but son thé, puis reposa sèchement sa tasse sur la soucoupe. Après quoi elle sonna, et quand la porte s'ouvrit elle dit :

— Nous voudrions un peu plus d'eau chaude.

Elle avait failli dire « S'il vous plaît », mais avait ravalé ses mots. Car soudain Rose, si jeune, si fraîche, si pulpeuse, lui avait rappelé cette bonne que Jérôme pelotait dans les coins. Elle eut tout de même un vague sourire, car Jérôme était mort et il n'y avait plus ni bonnes, ni infirmières, ni chair fraîche là où il était.

— Une exhumation ! s'exclama Burden. Mais c'est impossible.

— Mais si c'est possible, dit Wexford, avec douceur. J'imagine qu'on peut obtenir une autorisation d'exhumer. Sauf qu'elle est morte depuis un certain temps et que son visage était dans un tel état que... Bon dieu, je lui tordrais bien le cou, à ce Camb !

— Mais la tante était tellement sûre, dit Burden.

— On ferait mieux de convoquer cette demoiselle Lewis de la clinique Princess Louise, et de lui montrer les vêtements. Mais si la fille, c'est bien Bridget Culross, que faisait-elle dans la voiture de Fanshawe, avec la femme de Fanshawe ?

— Moi, je crois Mrs Fanshawe, monsieur.

— Moi aussi, Mike, moi aussi, répéta Wexford pour s'en convaincre. Je crois Fanshawe capable d'avoir emmené cette fille au bord de la mer, et d'avoir couché avec elle alors que sa femme était là, dans le bungalow. Je crois que Mrs Fanshawe l'aurait supporté. Quant à la fille, eh bien, on n'en sait pas assez sur elle pour se prononcer. Nora Fanshawe ne sait rien. Pourtant elle était avec eux jusqu'au samedi. Et ils pensaient qu'elle allait rester. À quel moment Culross entre-t-elle en scène ? Et où l'ont-ils planquée le vendredi soir ?

— Tout ça est vraiment dégradant, dit Burden, et il fit la grimace, comme quelqu'un à qui on vient de montrer un tas d'ordures.

— Peu importe. Laissons la morale de côté et concentrons-nous sur la preuve indirecte. Plus j'en apprends sur cette affaire et plus j'en reviens à mon idée première.

— Qui est ?

— À la lumière de ce qu'on vient d'apprendre, ceci : Bridget Culross ne connaissait pas Fanshawe. Sa femme n'a jamais été hospitalisée à la clinique Princess Louise et, par conséquent, Fanshawe n'était pas Jay. Bridget est probablement allée à Eastbourne ou à Brighton avec Jay. Puis elle s'est disputée avec lui, et elle a décidé de rentrer à Londres par ses propres moyens. On l'a prise en stop, et l'a laissée sur la route qui contourne Stowerton. Puis elle a continué à faire du stop. Peut-être qu'elle s'est avancée sur la chaussée, que Fanshawe l'a vue trop tard et n'a pu l'éviter. Il l'a heurtée, et il a fait un tonneau. Qu'en dites-vous ?

Burden paraissait dubitatif.

— Ça voudrait dire qu'elle faisait du stop sur le terre-plein central, puisque Fanshawe roulait sur la voie rapide.

— Oui, c'est vrai. Les auto-stoppeurs se mettent sur le bord de la route.

— D'un autre côté, Mrs Fanshawe a entendu son mari dire « Mon dieu ! », juste avant l'accident. C'est d'ailleurs les derniers mots qu'il a prononcés.

— Espérons que la providence l'aura interprété comme une demande de pardon, dit Wexford, avec un ricanement aigre. Donc il la voit, il pousse un juron, il fait une embardée et la heurte. Mais alors, pourquoi n'avait-elle aucun papier sur elle, ni rien qui permette de l'identifier ? pourquoi un routier l'aurait-il déposée sur le terre-plein central de la bretelle de Stowerton plutôt qu'en ville ?

— C'est votre théorie, monsieur.

— Je le sais que c'est ma théorie, bon dieu ! dit Wexford.

Mais il continuait à penser à ce routier. Charlie Hatton était passé là un quart d'heure avant l'accident. Il n'avait donc pu y assister. Mais avait-il vu la fille en train de faire du stop ? Ou était-ce lui, le chauffeur de camion qui l'avait laissée là ? L'ennui, c'est que Charlie Hatton roulait dans l'autre sens.

L'accident avait eu lieu le 20. Et le 21, Charlie Hatton était riche. Les deux événements étaient sans doute liés. Mais alors, où intervenait Mc Cloy dans tout ça ?

Toutes les polices d'Angleterre et du pays de

Galles étaient maintenant à la recherche d'Alexander James Mc Cloy, quarante-deux ans, cheveux châtain clair, dernier domicile connu Moat Hall, près de Stamford, dans le Lincolnshire. On le recherchait également en Écosse.

Ce fut Mr Pertwee senior qui le fit entrer. Les jeunes mariés regardaient la télé, toujours main dans la main.

— Mais faut vraiment qu'on éteigne ? dit Marilyn, furieuse, quand son mari se leva pour couper le débat politique à la télé.

Et Wexford dit :

— En novembre de l'année dernière, votre ami Hatton s'est arrangé pour que son camion se fasse attaquer, le camion qu'il conduisait pour le compte de son employeur, Mr. Bardsley. Par « arrangé », j'entends qu'il a agi selon les directives de son autre employeur, Alexander James Mc Cloy. Hatton a reçu un petit coup sur la tête, et s'est fait attacher à son siège, histoire de rendre la chose crédible. Heureusement, Mr Bardsley était assuré. Mais il ne l'était plus quand ça a recommencé, en mars. Cette fois, il a dû supporter la perte du chargement volé, sans se douter, bien sûr, qu'une bonne part du produit du vol était allée directement dans la poche de Charlie Hatton.

Wexford s'interrompit et regarda Pertwee, pâle comme un linge. Jack leva un instant les yeux sur lui, puis il se couvrit le visage de ses mains.

— Ne reconnais rien de tout ça, Jack, dit Marilyn, sur un ton farouche.

— Le 19 mai, reprit Wexford, Hatton est monté à Leeds avec son camion. Il a été malade.

Et au retour il a roulé lentement. C'était le lundi 21 mai. Pendant qu'il était à Leeds, ou sur la route de Leeds, il a vu Mc Cloy. Il l'a vu ou il a découvert quelque chose sur lui qui lui a permis de le faire chanter, et de lui soutirer plusieurs milliers de livres.

— C'est un affreux mensonge, dit Jack, d'une voix étranglée.

— Très bien, Mr Pertwee. Alors vous allez me suivre au poste de police, si vous voulez bien...

— Mais il vient de se marier ! protesta le père.

— Mrs Pertwee peut l'accompagner si elle le désire. Mais il est évident qu'il y a là rétention d'informations dans une affaire criminelle, et donc entrave à la bonne marche de l'enquête. Vous êtes prêt, Mr Pertwee ?

D'abord, Jack ne bougea pas. Puis ses mains, qu'il tenait plaquées contre son visage, se mirent à trembler. Marilyn lui entoura les épaules de son bras d'une manière protectrice, mais sans douceur, et elle eut un mouvement des lèvres, comme si elle allait cracher à la figure de Wexford.

— Du chantage ? balbutia Jack. Charlie ? (Il enleva ses mains de sa figure et Wexford vit qu'il pleurait.) Mais c'est fou !

— Je ne crois pas, Mr Pertwee.

— Mais il aurait pas pu le faire chanter, dit Jack, bredouillant quelque chose que Wexford ne comprit pas.

— Qu'avez-vous dit ?

— J'ai dit qu'il aurait pas pu le faire chanter. Mc Cloy est sous les verrous. Vous comprenez ? Vous êtes flic, non ? Mc Cloy est en prison.

15

L'information arriva d'Écosse presque en même temps que les révélations de Pertwee. Le 23 avril, Alexander James Mc Cloy avait écopé de deux ans de prison, pour le casse d'un supermarché à Dundee. Ses deux complices et lui avaient volé pour mille deux cents livres de marchandises. Un gardien avait été légèrement blessé lors du cambriolage du magasin, et Mc Cloy aurait été condamné à une peine plus lourde si son casier judiciaire n'avait pas été vierge.

— Alors pendant qu'Hatton était à Leeds, dit Wexford, le lendemain matin, Mc Cloy était déjà sous les verrous depuis un mois.

— Il semblerait, oui, dit Burden.

— Donc, d'une part il ne pouvait pas le faire chanter. Et d'autre part il avait perdu sa principale source de revenus. En fait, à cette époque, Hatton devait être plus fauché qu'il ne l'avait jamais été depuis son mariage.

— Mrs Hatton dit qu'il avait appelé un médecin conventionné, la semaine d'avant, quand il était malade. À cette époque, il avait déjà dû dépenser tout ce qu'il avait gagné lors de la première attaque de camion, en mars.

— Au rythme où il claquait son argent, sûrement, dit Wexford. Ça a dû lui faire une drôle d'impression d'être fauché. À mon avis, ça l'a paniqué. Vous l'imaginez, Mike, en train de penser à l'avenir, et de se dire qu'il ne pourrait plus payer les tournées au pub, ni offrir de nouvelles toilettes à sa femme, ni faire le grand seigneur au mariage de Pertwee ?

— J'imagine qu'il a dû très vite se chercher une nouvelle source de revenus.

— On va aller sur la route qui contourne Stowerton, dit Wexford, en se levant, et reconnaître un peu les lieux. Nos deux affaires convergent, Mike, et à moins que je ne me trompe, on ne devrait pas tarder à y voir clair.

— Il n'y avait pas de valise, dit le sergent Martin, mais je voudrais que vous regardiez les vêtements qu'elle portait. Ils sont dans un sale état, miss Lewis, je préférais vous le dire.

Elle était infirmière et habituée à se contrôler. Martin l'emmena dans une autre pièce, où les vêtements brûlés et déchirés étaient étalés sur une table. On aurait dit un tas de chiffon sorti d'une décharge. Les vêtements noircis et en lambeaux étaient bien séparés les uns des autres, et la façon dont ils étaient disposés faisait penser à des rideaux.

Le haut de l'imperméable et celui de la robe, n'étaient plus que des fragments de tissu carbonisés, mais la moitié inférieure était presque intacte, et l'on voyait encore ces zones orange et jaune, entre les endroits brûlés. Du soutien-gorge de la morte, il ne restait que les baleines. Margaret Lewis frissonna, en gardant ses mains dans son dos. Puis elle toucha les chaussures orange, et les bas résille blancs, et se mit à pleurer.

— Je lui avais offert ces bas pour son anniversaire, murmura-t-elle.

Seul le haut des bas était carbonisé, mais, sur l'un d'entre eux, il y avait une longue marque noire qui courait de la cuisse au genou, à l'endroit où une flamme avait léché le nylon. Martin prit gentiment la jeune fille par le coude, et l'entraîna hors de la pièce.

— Je vais vous dire tout ce que je sais sur Bridie, dit-elle, en avalant une grande gorgée du thé que Loring lui avait apporté. Et tout ce que je sais sur Jay. Elle l'avait rencontré en octobre. Sa femme avait été hospitalisée pour une toxémie, dans le service où travaillait Bridie. Et Bridie avait pris l'habitude de sortir avec lui, quand il quittait la clinique après avoir rendu visite à sa femme. Elle finissait à 8 heures et demie. À peu près l'heure où Jay partait.

» Et puis, poursuivit miss Lewis, quand sa femme est sortie de la clinique, il a laissé tomber Bridie. Et j'ai cru que c'était fini. Mais je me trompais. Il a réapparu en mai et tout a recommencé. Alors Bridie s'est mise à parler mariage. C'était vraiment dur, ces histoires de divorce et tout ça, et j'écoutais pas trop ce qu'elle me racontait. Pourtant j'aurais mieux fait.

— Est-ce que vous l'avez vu, lui ? demanda Martin.

Margaret Lewis secoua la tête. Ses joues avaient repris des couleurs. Elle tamponna ses yeux non maquillés avec un mouchoir immaculé.

— On ne travaillait pas dans le même service. Mais plein de gens ont dû le voir. Il faudra que vous demandiez aux autres filles. Bridie disait qu'il était assez vieux, beaucoup plus vieux qu'elle en tout cas, et que c'était ça qui la faisait hésiter.

— Alors vous ne pourrez pas me dire si c'est lui ? dit Martin, en tendant à miss Lewis une photo de Jérôme Fanshawe.

Elle avait été prise au flash lors d'un dîner, et, sur ce cliché, Fanshawe avait le visage dur. Il puait l'arrogance avec sa mâchoire carrée, et c'est justement à cause de ça qu'il devait plaire aux femmes.

Miss Lewis le regarda avec l'air franchement dégoûté que peuvent avoir les jeunes gens, et, sans répondre à Martin, elle dit :

— Je vous ai dit qu'ils étaient allés à Brighton le 18 mai ? (Loring acquiesça d'un hochement de tête.) Bridie devait le retrouver à Marble Arch. Je l'ai vue partir dans cet imperméable jaune et cette robe orange. Elle disait qu'il lui faudrait se trouver des choses à faire dans la journée, parce que Jay serait à son congrès. C'est pour ça qu'il allait à Brighton, pour un congrès.

Loring lui fit à nouveau un sourire engageant.

Puis il se souvint qu'il n'avait pas trouvé de Fanshawe sur la liste des patients.

— L'homme auquel on pensait, dit-il, n'avait pas son nom sur la liste des patients, à la clinique. Et sa femme nie avoir jamais été hospitalisée là.

Miss Lewis étudia à nouveau la photo, puis regarda Loring d'un air perplexe.

— Mais quel âge elle a, sa femme ?

— Cinquante, cinquante-cinq ans.

— Oh, je suis désolée, dit Margaret Lewis en rougissant. Tout ça est de ma faute. La femme de Jay était à la maternité. Vous savez, dans les hôpitaux, la maternité est toujours séparée des autres services. Bridie avait fait obstétrique, et elle s'est occupée de la femme de Jay avant la naissance de son bébé, et aussi après.

C'était Burden qui conduisait. Wexford, après avoir consulté le schéma de l'accident, dit à son subordonné :

— Arrêtez-vous sur la prochaine aire de stationnement, Mike. Après on ira à pied.

Par chance un vieux panneau, qui datait du temps des voitures à chevaux, indiquait précisément le lieu de l'accident. De là naissait une légère pente qui descendait dans la vallée. Au milieu de la bretelle de déviation, il y avait une langue de gazon, sur laquelle étaient plantés de jeunes bouleaux. Fanshawe était rentré dans l'un de ces arbres, sa voiture s'était retournée, et avait pris feu. Wexford et Burden attendirent que deux voitures passent, puis traversèrent la route jusqu'au terre-plein central.

Une large zone de gazon avait brûlé, mais l'herbe avait déjà commencé à repousser, et il ne restait qu'un bout de souche noirci comme témoin de l'accident.

— Partons d'abord du principe que la fille était dans la voiture, dit Wexford, qu'elle était la petite amie de Fanshawe, et qu'il la ramenait à Londres. Qui est à l'avant, qui est à l'arrière ? Mrs Fanshawe à l'arrière, et sa remplaçante devant à côté de Don Juan, ou le contraire ?

— Il fallait qu'ils sauvent un minimum les apparences, dit Burden, en fronçant son nez délicat. Ils ne pouvaient afficher la situation, comme ça, ouvertement. La fille était forcément assise à l'arrière.

— La place à côté du conducteur est la place du mort, Mike. Or cette fille est morte, alors que Mrs Fanshawe est toujours en vie. Si cette fille a jamais été dans cette voiture, c'était forcément à l'avant. Fanshawe arrive de là, dit Wexford, avec un mouvement circulaire du bras, en roulant comme un fou. Mais attention, rien ne prouve qu'un pneu ait éclaté, et le pare-brise n'a pas volé en éclats. Alors, pourquoi a-t-il crié « mon dieu » et donné un coup de volant ?

— Pour éviter un truc sur la route ?

— Oui. Mais quoi ? Un gros morceau de métal, ou une caisse en bois ? Parce que si ç'avait été un carton, il aurait roulé dessus. De toute façon, ils n'ont rien trouvé sur la route, après l'accident.

— C'était peut-être un chien ?

— Fanshawe n'aurait pas risqué un accident pour éviter un chien. Et de toute manière, s'il en avait écrasé un, on l'aurait retrouvé.

— Ou alors c'est elle qu'il a vu, dit Burden. Il l'a vue s'avancer du terre-plein central et lui faire signe.

— Mais nous étions partis de l'hypothèse que la fille était « dans » la voiture. Donc, vous êtes d'accord avec moi : elle ne pouvait pas y être.

Burden fit quelques pas et s'arrêta au pied de la souche noircie.

— Si la fille s'est avancée de là, dit-il, en faisant deux pas vers la voie rapide, et que Fanshawe a cru qu'il allait la heurter, alors pourquoi a-t-il donné un coup de volant sur la gauche et pas sur la droite, pour l'éviter ? La route devait être déserte, puisqu'il n'y a pas de témoin de l'accident. Et pourtant il a braqué sur la gauche, il est monté sur ce terre-plein, et il est rentré dans l'arbre.

Wexford haussa les épaules. Une voiture passa comme une flèche, juste sous leur nez.

— Vous avez envie d'essayer, Mike, dit Wexford avec un sourire. Vous pouvez descendre sur la route, agiter les bras et voir ce qui se passe.

— Allez-y, vous, si vous avez envie de faire du zèle, dit Burden, en reculant instinctivement. Moi, je veux rester en vie.

— Mais cette fille, elle, s'est précipitée droit sur le danger. Dites-moi, Mike, ça ne pourrait pas être un suicide, tout de même.

— Je crois que ce n'est pas impossible, dit Burden, l'air pénétré. Imaginons qu'il n'y ait aucun rapport entre elle et Fanshawe, qu'elle soit allée sur la côte avec son petit ami, qu'il l'ait plaquée et qu'elle ait dû faire du stop jusqu'à Londres. C'est peut-être elle qui a demandé au conducteur qui l'a prise en stop de la laisser là. Elle va sur le terre-plein central ; elle attend qu'une voiture arrive à toute allure et se jette sous ses roues. Évidemment, ça n'explique toujours pas pourquoi Fanshawe a braqué à gauche et pas à droite.

— Et ça n'explique pas non plus pourquoi on a « enlevé » de son sac toutes les choses qui permettaient de l'identifier. Si elle avait vraiment voulu en finir, pourquoi se serait-elle d'abord débarrassée de ses papiers ? Absurde. Mais ne perdons pas de vue la raison principale pour laquelle nous sommes venus ici. L'accident a eu lieu à 11 heures moins 10, et Hatton est passé là, dans l'autre sens, à 10 heures moins 20 environ. Un Charlie Hatton démuni, prêt à tout pour remplir son compte en banque. Supposez qu'en fait il soit passé quelques minutes plus tard, et qu'il ait vu la fille se jeter sous la voiture. Bon, si Fanshawe était toujours vivante, et qu'il ait, mettons, tué la fille sans abîmer sa Jaguar, puis qu'il ait pris la fuite, Hatton aurait très bien pu le faire chanter. L'ennui c'est que Fanshawe est mort, Mike.

C'était au tour de Burden, maintenant, de hausser les épaules et d'avoir l'air déconcerté. Il regarda l'autre partie de la route, qui allait vers le sud, la haie qui la bordait, les prairies au-delà. Il y avait une côte à environ cinquante mètres de l'endroit où ils étaient et, après le sommet de la côte, le ciel, et rien d'autre.

— Imaginons un scénario fou, dit Burden, pensif. Si par exemple on avait poussé la fille... oh, je sais, ça paraît insensé, mais je crois que vous aussi ça vous a traversé l'esprit. Donc, si on l'a poussée et qu'Hatton, arrivant au sommet de la côte, ait assisté à la scène, comment se fait-il que la personne qui l'a poussée, qui que ce soit, n'ait pas vu Hatton en premier ? Son camion était un véhicule très haut, hors gabarit, et quiconque se serait trouvé ici, l'aurait vu arriver au sommet de la côte avant que le chauffeur n'ait pu le repérer. Regardez, voilà justement un camion.

Wexford tourna la tête vers le haut de la côte. Le toit du camion se profila à l'horizon, et il sembla s'écouler plusieurs secondes avant que n'apparaisse la cabine.

— Il faisait nuit, dit-il.

— C'est vrai. Et l'assassin aurait vu les phares du camion au moment où le chauffeur l'aurait vu lui.

Saisis par la même pensée, les deux hommes se dirigèrent vers le sommet de la côte. La moitié du Sussex s'étendait à leurs pieds : de vastes prairies, vertes et dorées, les ombres profondes et bleutées des forêts, et dans les cuvettes, des fermes, et parfois la pointe d'un clocher. Et la grande route serpentait comme un double ruban blanc dans ce paysage champêtre, culminant en certains points, disparaissant complètement dans la verdure à d'autres endroits.

À environ vingt mètres du haut de la côte, la route s'élargissait en arc, et les occupants de deux voitures pique-niquaient sur l'aire de stationnement.

— Il s'est peut-être arrêté ici quelques minutes, dit Burden. Pour satisfaire un besoin naturel, ou simplement parce qu'il avait besoin de respirer un peu d'air frais. N'oublions pas qu'il avait été malade.

Mais Wexford, qui admirait le panorama, lui dit :

— La nature est pure. C'est l'homme qui la salit.

L'énorme voiture américaine, avec ses ailerons effilés, éclipsait tous les autres véhicules garés devant l'*Olive and Dove*. En traversant la cour avec Burden, Wexford la regarda de plus près et vit qu'elle n'était ni neuve ni très bien entretenue. L'un des phares était cassé depuis longtemps, car le chrome tout autour était rouillé. Il y avait aussi des rayures sur les ailes bleu-vert. Et ici, sur le parking minuscule de cette toute petite ville de campagne, cette voiture n'était qu'un monstre de métal, aux armatures tout à fait discutables, en regard des océans d'essence qu'il suçait. Un monstre qui prenait une place considérable, mais dans lequel on pouvait à peine s'asseoir.

— Cette voiture me fait penser à l'un de ces animaux préhistoriques, tout en muscles, avec un petit cerveau.

— Pourtant elle a dû être impressionnante, à son époque, dit Burden.

— C'est ce qu'on dit aussi des dinosaures.

Ils s'installèrent au bar. Nora Fanshawe était là, assise sur un canapé, à côté d'un blond immense à petite tête. Il avait le regard vide et les épaules de Monsieur Univers. Encore un dinosaure, pensa Wexford, et soudain il fut certain qu'il s'agissait du propriétaire de la belle américaine.

— Nous n'arrêtons pas de nous rencontrer, miss Fanshawe.

— Vous avez l'air de me suivre à la trace, en effet, dit-elle, sèchement.

Elle portait l'un de ses tailleurs chic, impeccablement coupé, bleu marine cette fois et très strict.

— Je vous présente Michael Jameson. Je vous ai déjà parlé de lui, vous vous souvenez ?

La main qui serra celle de Wexford était moite.

— C'est un joli petit coin ici, même s'il faut le chercher longtemps sur la carte.

— Tout dépend de quelle carte il s'agit.

— Quoi ? Ah, oui, je vois ! Ah, ah !

— Nous partions, dit Nora Fanshawe. (Puis sa voix masculine et ferme trembla un peu quand elle dit :) Tu viens, Michael ?

Elle était vulnérable, tout à coup. Wexford connaissait bien ce regard un peu mélancolique et vaguement suppliant. Cette peur panique d'être rejetée, qui faisait perdre aux femmes toute dignité...

À contrecœur, Jameson s'arracha de son banc. Le clin d'œil qu'il fit à Wexford était parfaitement éloquent.

— Vous allez voir votre mère, miss Fanshawe ?

La jeune femme acquiesça d'un hochement de tête.

— La vieille l'accapare complètement, dit Jameson.

— Allons-y, Michael.

Elle glissa son bras sous le sien d'un air décidé. Wexford les regarda partir en se disant qu'il était vraiment bête d'avoir de la peine pour elle. Elle était revêche, impolie, pas féminine du tout. Elle était honnête aussi. Terriblement honnête. Pas un seul instant, Wexford ne douta qu'elle savait que cet homme était indigne d'elle. Mais il était beau. Et elle était riche.

— Quel mufle, dit Burden.

Wexford écarta le rideau et, entre les fuchsias, il vit Jameson monter dans la grosse voiture et mettre le contact. Nora Fanshawe n'était pas le genre de femme à considérer la galanterie comme allant de soi. La voiture démarrait déjà, quand elle se glissa sur le siège passager. Jameson ne lui avait même pas ouvert la porte de l'intérieur.

16

— Maintenant, vous allez tous essayer de vous souvenir, dit Wexford. Et ne me dites pas que vous avez oublié, parce que ça ne fait même pas deux mois. Vous allez être étonnés de voir tout ce qu'on se rappelle, quand on essaye vraiment.

Wexford s'adressait aux trois personnes assises sur le canapé, chez Lilian Hatton. Mrs Hatton portait une robe noire, et tous les bijoux que Charlie lui avait offerts dans sa vie. Et sur son visage tout pâle, tendu, on voyait encore des traces de larmes. Car elle avait pleuré, quand Wexford lui avait appris d'où venait l'argent de son défunt mari. D'ailleurs, était-ce vraiment une révélation ? Wexford n'arrivait pas à se faire une opinion là-dessus. Car sa robe, son maquillage, batterie de cuisine, tout indiquait qu'au fond d'elle-même, Lilian Hatton était une épouse XIXe parfaitement désarmée, ancrée à son foyer, acceptant toutes les bizarreries de son mari avec une totale passivité. Jamais elle n'aurait demandé à Charlie avec quel argent il avait été acheter la broche qu'elle portait, de même son homologue du XXe n'aurait pas fait avouer son seigneur et maître qu'il lui offrait des cadeaux avec de l'argent gagné en trichant aux cartes. Son rôle n'était pas de poser des questions mais d'accepter, d'encenser, et d'adorer. Et maintenant que Wexford la regardait, il se demandait comment elle s'arrangeait de cet anachronisme, en un monde que Charlie Hatton avait pris pour un champ de bataille.

— Il disait qu'il fallait se battre pour ce qu'on voulait, qu'il fallait toujours avoir une longueur d'avance. Et mettre au point sa... sa stra-... sa stra- quelque chose.

— Sa stratégie ?

— C'est ça, oui. Comme s'il était général.

Ou plutôt mercenaire, songea Wexford.

Les deux autres, les jeunes Pertwee, avaient

fini par admettre qu'ils savaient. Marilyn dit, d'un ton maussade :

— Il se vengeait des riches. Après tout, qu'est-ce que c'est pour eux, le chargement d'un camion ? Ce sont tous des voleurs, de toute façon. C'est de l'exploitation de la classe ouvrière par les capitalistes. Charlie ne faisait que récupérer ce qui lui était dû.

— Il prenait sa revanche sur la société, c'est ça, Mrs Pertwee ?

— Oui. Et pourquoi pas ? Quand le peuple prendra le pouvoir dans ce pays, les types comme Charlie auront leur juste part. Et il n'y aura plus de délinquance, ou ce que vous appelez délinquance, quand on aura un vrai régime démocratique.

— Mais Charlie votait toujours à droite, dit Lilian Hatton. Marilyn, je ne sais pas si... je ne pense pas que...

Wexford les interrompit. Ce n'était pas le moment de rire et, pourtant, il avait vraiment envie de rire.

— Remettons cette discussion politique à plus tard, d'accord ? Mrs Hatton, vous avez eu le temps de réfléchir maintenant, alors parlez-moi du départ de votre mari pour Leeds, le 19 mai, et de son retour, le 20 mai. Dites-moi tout ce dont vous vous souvenez.

Elle s'éclaircit la voix et jeta un regard hésitant à Jack Pertwee, toujours habituée à ce qu'un homme lui dise quoi faire.

— T'inquiète pas, Lily, dit Marilyn. Je suis là.

— Je sais pas ce que je deviendrais sans vous. Bon... Alors Charlie avait été malade et je ne voulais pas qu'il y aille, mais il a insisté.

— Avait-il des problèmes d'argent, Mrs Hatton ?

— Charlie ne parlait jamais de ces choses-là. Oh, mais attendez... Il avait dit que le médecin devrait attendre pour être payé ; je m'en souviens. Vous voulez que je continue, que je vous raconte tout sur ce dimanche ? (Wexford acquiesça d'un hochement de tête.) Le soir, Jack et Marilyn étaient venus jouer au whist.

— C'est exact, dit Marilyn. Et Charlie t'a appelée de Leeds pendant qu'on était là.

Mrs Hatton la regarda avec admiration.

— Effectivement, oui. Il m'a appelée.

— Et qu'est-ce qu'il vous a dit ?

— Pas grand-chose. C'était surtout... enfin il m'a demandé comment j'allais, et il m'a dit que je lui manquais. (Elle renifla et se mordit la lèvre.) On n'aimait pas être séparés. On ne pouvait pas dormir l'un sans l'autre.

— Ils étaient comme des amoureux, même s'ils étaient mariés, dit Jack, en passant son bras autour des épaules de Marilyn.

— Vous a-t-il dit qu'il était toujours souffrant ?

— Oui. Sinon, il serait resté !

— Est-ce qu'il avait l'air content, ou excité à l'idée de quelque chose ?

— Il avait plutôt le cafard.

— Maintenant, je veux que vous soyez très précise. Dites-moi, très exactement, à quelle heure votre mari est rentré le lendemain soir ?

— À 10 heures, dit-elle, sans hésiter. Il avait dit 10 heures la veille, au téléphone, et je lui avais préparé un poulet au citron. Charlie m'avait offert un minuteur en mars, mais il ne marchait pas et j'avais dû le rapporter au magasin. Là, c'était la première fois que je m'en servais et il commençait juste à sonner quand Charlie a mis sa clé dans la porte.

— Comment allait-il, quand il est arrivé ?

— Physiquement, vous voulez dire ? Il m'a dit qu'il avait encore été malade et qu'il avait dû s'arrêter plusieurs fois sur la route. Il aurait été là plus tôt, s'il ne s'était pas arrêté. Il voulait rentrer plus tôt que prévu, pour me faire une surprise. (Une bouffée d'émotion la saisit, et elle dut respirer plus vite pour refouler ses larmes.) Je... Il... il a dit qu'il étouffait dans son camion et qu'il s'était arrêté sur l'aire de stationnement de Stowerton pour respirer un peu d'air frais. Je crois qu'il a marché un peu dans les prés.

— Réfléchissez bien, Mrs Hatton. Est-ce qu'il a dit qu'il avait vu quelque chose d'intéressant en marchant dans les prés ?

Lilian Hatton regarda Wexford avec étonnement.

— Non. Il a juste dit que ça lui avait fait du bien. Il était au mieux de sa forme ce soir-là. Je lui ai servi à manger et on a parlé du mariage de Jack. (Sa voix devint rauque, et elle s'appuya lourdement sur le bras de Jack.) Charlie voulait que, pour ce mariage, je m'habille de neuf de pied en cap : une robe, un manteau d'été, un chapeau, tout, quoi. Il disait... il disait que j'étais sa femme et qu'il voulait que je lui fasse honneur.

— Et tu lui as toujours fait honneur, chérie, dit Marilyn. Charlie était fier de toi.

— Et le lendemain, que s'est-il passé ? demanda Wexford.

— On a fait quelques courses. (Elle se mordit la lèvre.) Charlie s'est levé à 9 heures et il a appelé un type qu'il connaissait, qui quittait son appartement. Charlie lui a dit qu'il passerait le voir quand il aurait pris son petit déjeuner. Et il y est allé. Maintenant c'est à toi, Jack, de raconter.

Jack dégagea son bras et tapota la main de la veuve.

— Charlie est venu là où je travaillais, mais je pouvais pas m'échapper. Je faisais l'électricité dans ces nouvelles maisons après Pomfret. Il a dit qu'il pensait nous avoir trouvé un appartement et je lui ai dit d'y aller avec Marilyn. Je le revois, ce vieux Charlie, heureux comme un roi, tout souriant comme chaque fois qu'il rendait service. Il était excité comme une puce. (Jack poussa un soupir et secoua la tête.) Ce vieux Charlie, dit-il.

Wexford se tourna vers Marilyn, agacé.

— Alors vous y êtes allée avec lui ?

— Oui. Il est venu me chercher chez Moran's. (Moran's est le plus gros magasin de prêt-à-porter de Kingsmarkham.) La patronne, cette vieille salope, ne voulait pas me laisser y aller. On vend pourtant pas grand-chose le lundi matin. Alors je lui ai dit : « De toute façon, je m'en vais dans un mois, et si ça ne vous plaît pas, je peux très bien m'en aller tout de suite. » Je lui ai carrément dit comme ça. Je l'ai fait passer pour une idiote devant Charlie, et du coup elle n'a plus rien dit. Alors Charlie et moi on est allés voir cet appartement. Et il y avait ce type qui partait, un pédé, si vous voulez mon avis, et qui voulait deux cents livres de reprise. Je lui aurais bien donné une paire de gifles. Il était en peignoir ! Un de ces jours, on condamnera tous ces types-là aux travaux forcés, et j'allais justement lui dire, quand Charlie a dit que c'était d'accord et qu'on trouverait l'argent d'une manière ou d'une autre. Il avait bien vu que j'adorais cet appartement.

— Et il lui a donné l'argent ?

— Ne soyez pas stupide. Il a dit qu'il allait en parler avec Jack d'abord, bien que Jack allait forcément être d'accord, puisque moi ça me plaisait. « Je vais trouver l'argent, a dit Charlie quand on est sortis et vous me rembourserez quand vous pourrez. » Qu'est-ce que vous dites de ça, hein ?

— Oui, que dites-vous de ça, renchérit Jack.

— Est-ce qu'Hatton vous a raccompagnée au magasin ?

— Bien sûr que non, c'était pas mon chaperon. Il a fait un bout de chemin avec moi, jusqu'à l'*Olive and Dove*, puis il m'a dit qu'il avait un coup de fil à passer. Il a téléphoné dans cette cabine, devant l'*Olive* et, après, je l'ai pas revu pendant deux jours.

— Mais pourquoi appelait-il d'une cabine puisqu'il avait le téléphone chez lui ?

Les jeunes mariés pensaient ce que lui, en d'autres circonstances, aurait pensé aussi. Quand un homme marié appelle d'une cabine, c'est qu'il téléphone à sa maîtresse, mais Mrs Hatton était si loin de ce genre de pensées, comme protégée par des souvenirs en acier trempé. Marilyn eut un rire dur.

— Vous êtes fou si vous pensez ce que je crois ! Charlie Hatton ?

— Qu'est-ce que tu veux dire, Marilyn ? demanda la veuve.

— Je ne pense rien, dit Wexford. Votre mari est-il rentré déjeuner ?

— Oui, vers midi et demi. Je lui ai demandé ce qu'il comptait faire dans l'après-midi et il m'a dit qu'il voulait voir le dentiste pour une nouvelle prothèse dentaire. Il avait honte d'avoir un dentier, voyez. À cause de son âge, et tout ça. Et aussi vis-à-vis de moi... Il croyait que ça me gênait. Comme si ça avait eu la moindre importance... Enfin... Je vous disais donc qu'il voulait se faire faire une nouvelle prothèse. Il m'avait souvent dit qu'il s'en paierait une quand il pourrait se le permettre. Et qu'il irait chez Vigo.

— C'est un peu moi qui le lui avais recommandé, dit Jack.

— Vous ? s'étonna Wexford.

La figure de Jack devint rouge brique.

— Ça veut pas dire que c'est mon dentiste, marmonna-t-il. J'ai juste été chez lui une ou deux fois, faire des travaux d'électricité. Et j'ai un peu raconté à Charlie comment c'était. Le jardin, et tous ces trucs anciens. Et cette pièce, remplie de machins chinois.

Mrs Hatton pleurait, mais, à ce souvenir, elle sourit à travers ses larmes.

— Combien de fois Jack et Charlie ont rigolé avec ça, dit-elle. Charlie disait qu'il aurait bien aimé jeter un petit coup d'œil et Jack disait que Mr Vigo roulait sur l'or et que s'il gagnait autant, ça devait être un bon dentiste. Alors Charlie s'est dit que c'est lui qu'il irait voir, et il l'a appelé. Tu n'auras jamais un rendez-vous pour le jour même, je lui ai dit, mais il en a eu un tout de suite. Mr Vigo avait eu une annulation et il a pu le prendre à 2 heures.

— Et ensuite ?

— Charlie est revenu à 4 heures et il a dit que Mr Vigo allait lui faire une nouvelle prothèse. Il l'a trouvé très sympa. Mr Vigo lui a offert un verre dans ce fameux salon chinois, et Charlie a dit que, quand il serait riche, il aurait une maison comme ça, avec plein de vieux meubles et aussi un échiquier avec une armée de petits soldats, et... oh, mon dieu, il n'aura jamais rien de tout ça, là où il est !

— Lily, ma chérie, te torture pas comme ça.

— À quelle date Mr Hatton vous a-t-il donné cet argent pour l'appartement ?

— C'était un prêt ! cracha Marilyn, indignée.

— Alors quand vous l'a-t-il prêté ?

— Il l'a apporté chez le père de Jack, le mercredi.

— Ce serait donc le 22 mai ?

— Je crois, oui. On a donné l'argent au type de l'appartement le lendemain.

Jack Pertwee lança à Wexford un regard dur. Ses yeux si ternes s'étaient mis à briller. Son teint blafard s'était marbré. Wexford en frissonnait presque. Que Dieu garde l'homme qui a tué Charlie Hatton, pensa-t-il, si jamais Pertwee met la main sur lui avant nous.

— Tu crois pas qu'il serait temps qu'on nous débarrasse de cette chose ?

Sheila chassa Clytemnestre du fauteuil de son père et considéra gravement la petite montagne de poils qu'elle avait laissés dessus.

— Moi aussi je commence à en avoir un peu marre, dit-elle. Mais, normalement, Sebastian vient la chercher ce soir.

— Excellente nouvelle.

— Je pourrai avoir la voiture pour le raccompagner à la gare ?

— Mais il a peur de traverser les champs tout

seul ou quoi ? « Mabel chérie, écoute, il y a des voleurs dans le parc »... J'aurais peut-être besoin de la voiture. Il est jeune. Et en bonne santé. Qu'il aille à pied.

— Il a une verrue plantaire, dit Sheila. Il y a quinze jours, quand il a amené Clytemnestre, il a dû marcher depuis la gare, et y retourner à pied. Et là, tu vois, je serais bien allée le chercher — elle regarda son père d'un air renfrogné mais, bien sûr, c'est encore toi qu'avais la voiture.

— Mais c'est « ma » voiture ! s'écria Wexford, faussement indigné. (Et comme c'était un jeu entre Sheila et lui, il poursuivit :) Cette voiture, c'est toute ma vie. Et je ne la donnerais pas...

— Pour toutes les verrues du monde ! Oh, Papa, t'es un amour, vraiment. Ah, voilà Sebastian.

Il y avait une ressemblance très nette entre les cheveux de Sebastian et les poils de Clytemnestre, sauf que le jeune homme n'avait pas les cheveux gris, mais blonds, longs, hirsutes et frisés.

— J'espère que le chien acrylique ne vous a pas trop embêté, Mr Wexford.

Wexford, poli, allait lui assurer le contraire, mais les transports de joie de Clytemnestre à la vue de son maître coupèrent court à tout discours. La chienne se rua contre les longues jambes du jeune homme et frotta sa fourrure contre sa veste, une veste que Wexford reconnut, à son grand étonnement, comme appartenant à un uniforme de commandant de la marine norvégienne.

— Vous restez dîner ? demanda Mrs Wexford.

— Avec plaisir. Mais je ne voudrais pas vous déranger.

— Et la Suisse, c'était bien ?

— Oui, c'était bien, mais cher.

Wexford commençait à se dire que ses vacances lui auraient coûté encore plus cher s'il avait dû payer une pension pour chien, mais Sebastian désamorça cette vilaine pensée en sortant une énorme boîte de chocolats de son sac, qu'il tendit à Mrs Wexford.

— Des Suchard ! s'exclama-t-elle. Comme c'est gentil !

Encouragé par la maîtresse de maison, Sebastian fit un sort au roastbeef et au Yorkshire pudding, glissant de temps à autre la main sous la table pour gratouiller les oreilles de Clytemnestre.

— Je te raccompagnerai à la gare en voiture, dit Sheila. (Et elle sourit à son père, persuadée qu'il allait céder.)

— Ce serait génial. On pourrait emmener Clytemnestre à l'*Olive*. Elle adore la bière, et ça la sortirait un peu.

— Pas avec ma voiture, dit Wexford, très ferme.

— Oh, Papa !

— Désolé, chérie, mais si tu conduis, tu ne bois pas.

Sebastian eut une expression dans laquelle il y avait à la fois de l'admiration pour Sheila, et le désir de se concilier les bonnes grâces de son père.

— Alors on va y aller à pied. (Il haussa les épaules.) Mais la gare est si loin de chez vous. (Il jeta un œil sur la crème à la banane.) J'en reprendrais bien, oui, merci. Le problème, c'est qu'il va falloir que je raccompagne Sheila après, à moins qu'elle ne rentre par la route, dit-il, assez goujat. On a entendu parler de votre meurtre jusqu'en Suisse. Ça s'est passé de l'autre côté, vers les prés, c'est ça ?

Chez lui, Wexford parlait rarement de son travail. Ce jeune homme n'essayait sans doute pas de lui soutirer des informations, néanmoins... Il se contenta d'acquiescer d'un léger hochement de tête.

— C'est affreux, dit Sebastian. Dire que je suis passé par là il y a quinze jours, en allant à la gare.

Wexford arrêta le regard de sa femme avant qu'il n'arrive sur Sebastian, et Sheila demanda :

— À quelle heure, Seb ? Vers 11 heures ?

— Un peu après. Je n'ai rencontré personne et je dois dire que je ne le regrette pas. (Il ébouriffa les poils de Clytemnestre.) Mais si je n'avais pas eu le réflexe de faire un bond sur le côté, ma chère Clytemnestre, tu n'aurais peut-être jamais revu ton papa. Une grosse bagnole américaine a failli me foncer dessus.

— Ils roulent toujours trop vite aux alentours de la gare, dit Sheila.

— Mais c'était pas près de la gare. C'était du côté des champs, sur ce chemin qui mène au pont. Une grosse voiture verte a surgi à au moins soixante à l'heure, et j'ai pratiquement dû plonger dans les buissons. J'ai relevé le numéro en fait, mais, avec toutes ces affaires que je trimbalais, j'ai pas retrouvé le papier.

— Un couple d'amoureux, peut-être ? dit Wexford, histoire de dire quelque chose.

— Possible. J'étais trop occupé à relever le

numéro pour regarder. Et puis j'avais peur de rater mon train.

— Bon, on ne prendra pas ce chemin-là, Papa, et je rentrerai toute seule par la route, si ça peut te rassurer.

— Vous pouvez prendre la voiture, dit Wexford. Vous n'aurez qu'à boire des citrons pressés.

17

— Voilà ma théorie, dit Burden. Elle vaut ce qu'elle vaut. Mais j'ai tout de même bien réfléchi et, à mon avis, c'est le seul scénario possible. Bridget Culross était déjà morte quand Fanshawe l'a heurtée. C'est Charlie Hatton qui l'a tuée. Et il était payé par Jay.

— Intéressant, dit Wexford, allez-y, continuez.

Burden rapprocha sa chaise de celles de Wexford et du médecin.

— Jay est un homme riche, s'il peut se permettre d'envoyer sa femme trois mois dans cette clinique, simplement parce qu'elle a une grossesse difficile.

— De l'argent jeté par les fenêtres, oui, fit Crocker. On est aussi bien soigné dans les hôpitaux.

— Il est assez riche pour payer quelqu'un qui va tuer à sa place. Je parie que c'est un ancien copain de Mc Cloy. Il a tout organisé. Il a demandé à Hatton d'attendre sur cette aire de stationnement, jusqu'au moment où il allait y déposer la fille, en rentrant du congrès.

— Mais quel congrès au fait, Mike ? On a regardé ce qu'il y avait eu comme congrès, ce week-end-là, à Brighton ?

— L'Union nationale des journalistes, la Blake Society et les Gibbonistes, dit Burden, très vite.

— Qui c'est ceux-là, dit Crocker, une bande de singes ?

— Non, il ne s'agit pas de gibbons, répondit Burden, sans sourire. Mais des fans de Gibbon, l'historien. Celui qui a écrit *Déclin et chute de l'empire romain*. Ça doit être encore une bande de timbrés.

— Alors Jay a emmené cette fille à Brighton, et il la laissait toute seule toute la journée, pour aller pérorer sur Gibbon avec ses copains, dit Wexford, pensif. Oh, après tout, pourquoi pas, j'ai déjà vu des choses plus étonnantes. Continuez.

— Il s'est arrangé pour se disputer avec elle sur le chemin du retour, et pour la virer de la voiture sur l'aire de stationnement. Hatton était là. Il l'a assommée, il a vidé de son sac tout ce qui pouvait permettre de l'identifier. Puis il est rentré chez lui avec son camion. Le lendemain, Jay l'a payé. Vous pouvez être sûr que c'était Jay qu'il a appelé, quand il a passé ce coup de fil de la cabine, pour lui annoncer que le travail était fait. Mais il était trop cupide pour ne pas penser à le faire chanter.

Le médecin n'avait pas l'air convaincu.

— Pardonnez au profane, dit-il, mais tout ça n'est qu'un tissu de conneries. Je ne dis pas que la fille n'était pas déjà morte quand la voiture l'a touchée. Mais pourquoi Hatton l'aurait-il mise sur la route ? Il n'était pas certain qu'une voiture la heurte. Et par ailleurs, on aurait pu le voir. Et puis c'était un petit homme, il n'aurait pas eu la force de la traîner jusque sur la voie rapide. Enfin, pourquoi se donner tout ce mal ? Si sa mort était supposée être le fait d'un rôdeur, pourquoi ne pas l'avoir tuée derrière un buisson, puis abandonnée là ?

— Quelle est ton idée, alors ? dit Wexford avec aigreur.

Crocker prit l'air crâneur.

— Mais je n'ai pas à avoir des idées là-dessus, moi. Ce n'est pas mon domaine.

— Descends donc de ta tour d'ivoire, Paracelse, dit Wexford. Et mets-toi dans la peau d'un flic, pour voir.

— Le problème, avec vous, c'est que vous croyez tout ce qu'on vous dit. Moi pas. Je sais par expérience que les gens déforment la vérité. Parce qu'ils ont peur, ou parce qu'ils font un blocage ou parce qu'ils veulent absolument rendre service et qu'ils en font trop. Ils oublient de mentionner certaines choses parce qu'ils n'en voient pas la portée, et quand vous leur dites que vous voulez « tout » savoir, ils font un tri arbitraire dans ce tout, qui n'est pas forcément le tout qui intéresse l'expert en la matière.

— Mais je sais tout ça, dit Wexford, agacé.

— Donc, Mrs Fanshawe dit que la fille n'était pas dans la voiture, non pas parce qu'elle a honte d'admettre qu'elle était là mais parce qu'elle ne s'en souvient pas. Bien sûr que la fille était dans la voiture. Ils l'ont prise en stop quelques minutes avant l'accident, un moment qui correspond à un blanc dans le souvenir de

Mrs Fanshawe. Et bien entendu, elle n'essaie pas de se rappeler. Le mot « jeune fille » est comme un repoussoir pour elle. Vous êtes embêtés parce qu'il n'y a ni clés ni papier dans ce beau sac en cuir. Mais c'est normal, puisque la fille les a laissés dans sa valise, qu'elle a oubliée, exprès, dans la voiture de Jay.

— Pourquoi ?

— Pour obliger Jay à revenir. La valise était sur le siège arrière et, au bout de quelques kilomètres, il s'en apercevrait et il reviendrait. C'est du moins ce qu'elle croyait. Et quand elle ne l'a pas vu revenir, elle s'est dit qu'elle récupérerait sa valise plus tard. Elle savait sans doute où habitait Jay et, au pire, ça pouvait être un prétexte pour en finir avec cette situation, et aller parler à sa femme.

— Donc Jay n'est pas revenu et elle en a eu marre d'attendre ; elle a fait du stop et Fanshawe s'est arrêté.

— C'est l'hypothèse la plus évidente, non ?

— Donc, d'après toi, Jay ne serait finalement qu'un simple coureur de jupons ? Mais pourquoi ne s'est-il pas manifesté, quand on a trouvé le corps de la fille ?

Crocker eut un rire sardonique et supérieur.

— L'incompétence d'un de vos hommes vous a fait déclarer à la presse que la morte était Nora Fanshawe. Alors pourquoi Jay se serait-il manifesté ? Et puis s'il avait largué cette fille dans les faubourgs de Stowerton, c'était qu'il n'avait aucune envie de la revoir.

— Et que vient faire Charlie Hatton dans tout ça ? dit Wexford, très calmement.

— Si ça ne t'ennuie pas, je vais répondre à ta question par une autre question. Qu'est-ce qui te permet d'affirmer qu'Hatton n'avait pas une source de revenus complètement étrangère à Mc Cloy, à Fanshawe, ou à Jay ?

Wexford regarda Burden et vit l'inquiétude le gagner. Il ne pouvait se permettre d'avoir ce genre de doutes. C'était impensable.

— Il était derrière cette haie, dit-il, catégorique. Et il a vu qu'on poussait cette fille sur la route.

— Allons !

— Oh, on ne l'a pas poussée du terre-plein central. (Wexford marqua un temps d'arrêt pour ménager son effet. L'ombre des feuilles dansa sur le mur de son bureau, puis disparut quand le soleil inonda la pièce.) On l'a jetée d'une voiture.

Le soleil apparaissait, puis disparaissait. Tout seul dans son bureau, Wexford regardait la masse de nuages dériver au-dessus des toits de High Street, et projeter leur ombre sur la façade d'une maison, puis sur la rue. Le soleil brillait par intermittence, entouré d'un halo doré.

Il prit son horaire de trains dans le tiroir de son bureau, et regarda quand il y avait des trains pour Londres, cet après-midi-là. Il y avait un direct à 2 heures et quart.

L'ascenseur l'attendait, ses portes grandes ouvertes. Wexford n'avait plus peur de le prendre, à présent. Il monta dedans et appuya sur le bouton du rez-de-chaussée. La porte se referma dans un murmure et l'ascenseur sombra dans un chuintement.

Quelqu'un au premier avait dû l'appeler car la cabine trembla, et Wexford sentit le sol remonter sous ses pieds. Après quoi l'ascenseur eut comme un frisson puis s'arrêta. Wexford attendit que la porte s'ouvre, mais elle ne s'ouvrit pas.

C'était une grosse porte blindée. Sans verre, sans grille. Wexford tapa du pied avec impatience. Il jeta un coup d'œil sur les boutons, et se demanda pourquoi le bouton du premier n'était pas allumé. Quelqu'un avait sans doute appelé l'ascenseur, en avait eu assez d'attendre et avait pris l'escalier. Mais alors, pourquoi le bouton du premier n'était-il pas allumé ? Wexford enfonça le bouton du rez-de-chaussée et il ne se passa rien.

Ou plutôt le pire, ce qu'il avait toujours craint, était arrivé. Cette maudite chose s'était détraquée. Elle était coincée. Entre deux étages, naturellement. Une décharge de panique envahit toute une partie de son cerveau, et il la chassa en poussant un juron. Puis il donna des coups de pied sur le sol.

Cette chose était-elle insonorisée ? Wexford n'avait jamais vraiment cru qu'on puisse insonoriser quoi que ce fût car, au début de sa carrière, il avait vécu dans des appartements chaudement vantés par les agents immobiliers, pour leurs panneaux d'agglomérés, soi-disant incorporés dans les murs et les plafonds, et censés absorber tous les bruits. Une méthode qui ne l'avait pas empêché de devenir pratiquement fou à cause du piano et des incessantes cavalcades des enfants du dessus. S'ils n'étaient pas fichus d'insonoriser un immeuble, en revanche ils devaient pouvoir réussir à insonoriser un ascenseur, se dit-il avec ironie. Wexford donna encore des coups dans la porte, puis il appuya sur le bouton marqué « sonnerie ». Et cette boîte absurde, noire et dorée, s'installa alors dans une immobilité encore plus terrible.

Il y avait un petit strapontin contre l'une des cloisons. Wexford le baissa, et le fit grincer en s'asseyant dessus. Tout en regardant autour de lui d'un air faussement détaché, il tenta d'évaluer le volume de la cabine : environ deux mètres cinquante de haut sur un mètre vingt de large et un mètre vingt de profondeur. Et apparemment, aucun moyen de laisser entrer de l'oxygène, ni d'évacuer le gaz carbonique. Wexford tendit l'oreille. Le silence était si lourd, qu'il aurait aussi bien pu être sourd.

Combien de temps un type de sa corpulence pouvait-il tenir dans un espace aussi réduit ? Il n'en avait pas la moindre idée. Il était 2 heures moins 10.

Wexford se leva et le strapontin claqua contre la paroi. Ce qui le fit sursauter. Alors il serra les poings et tambourina contre la paroi. L'ascenseur bougea, ce qui l'inquiéta. Car d'après ce qu'il savait, l'ascenseur pendait à un câble.

Il valait sûrement mieux crier. Mais crier quoi ? « À l'aide, je veux sortir de là ! » était trop humiliant.

— Est-ce que vous m'entendez ? lança-t-il.

C'était idiot.

Alors il cria :

— L'ascenseur est coincé !

Mais vu les circonstances, mieux valait économiser l'oxygène. Il était très possible que la plupart des bureaux soient vides. Burden, Martin et Loring étaient sortis. Camb devait être au rez-de-chaussée (au rez-de-chaussée !) assis à son bureau. Mais de toute façon, il y avait quelqu'un dans la maison. Aussi sûr qu'on n'entendait pas ses appels au secours.

Et soudain la réalité s'imposa à Wexford, affreuse, angoissante, vertigineuse : à moins que Burden ne revînt deux heures plus tôt que prévu, il était fort peu probable que quiconque utilisât l'ascenseur. Camb était dans son bureau, Martin à Sewingbury. Et les agents en uniformes préféraient prendre l'escalier, Wexford l'avait remarqué. Oui, il pouvait très bien rester coincé là jusqu'à l'heure du thé. Mais serait-il encore vivant ?

Deux heures. S'il n'était pas sorti d'ici cinq minutes, il allait rater son train. Ce n'était pas très grave, car de toute façon il avait trouvé. Il en était quasiment certain. Il n'avait même pas besoin de vérifier à la clinique Princess Louise. L'intuition, peut-être. Mais alors une intuition drôlement inspirée. Et maintenant s'il mourait, ils ne sauraient jamais...

Fatigué de crier, il se rassit sur le strapontin. C'était sûrement son imagination qui lui faisait croire que l'air se raréfiait dans la cabine. Ça ne servait à rien de paniquer. De toute façon, c'était quelque chose qu'il ne s'autorisait pas. À l'extérieur aussi, pesait une menace. Une menace d'horreur. Et il était comme un rat dans son trou, un renard coincé dans son terrier. Il pensa à Sheila. Arrête de penser à ça, se dit-il, tu vas devenir fou...

Deux heures et quart. Wexford sortit son carnet et un stylo de sa poche. Rien ne l'empêchait d'écrire ce qu'il avait trouvé.

— Je me demande où il va pêcher ces idées insensées, dit Crocker. (Burden lui fit un sourire neutre.) À votre place, moi, j'aurais envie de vérifier. Vous avez encore des choses à faire cet après-midi ?

— Rien que Martin et Loring ne puissent faire sans moi.

— On prend ma voiture ?

— Mais vous n'avez pas de consultations ? demanda Burden, qui ne trouvait pas tout ça très orthodoxe.

— Non, pas cet après-midi. Et j'ai très envie de faire cette petite expérience de criminologie.

Burden, lui, n'en avait aucune envie. Il se demanda ce que Crocker dirait s'il lui demandait de l'accompagner au chevet d'un patient.

— D'accord, dit-il, à contrecœur. Mais par pitié, pas sur la bretelle de déviation.

— Non, on va aller à l'aérodrome de Cheriton.

Cet aérodrome était abandonné depuis des années. Situé au bout de la forêt de Cheriton, après Pomfret, c'était un lieu très prisé par les jeunes qui voulaient conduire, mais n'avaient pas encore l'âge de passer le permis. Ils demandaient à leurs parents de les emmener là, et ils faisaient leurs premiers sauts de puce sur ces pistes désaffectées, dans une relative sécurité.

Ce jour-là, il n'y avait personne. Les pelouses entre les pistes avaient été reconverties en champs de betteraves et de navets. Et au-delà des rangées de légumes bien plantés, commençait la forêt de pins, qui s'élevait sur de douces et vastes collines.

— Vous pouvez conduire, dit le médecin. Moi, je préfère le rôle de la victime.

— Tant qu'à faire, autant que ce soit vous

plutôt que moi, dit Burden, qui avait son nouvel imper.

Il se mit à la place du conducteur. La piste était aussi large que les deux voies nord de la route contournant Stowerton.

— C'était sans doute une fille jeune et costaud, dit Crocker. Qu'on ne balance pas comme ça d'une voiture en marche. Il l'a forcément assommée d'abord.

— Vous voulez dire qu'il avait à côté de lui une fille qui avait perdu connaissance ?

— Ils se sont engueulés et il l'a cognée, dit le médecin, laconique. Maintenant, je fais la fille. Je suis inconscient. Il n'y a personne sur la route. Mais vous ne feriez pas ça depuis la voie rapide, hein ? Une bagnole peut arriver derrière à toute allure, ce qui serait ennuyeux. Alors ça se passe sur la voie centrale. Allez-y, mettez-vous au milieu.

Burden avança doucement au milieu de la piste.

— Cette rangée de betteraves, sur la gauche, correspond au terre-plein central, dit-il. Et Fanshawe a donné un coup de volant gauche pour éviter le corps.

— Il semblerait, oui.

— Alors qu'est-ce que je fais ? Je laisse la porte ouverte ?

— Oui. Avancez doucement et poussez-moi.

Crocker se mit en boule, les bras autour des chevilles. Burden n'osait pas rouler à plus de dix à l'heure. Il se pencha vers Crocker, ouvrit la portière, et donna une légère poussée au docteur. Crocker roula tout naturellement sur la piste, s'immobilisa, puis se releva. Burden s'arrêta.

— Vous voyez ? dit Crocker, en s'époussetant avec une grimace. Je vous avais dit que ça collait pas. Vous avez vu où j'ai atterri ? En plein milieu de la voie de droite. Et la voiture roulait au pas. Notre homme, lui, roulait plus vite. La fille aurait pratiquement atterri sur le bas-côté.

— Vous voulez essayer sur la voie rapide, pour être vraiment sûr ? demanda Burden.

— Non merci. Une fois ça suffit. Vous voyez très bien ce qui se serait passé, de toute façon. S'il l'avait balancée depuis la voie rapide, elle se serait retrouvée sur la voie du milieu.

— Oui, effectivement. Et donc Fanshawe, en passant sur la voie rapide, n'aurait même pas eu besoin de l'éviter.

— Et en admettant que notre mystérieux assassin ait réussi à la faire tomber sur la voie rapide, Fanshawe aurait donné un coup de volant à droite, pour l'éviter, pas à gauche. Il ne serait donc pas rentré dans un arbre du terre-plein central. Vous voyez bien que ça ne tient pas.

Burden en avait marre qu'on lui dise comment faire son boulot.

— C'est vrai, dit-il, très vite. Mais si la fille a atterri en travers de la voie centrale, la tête du côté de la voie rapide, Fanshawe a pu braquer sur la gauche pour éviter sa tête, instinctivement.

— Mais non, c'est impossible. On a essayé. Elle aurait forcément atterri plus loin, sur la droite.

— Il faut que j'aille le dire à Wexford, déclara Burden, pensif.

Et il laissa le volant à Crocker, qui remonta la piste entre les rangées de feuilles vertes.

— L'inspecteur-chef est sorti ? demanda Burden à Loring, qui passait dans le couloir, devant le bureau de Wexford.

— Je ne sais pas, monsieur. Il n'est pas dans son bureau ?

— À votre avis ? Il s'est caché derrière la porte, ou il s'est glissé dans un classeur ?

— Je suis désolé, monsieur. (Loring souleva le bas d'un store vénitien jaune.) Sa voiture est là.

— Je sais.

Burden était monté par les escaliers. Il se dirigea vers l'ascenseur, et appuya sur le bouton d'appel. Il attendit une minute et, comme l'ascenseur ne venait pas, il haussa les épaules et redescendit par l'escalier. Le sergent Camb abandonna un instant la dame qui avait perdu son chat siamois.

— Mr Wexford ? Non, il n'est pas sorti.

— Alors, où il est bon dieu ? dit Burden, qui ne jurait jamais. (Camb en resta un instant sans voix.) Il devait aller à Londres. Je crois qu'il devait prendre le train de 2 heures et quart.

Il était 3 heures et demie.

— Il est peut-être sorti par-derrière.

— Mais il ne sort jamais par-derrière, sauf quand il va au tribunal.

— Des yeux bleus, dit la dame, sur un ton plaintif. Avec une tache brune sur le cou.

Le sergent soupira.

— Tous les chats siamois ont des yeux bleus et des taches brunes sur le cou, madame. (Il prit son stylo et dit à Burden :) Pour tout dire, j'ai passé l'après-midi à essayer de joindre les dépanneurs, pour l'ascenseur. L'inspecteur Letts m'a dit qu'il ne venait pas quand on appuyait sur le bouton. J'ai l'impression qu'il est coincé entre deux étages.

— Et moi j'ai l'impression que Mr Wexford est coincé dedans, dit Burden.

— Mon dieu, vous croyez vraiment que...

— Donnez-moi le téléphone. Est-ce que vous vous rendez compte que ça fait plus de deux heures qu'il est là-dedans ? Donnez-moi ce téléphone !

C'était l'heure des visites de l'après-midi à l'hôpital de Stowerton. C'était également le jour des consultations. Ce qui signifiait un flux et un reflux de centaines de voitures, que l'agent de la circulation maîtrisait très bien d'habitude. Mais aujourd'hui, une énorme voiture bleu-vert avec des ailerons cabossés, à moitié garée dans l'allée, bloquait la sortie. Elle était fermée à clé, indéplaçable et derrière elle s'alignait une immense file de voitures, pare-chocs contre pare-chocs.

Quatre ambulanciers avaient essayé en vain de la soulever pour la déplacer contre la grille du pavillon d'entrée. Et maintenant Vigo, l'orthodontiste, sortait de sa voiture pour leur prêter la main. Il était plus costaud que chacun des ambulanciers, mais, malgré leurs efforts conjugués, ils ne réussirent pas à la déplacer.

— C'est sûrement la voiture de quelqu'un en visite dans l'aile privée, dit Vigo au gynécologue de l'hôpital, dont la voiture était bloquée derrière la sienne.

— Il faudrait trouver un brancardier pour aller leur dire.

— Oui, et vite, dit Vigo. Ces gens, on devrait les tuer. J'ai un rendez-vous à 4 heures, moi.

Et il était 4 heures moins 5 quand Rose frappa à la porte de Mrs Fanshawe.

— Excusez-moi, Mr Jameson, mais votre voiture bloque la sortie de parking. Est-ce que vous pourriez la déplacer ? Et il n'y a pas que des visiteurs qui veulent sortir. (Sa voix prit un ton de reproche.) C'est Mr Vigo et Mr Delauney qui l'ont demandé. Alors, si ça ne vous ennuie pas...

Michael Jameson se leva sans hâte.

— Jamais entendu parler de ces types-là. (Son regard s'attarda sur l'infirmière.) Mais je ne voudrais pas me mettre mal avec eux, chérie. Je vais déplacer ma voiture.

— Tu reviendras me chercher, Michael ? dit Nora Fanshawe en lui touchant le bras.

— Mais oui, je vais revenir.

Rose lui ouvrit la porte et il sortit devant elle.

— Ça m'ennuie à mourir, moi, ces visites à l'hôpital, dit-il, suffisamment fort pour que les deux femmes dans la chambre l'entendent.

Mrs Fanshawe s'était maquillée. C'était la première fois, depuis qu'elle était sortie du coma. Elle remit un peu de rouge sur ses lèvres trop fines, et gomma le vert qui s'était réfugié dans les plis de ses paupières.

— Alors ? dit-elle.

— Alors quoi, Mère ?

— Si je comprends bien, tu vas épouser ce bon à rien ?

— Effectivement. Et il va falloir que tu t'y fasses.

— Ton père ne laisserait pas faire ça, s'il était toujours en vie, dit Mrs Fanshawe, en tripotant ses bagues.

— Si mon père était toujours en vie, Michael ne voudrait pas de moi. Parce que je n'aurais pas d'argent. Je vais être franche avec toi. C'est ça que les parents attendent de leurs enfants, non ? Qu'ils soient francs, dit-elle d'une voix pleine de ressentiment. Je lui ai écrit pour lui dire que mon père était mort. (Elle rit.) Et il a rappliqué en un clin d'œil. Je l'ai acheté, dit-elle. J'ai essayé le produit, il m'a plu, et j'ai décidé de le garder. Comme dans les ventes par correspondance.

Mrs Fanshawe n'était pas choquée. Elle avait écouté sa fille sans broncher.

— Très bien, dit-elle. Je peux pas t'en empêcher. Et je me disputerai pas avec toi, Nora. (Sa voix ne tremblait pas.) Tu es tout ce que j'ai.

— Alors il n'y a aucune raison pour qu'on ne soit pas une famille heureuse.

— Une famille heureuse ! Tu es peut-être franche, Nora, mais là tu te fais des illusions. Il est déjà prêt à te tromper, avec cette infirmière.

— Je sais.

— Et tu crois vraiment que tu l'as acheté ! s'écria Mrs Fanshawe. (Et l'amertume l'emporta sur le sang-froid.) Acheter les gens, quelle idée ! Tu sais de qui tu tiens ça ? De ton père. Tu es exactement comme ton père, Nora. Dieu sait que j'ai essayé de te préserver de tout ça, mais lui t'a mis dans la tête qu'on pouvait acheter les gens.

— Non, Mère, dit Nora, très calme. C'est ton attitude à toi qui m'a prouvé que c'était vrai. Et si on reprenait du thé ?

Elle sonna l'infirmière.

À 4 heures et quart, l'ascenseur descendit au rez-de-chaussée. La porte commença à s'ouvrir et Burden se sentit défaillir, les intestins en eau.

Il n'avait pas le courage de regarder. Les deux dépanneurs arrivèrent, en dévalant l'escalier.

Il y avait du monde dans le hall : le chef de la police Grinswold, les inspecteurs Lewis et Letts, Martin, Loring, Camb, et juste devant l'ascenseur, le Dr Crocker.

La porte était complètement ouverte maintenant. Il fallait que Burden regarde. Il s'avança, en écartant les gens.

— Laissez passer ! dit Crocker.

Et Wexford apparut, tout gris, le bras du médecin autour des épaules. Il fit deux pas. Lourdement.

— Emmuré ! dit-il, comme une foutue nonne !

— Mon dieu ! Ça va, monsieur ?

— Tout est dans le carnet, dit-il, à bout de souffle. J'ai tout écrit dans mon carnet. Rien... rien de tel qu'une atmosphère raréfiée pour faire carburer le cerveau. Ça revient moins cher de prendre cet ascenseur que d'escalader l'Everest.

Puis il s'évanouit dans les bras de Crocker et de Letts.

— J'ai fini mon service, dit Rose, et le personnel de nuit est dans la cuisine. Alors ça ne vous ennuie pas si je vous accompagne pas ? (Elle le regarda d'un air interrogateur dans la faible lumière du couloir.) Je croyais que c'était Mrs Fanshawe que vous veniez voir. C'est du même côté du couloir. Une chambre après la mienne.

Burden la remercia. Au coin du couloir, il se retrouva nez à nez avec Mrs Wexford et Sheila.

— Comment il va ?

— Il va bien. Mais ils vont le garder cette nuit. Simple mesure de sécurité.

— Dieu soit loué !

— Ah, vous l'aimez bien mon vieux Papa, hein ?

Quand elle souriait, Burden avait envie de l'embrasser, tellement elle ressemblait à son père. C'était vraiment fou que ce visage enchanteur fût la réplique de la bonne grosse figure plissée, qui l'avait hanté tout le temps qu'il avait procédé à l'arrestation, et lu à haute voix les chefs d'inculpation. Mais il ne voulait pas avoir l'air sentimental et il se força à sourire.

— Il meurt d'envie de vous voir, dit Sheila. Nous, on n'était que les bouche-trous.

Wexford était dans son lit, dans une chambre qui ressemblait à celle de Mrs Fanshawe. Il portait une robe de chambre rouge à carreaux, et une touffe de poils gris dépassait des revers de sa veste de pyjama. Un sourire se dessina sur ses lèvres et son regard s'alluma.

Burden alla jusqu'au lit sur la pointe des pieds. Dans les hôpitaux, tout le monde marche sur la pointe des pieds, sauf le personnel. Alors Burden avança prudemment, en jetant des coups d'œil nerveux autour de lui. L'odeur de cuisine et l'odeur de désinfectant, qui dominaient dans le couloir, étaient noyées ici sous le parfum des œillets. Mrs Wexford avait inondé son mari de fleurs.

— Comment vous sentez-vous ?

— Parfaitement bien, évidemment, dit Wexford, avec impatience. Ah, toutes ces fleurs ! On se croirait dans une chapelle funéraire. Je serais sorti tout de suite, si ce Crocker de malheur et ses acolytes n'avaient pas été sur mon dos, à saper mes forces. (Il s'assit dans son lit et fit la grimace.) Ouvrez-moi donc cette bière, c'est Sheila qui m'a apporté ces canettes. Elle est vraiment gentille, c'est bien la fille de son père.

Burden prit le verre sur le plateau de dîner de Wexford et le rinça. Puis il prit le verre à dents pour lui.

— Une chambre privée, hein ? Très chic.

Wexford ricana.

— Je n'y suis pour rien, Mike. Ils m'emmenaient dans l'une des salles communes, quand Crocker s'est souvenu que Monkey Matthews était là, pour se faire enlever ses varices. On a pensé que ma présence risquait de lui poser un problème. Je l'ai arrêté pour vol, il y a deux ans. Mais vous inquiétez pas, je vais me priver d'aller lui dire ce que ça m'a coûté de ménager sa fierté. (Il regarda autour de lui d'un air méprisant.) Huit livres par jour, cette chambre. Heureusement que je ne suis pas resté plus longtemps dans cet ascenseur. À propos, vous l'avez arrêté ?

— Oui. À 5 heures et demie.

— J'aurais bien voulu être là. (Soudain, il frissonna.) Oh, rien, ce sont mes dents. (Puis il rit.) Mes dents ! dit-il. C'est drôle.

On entendit les pas de quelqu'un qui ne marchait pas sur la pointe des pieds et Crocker fit son entrée.

— Qui t'a autorisé à boire ?

— Assieds-toi, va. Et pas sur le lit. L'infirmière n'aime pas ça. On était en train de fêter une arrestation. Tu veux en être ?

Crocker alla se chercher un fauteuil à côté, dans une chambre inoccupée. Il se laissa tomber dedans.

— Mon petit doigt m'a dit qui c'était. Si je m'attendais à ça !

— Et moi donc !

Wexford croisa le regard de Crocker, et y lut l'étonnement et le désir d'en savoir plus. Une expression qu'il aimait bien.

— Il y a toujours eu des assassins chez les médecins, dit Crocker. Je pense à Crippen, Buck Ruxton. Sauf que cette fois, c'est un dentiste.

18

— Le problème, dit Wexford c'est de savoir par où commencer. À quel moment commence une histoire ? Je me dis souvent que les romanciers doivent avoir le même problème que moi. Et d'ailleurs, je sais qu'ils se posent ce genre de questions. Je connaissais un type qui écrivait des livres. Il disait que ça venait bien à partir du milieu du bouquin, et que c'était facile de terminer, mais qu'il ne savait jamais par où commencer. Jusqu'où faut-il remonter dans la vie de quelqu'un, pour trouver la vraie cause de ses actes ? Jusqu'à son enfance, jusqu'à ses parents, jusqu'à Adam ?

— Ne remontons pas si loin, dit Burden, nous en aurions pour la nuit.

Wexford lui sourit, donna quelques claques à ses oreillers et les recala dans son dos.

— Je crois que je vais faire remonter cette histoire à il y a dix ans. Mais ne vous inquiétez pas, le temps passe vite.

— Vigo n'était pas ici il y a dix ans.

— Non. Il y a dix ans, il se mariait. Il épousait une jeune fille riche, et sans doute pas seulement pour son argent. Mais l'argent lui a permis d'acheter une maison et d'ouvrir un cabinet. Ils ont eu un enfant.

— Un mongolien, dit Crocker. Il est dans un centre pour handicapés mentaux depuis l'âge de six mois. Vigo a très mal pris la chose.

— Mais n'importe qui l'aurait mal prise, dit Wexford. Regarde Vigo, il est ce qu'Hitler aurait appelé un parfait Aryen. Et intelligent en plus. Si tu étais éleveur de chevaux, ne choisirais-tu pas Vigo comme étalon ? (Crocker acquiesça à contrecœur.) Et si tu étais Vigo, ne t'attendrais-tu pas à avoir des enfants magnifiques ?

— Tout le monde s'attend à avoir des enfants magnifiques.

— Possible. Disons que tout le monde le souhaite, et que parfois ça tombe sur ceux qui sont le moins en droit de l'espérer. (Il eut un sourire pour lui-même et finit la bière que Sheila lui avait apportée.) Je crois que Vigo a dû en vouloir à sa femme. Ne me dites pas que c'est injuste. La vie est injuste. Après quoi, pendant huit ans, ils n'ont pas eu d'autre enfant.

Crocker se pencha vers lui.

— Ils ont un autre fils, maintenant. (Crocker soupira.) Pauvre môme.

— C'est de la faute de son père si c'est un pauvre môme, dit Wexford, durement. Épargne-moi le couplet sentimental, tu veux ? Voilà le vrai début de l'histoire : la seconde grossesse de Mrs Vigo. Elle avait de la tension, elle a eu une toxémie.

— Une toxémie gravidique, rectifia Crocker, pédant.

— Peu importe. Toujours est-il que sa femme a été admise à la clinique Princess Louise deux mois avant la naissance. Tu imagines ce qu'a pu ressentir Vigo à ce moment-là ? Il s'est dit : est-ce que ça va recommencer ?

— On n'a pas un enfant mongolien parce qu'on a une toxémie.

— Oh, tais-toi ! dit Wexford, irrité. Les gens ne raisonnent pas dans ces cas-là. Il était affolé, déprimé, et il a entamé une liaison avec une infirmière qu'il a rencontrée à la clinique, en allant voir sa femme. Peut-être qu'il avait toujours été un peu coureur. J'ai mes raisons de penser ça.

— Dans vos notes, dit Burden, qui avait le carnet ouvert sur les genoux, vous dites qu'il a laissé tomber Bridget Culross après la naissance du bébé, quand il a vu qu'il était parfaitement normal.

— C'est une supposition. Disons qu'il était trop obnubilé par ce bébé — il adore ce bébé — pour se laisser accaparer par autre chose. Vous avez vérifié les dates ?

— Oui. Mrs Vigo a été admise à la clinique en octobre dernier, et elle en est sortie fin décembre, deux semaines après la naissance du bébé. Bridget Culross a travaillé à la maternité du 1er novembre au 1er janvier.

Wexford s'appuya un peu mieux contre ses oreillers.

— Il fallait que ce soit quelqu'un dont le prénom commence par J. On a d'abord pensé à Jérôme Fanshawe, mais ça ne pouvait pas être lui, parce que Mrs Fanshawe n'était plus en âge d'avoir des enfants. Après quoi, j'ai sérieusement pensé à Michael Jameson. Ça ne me surprendrait pas qu'il soit marié. (Wexford baissa la voix : Mrs Fanshawe était deux chambres plus loin.) Michael Jameson pourrait aussi bien se faire appeler Jay, que Mike, et en plus il a une voiture qui collait tout à fait dans le scénario. Mais on va y revenir. Quoi qu'il en soit, ce n'était ni Jameson ni Fanshawe, mais Jolyon Vigo. Avec un nom comme ça, un diminutif s'impose.

— Vous dites qu'il a laissé tomber la fille. Alors pourquoi a-t-il renoué avec elle ?

— Votre homme vient d'avoir un enfant, dit Wexford. S'il a une véritable adoration pour cet enfant, ça peut le rapprocher de sa femme, pendant quelque temps. Mais ces choses-là ne durent pas. Le léopard peut-il effacer les mouchetures sur sa fourrure ? La fille pensait qu'elle avait une chance de se faire épouser. Et aucun doute qu'il a, lui aussi, envisagé la question au moment où il croyait que sa femme ne lui donnerait plus jamais d'enfant. Et quand le bébé est né, oui, il a eu envie de continuer à s'amuser. Mais il n'était pas question que ça lui fasse perdre son fils. Et c'est là le nœud de l'affaire.

Crocker déplaça légèrement sa chaise et croisa les jambes.

— Mais que vient faire Charlie Hatton dans tout ça ?

Wexford ne lui répondit pas tout de suite.

— Vigo et Culross avaient une liaison par intermittence, dit-il. Et s'ils ne se voyaient pas d'une manière régulière, c'est sûrement parce que l'infirmière le harcelait avec cette histoire de mariage, et qu'il essayait de gagner du temps.

— Ça, vous n'en savez rien, objecta Burden.

— Je connais la nature humaine, dit Wexford, avec condescendance. Le 18 mai, Bridget Culross a eu un week-end prolongé, date à laquelle, heureuse coïncidence, avait lieu la réunion de la Blake Society à Brighton. Vigo est passé prendre Culross à Marble Arch, et l'a emmenée à Brighton dans sa voiture, une grosse Plymouth.

— Comment pouvez-vous être sûr qu'il allait à la réunion de la Blake Society, et pas à celle des Gibbonistes ?

— Vigo a des lithos de Blake sur tous les murs de son entrée. Vous avez vérifié les réservations d'hôtel ?

— Ils sont descendus au Majestic, sous leurs noms respectifs. Ils ont pris deux chambres contiguës. Ils ont quitté l'hôtel le lundi 20 mai, dans l'après-midi.

Wexford hocha la tête.

— C'était peut-être leur premier week-end ensemble. Et Bridget Culross aura passé son temps à essayer de le convaincre de divorcer. Je ne sais pas ce qui s'est passé. Comment le saurais-je ? Je peux juste imaginer qu'elle savait qu'ils passeraient par Kingsmarkham, ou pas loin, en rentrant à Londres, et qu'elle a essayé de persuader Vigo de l'emmener chez lui pour qu'ils parlent à sa femme, tous les deux. (Wexford s'éclaircit la voix.) Les hommes n'aiment pas ce genre de choses. Ils se sont disputés. Et vous voulez savoir à quel moment ? Je suis sûr que les choses ont atteint leur paroxysme au moment où ils sont passés près de Kingsmarkham. À environs cinq kilomètres au sud de l'endroit où on a retrouvé le corps. Ils sont sortis de la voiture, aucun doute là-dessus. Ils se sont battus — Vigo est un type costaud —, elle est tombée, et elle s'est cogné la tête sur le bitume. Alors il s'est retrouvé avec une fille qui avait perdu connaissance, ou qui était peut-être déjà morte. Vous voyez dans quel dilemme il était pris ?

— Quoi qu'il fasse, sa femme saurait, demanderait le divorce, et obtiendrait la garde de l'enfant, dit Burden.

— Exactement. Il s'est mis à réfléchir à toute allure. D'abord, faire disparaître du sac qu'il lui avait offert toute chose permettant de l'identifier. Il se doutait bien qu'il y avait des gens qui savaient où elle était allée, mais elle lui avait assuré qu'elle n'avait dit son nom à personne. Vigo est un homme intelligent, un type du milieu médical, qui connaît un peu les méthodes d'investigation de la police. Il savait très bien qu'ils n'allaient pas rechercher une fille qui n'avait pas de famille, et qui avait une telle réputation. Supposons qu'on la retrouve morte sur la route, écrasée par une voiture qui a pris la fuite. On en déduirait qu'elle s'était disputée avec son petit ami, qu'elle avait fait du stop jusqu'à Stowerton, et qu'elle s'était fait renverser en traversant la route, ou en faisant à nouveau du stop. Alors il l'a installée à côté de lui, la tête sur ses genoux pour qu'il n'y ait pas de sang sur le siège passager. Il s'est sans doute mis un journal sur les genoux, ou un vieux chiffon, enfin quelque chose qu'il pouvait brûler après, en rentrant à la maison.

» Il s'est engagé sur la bretelle de déviation à un moment où il n'y avait pas beaucoup de voitures, poursuivit Wexford, c'était un lundi, dans la soirée. Et il ne roulait pas très vite — personne ne pourrait ouvrir la portière d'une voiture et balancer un corps sur la route à grande vitesse. Alors il est resté sur la voie de droite.

— Et après ?

— Tout s'est passé comme il l'avait prévu... Il a roulé à trente à l'heure, et quand il n'y a plus eu de véhicule en vue, il a ouvert sa portière, tiré la fille sur ses genoux et il l'a balancée de son côté. Elle a atterri exactement là où il voulait : la tête en plein sur la voie rapide.

— Attends, dit Crocker, c'est impossible de faire ça en conduisant, c'est...

— Tais-toi une minute, dit Wexford. (Puis il ajouta, dans un français exécrable :) « Pas devant les infirmières. »

— Thé, café ou Ovomaltine ? dit une voix dynamique dont la propriétaire avait tapé sur la partie vitrée de la porte.

— De l'Ovomaltine, ça nous fera du bien, dit Wexford, d'un ton neutre. Merci beaucoup.

— Un œil le regardait, dit Wexford. Non pas sa conscience, en l'occurrence, mais Charlie Hatton. (Wexford but une gorgée d'Ovomaltine, l'air impénétrable.) Il avait garé son camion sur l'aire de stationnement, en haut de la colline, et il prenait l'air dans le champ qui longe la route.

— Vous voulez dire qu'il a vu Vigo balancer la fille de la voiture et qu'il n'a rien fait ?

— Tout dépend de ce que vous entendez par rien. D'après moi, un type comme Charlie Hatton ne devait pas mourir d'envie d'avoir affaire à la police, même en temps que témoin indigné. Et il a fait quelque chose, si. Il a fait chanter Vigo.

— Je peux avoir quelques grains de raisin ? demanda Crocker. Merci. Le seul raisin que je mange, c'est celui que je pique à mes patients.

(Il s'en mit un grain dans la bouche, le mâcha et l'avala, avec les pépins.) Il connaissait Vigo ?

— De vue, sans doute. Ou il connaissait la voiture. En tout cas, il a repris la route pour rentrer chez lui et, cinq minutes plus tard, Jérôme Fanshawe, qui arrivait à toute allure sur la route, a vu la fille et a crié « mon dieu ! ». Souvenez-vous qu'elle avait le corps sur la voie centrale et la tête sur la voie rapide. Fanshawe a donné un coup de volant. Pour éviter sa tête. Normal. Un coup de volant à « gauche », ce qui l'a fait monter sur la bande centrale et s'écraser contre un arbre. Je crois que l'intervention des Fanshawe, dans cette affaire, se résume à ça. Une fois dans sa vie, Fanshawe aura donc été la victime innocente.

Burden acquiesça d'un hochement de tête et prit le relais.

— Le lendemain matin, dit-il, cette histoire trottait dans la tête de Charlie Hatton. Il a téléphoné pour l'appartement. Il est allé le voir, avec cette Marilyn. Et il s'est aussitôt trouvé devant un problème d'argent ; l'ancien locataire voulait deux cents livres de reprise.

— C'est ça qui a tout déclenché, dit Wexford. Il a laissé Marilyn devant l'*Olive and Dove*, et elle l'a vu entrer dans une cabine. On peut être sûrs que c'était pour passer un coup de fil à Vigo, et pour prendre rendez-vous dans l'après-midi.

— Je croyais que vous aviez dit qu'il avait téléphoné au dentiste de chez lui, dit Crocker.

— Il a « rappelé » le dentiste de chez lui, devant sa femme, pour donner le change. Mais Vigo savait déjà ce qu'il attendait de lui, et Hatton lui avait dit qu'il rappellerait, pour prendre rendez-vous officiellement. Ça s'est forcément passé comme ça. Sinon, pourquoi Vigo aurait-il accepté de le recevoir une heure plus tard ? Il est très pris. Pour le voir ? il faut prendre rendez-vous des semaines à l'avance. Et Charlie Hatton n'était même pas un de ses patients. Je suis sûr que Charlie lui avait annoncé dès le matin le prix de son silence : une belle somme d'argent, et une prothèse dentaire, la plus belle possible évidemment.

— Ça a dû être un sacré choc, pour Vigo, dit Crocker, pensif.

» La nuit précédente, il avait agi sous l'impulsion du moment, mais c'était tout de même assez risqué. Pour lui, l'accident de Fanshawe a été un coup de chance tout à fait inespéré. Et le lendemain, quand il a vu dans les journaux qu'on avait identifié la morte comme étant Nora Fanshawe, il s'est cru définitivement tiré d'affaire. La réapparition de Nora Fanshawe compliquerait trop les choses pour qu'on arrive un jour à découvrir la vérité. Et à sa place, qui aurait cru qu'on l'aurait vu, et qu'on le ferait chanter ?

— Et bien sûr il a payé, dit Wexford. Et plusieurs fois. À mon avis, la première fois, Hatton a dû lui demander mille livres. Et ça a dû être vraiment bizarre, ce jour-là. Imaginez le maître chanteur, allongé sur le fauteuil du dentiste, la bouche ouverte, pendant que sa victime lui prend des empreintes pour un dentier. On croit rêver !

» Le lendemain, poursuivit Wexford, le 22 mai, on sait qu'Hatton a déposé cinq cents livres à sa banque. Qu'il en a gardé deux cents pour les Pertwee et trois cents pour ses dépenses accessoires : vêtements, sorties, etc. Puis Vigo a commencé à lui faire des versements de cinquante livres par semaine.

» Je suppose qu'Hatton lui demandait de déposer l'argent à un endroit convenu, au bord de la rivière, tous les vendredis soir. Oui, quelque part sur le chemin qu'il prenait pour rentrer du club de fléchettes.

— Et un vendredi soir...

— Oui, au fait, pourquoi ce vendredi-là ?

— Qui peut dire à quel moment la victime d'un chantage décide que ça suffit ?

— Mrs Fanshawe, dit Burden, d'une manière tout à fait inattendue. Quand vous disiez que l'intervention des Fanshawe dans cette histoire se résumait à l'accident, ce n'était pas tout à fait vrai. Mrs Fanshawe est sortie du coma la veille du jour où Charlie Hatton a été tué. C'était dans les journaux du matin. Juste un entrefilet, mais ça y était.

— Vous avez mis le doigt sur quelque chose, là, dit Wexford. Nora Fanshawe n'avait toujours pas réapparu, mais Vigo a très bien pu croire que Mrs Fanshawe nous dirait que la jeune fille morte ne pouvait pas être sa fille. Hatton était un témoin important, et à présent il y avait quelqu'un pour étayer son histoire. Et une fois qu'il aurait pompé tout l'argent qu'il voulait à Vigo...

Crocker se leva, se perdit quelques instants dans la contemplation des œillets, et dit :

— C'est une histoire intéressante, mais les choses n'ont pas pu se passer comme ça. (Wexford lui fit un grand sourire.) Pourquoi tu souris comme ça ? fit Crocker, irrité. Moi je te dis qu'il y a un hic. Si un conducteur balance quelqu'un de sa portière, depuis la voie de droite, cette personne tombe forcément sur le bas-côté, pas sur la voie centrale. Il n'y avait donc aucune chance pour qu'elle se trouve sur la voie où roulait Fanshawe.

Crocker s'interrompit et lança un regard de défi à Wexford. À ce moment-là, l'infirmière entra, avec un somnifère.

— Je n'en veux pas, dit Wexford. (Il s'allongea dans son lit et remonta ses couvertures.) Je vais très bien dormir. Je suis fatigué. (Et il ajouta, le nez au ras du drap :) Oh, et puis à propos, c'est une voiture étrangère. Avec la conduite à gauche. Bonne nuit.

19

— Je suis l'électricien, dit Jack Pertwee, sur le pas de la porte. Je viens pour l'interrupteur.

— Ah mais c'est pas moi, dit la fille. Moi je suis seulement employée ici. Attendez un instant...

Elle fouilla dans des papiers, sur le bureau, près de la fenêtre à meneaux, et d'un coup elle rougit, indignée.

— Vous deviez venir la semaine dernière !

— La semaine dernière j'étais en congé. Je recommence aujourd'hui. Ne vous mettez pas dans tous vos états. Je suis déjà venu. Je peux trouver mon chemin tout seul.

Il recommençait aujourd'hui. Et c'était son premier travail de la journée. La première fois qu'il retrouvait sa vie normale après le drame. Pourquoi était-il venu là en premier, alors qu'il y avait une douzaine d'autres adresses sur sa liste ? Peut-être parce qu'il obéissait à une pulsion, à un besoin salvateur de s'entourer de belles choses pendant une heure. Peut-être parce qu'il ne connaissait pas d'endroit plus différent, plus éloigné, de tous ceux où il était allé avec Charlie.

Mais, comme chaque fois qu'il se retrouvait dans cette maison de Ploughman's Lane, il se sentait presque paralysé, les pieds cloués au sol, les doigts gourds — lui si habile de ses mains. Il était comme un barbare, qui aurait pénétré dans une *villa* romaine abandonnée : ébahi, ébloui, et comme tétanisé par un serpent noué autour du cou.

Il traversa le hall, puis, faisant comme s'il ne savait pas où était cet interrupteur — c'était inutile, car on l'avait laissé seul —, il ouvrit toutes les portes, les unes après les autres pour se gaver, émerveillé, de tous les trésors qu'il y avait derrière. Il aurait marmonné un « Pardon, Madame » s'il était tombé sur la maîtresse de maison, mais toutes les pièces étaient inoccupées, et il put dévorer des yeux toutes ces merveilles à satiété : la soie, le velours, les tables en bois sombre incrusté d'ivoire, les tableaux dans leurs cadres dorés, les vases chinois débordant de fleurs, le buste en bronze, les jacinthes violettes, dont la senteur étourdissante et sucrée lui arrivait droit dessus, avivée par le soleil déjà chaud.

Après quoi il n'aurait su dire ce qui brusquement fit surgir Charlie dans son esprit. Le fait que le souvenir vivant de son ami flottait en permanence à l'orée de sa conscience ? Ou cette douleur comme un élancement réel, violent, quand il ouvrit la porte du salon chinois. C'était là, derrière cette porte, que se trouvait l'interrupteur défectueux, et il demeura un moment sur le seuil, comme frappé d'immobilité sous l'impact des couleurs. Il était encore trop tôt pour que le soleil ait pénétré la partie arrière de la maison mais les rouges et les ors, les vert émeraude et les jaune citron resplendissaient déjà intensément dans l'ombre. Jack posa sa boîte à outils par terre, et regarda autour de lui, comme hypnotisé. Il était déjà venu ici, et pourtant il avait l'impression d'être là pour la première fois. C'était comme si on lui avait mis les nerfs à vif et qu'on l'avait plongé dans ce bain de couleurs intenses, superbes, intolérables, comme dans une myriade de décharges électriques insupportables.

Dans un état second, il s'approcha de l'échiquier dont les pièces ressemblaient à une armée, comme le lui avait dit Charlie, et la figure du cavalier rouge lui apparut soudain comme la réplique parfaite du visage de son ami : des traits aiguisés, l'air rusé mais gentil. Une envie folle de posséder cet objet, de le prendre et de l'emporter le saisit, mais il avait peur rien qu'à l'idée de toucher ce jade finement sculpté, et il s'entendit, tout bas, sangloter.

C'était ses descriptions fascinées — et sans doute puériles — de cette maison, qui avaient, pensait-il, conduit Charlie ici. Tout comme lui, Jack aurait pu aller faire des folies chez l'épicier, Charlie Hatton était venu ici pour s'offrir ce qu'il avait de mieux dans le genre. Et le chagrin de Jack s'effaça devant son admiration pour une telle audace. Charlie avait pénétré dans ce musée, et pas comme un inférieur, comme un ouvrier, mais en tant que client. Vigo l'avait emmené dans ce salon, et lui avait offert à boire. Jack imaginait très bien Charlie, se baladant ici avec cette confiance en soi frisant l'arrogance, ses mains carrées saisissant une tasse de fine porcelaine, et même touchant une peinture sur soie, tout en faisant des commentaires sur sa valeur, sa beauté, sans la moindre pudeur. S'était-il reconnu à la tête de l'armée rouge ? Et les philistins tuèrent Jonathan... Comment des héros sont-ils tombés ? Comment leurs armes se sont-elles perdues ?

Jack détourna les yeux de ces petits visages aux traits aiguisés qui semblaient le scruter. Il ouvrit sa boîte à outils, puis il s'accroupit. Il était épuisé, lessivé, à 10 heures du matin, et la voix de la fille derrière lui le fit sursauter.

— Je pensais que vous voudriez peut-être une tasse de thé.

Imaginant tout à fait l'expression qu'il avait, et ne voulant pas qu'elle la voie, il ne se retourna pas.

— Monsieur ou Madame sont là ? demanda-t-il. Il faudrait que je les voie, lui, ou elle.

— Vous n'êtes donc pas au courant ? Elle est partie, avec le bébé. Et Mr Vigo s'est fait arrêter, hier. C'est lui qu'a tué le routier.

Jack avait pleuré, et maintenant ses paupières le brûlaient, comme certains soirs, quand il sortait du *Dragon* avec Charlie, et qu'on avait trop fumé autour de lui. Il regardait fixement ses outils mais ne les voyait pas. Son cerveau n'était plus qu'un vide tout rouge. Il bondit sur ses pieds, un marteau dans la main, sans même avoir conscience de l'avoir choisi parmi les outils.

La lumière rouge devant ses yeux se métamorphosa en une série de rouges, d'ors et de verts fous, qui vrombirent en tournoyant devant lui, exactement comme si ce kaléidoscope avait produit la même folie de sons que de couleurs. Et derrière lui, un bruit encore plus strident retentit : la fille avait commencé à hurler.

— Un taureau dans un magasin de porcelaine, dit Wexford.

Il se fraya un chemin parmi les débris qui jonchaient les tapis, s'arrêtant de temps à autre pour ramasser un éclat de porcelaine fine entre le pouce et l'index. Son visage était froid, impassible, mais une lueur passa dans ses yeux quand il s'approcha de la table où, une heure plus tôt, il y avait encore un échiquier. Pas une seule pièce n'était intacte, mais, parmi les gravats rouges et blancs, Wexford repéra une toute petite lance qu'une toute petite main tenait encore fermement, un minuscule fragment de dentelle ivoirine, le sabot d'un cheval miniature.

Burden, à genoux sur le tapis, lissait du plat de la main des lambeaux de peinture sur soie. L'empreinte grossière d'un grand pied maculait les écailles d'un poisson.

L'empreinte du pied qui avait réduit les verres à saké en poussière.

— Effrayant, non ? dit Wexford. La barbarie est quelque chose d'effrayant. Je préfère ne pas savoir.

— ... Combien ça valait ? hasarda Burden.

— Oh, sûrement pas tant que ça. Je voulais seulement dire que je préfère ne pas savoir si ces pièces étaient uniques, ou vraiment anciennes. Ce doit être ça le pillage, j'imagine, un acte de destruction absurde, de vengeance gratuite.

— Vous m'avez dit un jour que Charlie Hatton était un mercenaire, « un soldat de fortune ».

— C'est ce que je pense, oui. Et je me demande à quoi ça va servir, de parler avec son compagnon d'armes. Mais je crois que nous n'avons pas le choix.

Jack Pertwee était dans la cuisine, avec le sergent Martin, écroulé sur une chaise, à moitié couché sur la table. Wexford le secoua rudement et le tira en arrière par le col de sa chemise. Il le secoua encore un peu, comme il l'aurait fait avec un chien dangereux qu'il aurait enfin réussi à maîtriser. Son regard croisa celui de Pertwee. Les mâchoires de Jack tremblaient et il claquait des dents.

— Vous êtes un imbécile, Pertwee, dit Wexford, avec mépris. Vous allez perdre votre travail à cause de ça. Et pour quoi ? Pour un ami qui est mort et qui ne pourra même pas vous remercier ?

D'une voix presque inaudible, Pertwee répondit :

— Pour le meilleur... le meilleur ami qu'un homme ait jamais eu. Et c'est moi qui l'ai envoyé ici.

Il serra les poings et l'écrasa sur la table.

— Oh, emmenez-le, sergent.

Jack se mit péniblement sur ses pieds. Son poing s'ouvrit, et quelque chose tomba sur le sol puis roula jusqu'aux pieds de Wexford.

C'était la tête du cavalier rouge. Le visage cruel aux traits aiguisés, éclairé par un rayon de soleil, souriait en montrant toutes ses dents.

— Charlie, murmura Jack.

Il essaya de le dire encore une fois, mais le nom s'étira affreusement dans un sanglot déchirant.

Composition réalisée par NORD COMPO

Imprimé en France sur Presse Offset par

BRODARD & TAUPIN

GROUPE CPI

La Flèche (Sarthe).
Imp. : 8275 – Edit. : 12617-06/2001
ISBN : 2 - 7024 - 2636 - 0
Édition : 03